Else Sinn

... bis wir uns wiedersehen!

Else Sinn

ISBN 3-88717-172-1

Else Sinn

... bis wir uns wiedersehen!

Roman

»Du wirst das Kind nicht austragen!« Die alte Frau sagte es zu ihrer jungen Schwiegertochter, die blaß und blond und mit der typischen Zerbrechlichkeit der Tuberkulosekranken vor ihr saß.
»Aber ... Hans will das Kind!«
»Und du? Willst du es auch? Immerhin hat dir der Arzt bei deinem Gesundheitszustand eine weitere Geburt untersagt.«
»Ich will es auch, Mutter! »Bubi« soll ein Geschwisterchen haben, Einzelkinder werden leicht selbstsüchtig.«
»Du mußt es wissen.« Die alte, schwere Frau erhob sich mühsam aus ihrem Ohrensessel.
»Wenn du es nicht möchtest, Marie, mußt du es mich nur wissen lassen, ich kenne da jemanden ...« Sie ließ den Satz unvollendet.
Hans Fink war Geschäftsmann. Das gutgehende Geschäft in der Hauptstraße der kleinen nordböhmischen Stadt war das beste am Platz. Seine liebenswürdige Art im Umgang mit der Kundschaft trug zu seinem Erfolg bei.
Von seinem Bürosessel wandte er sich seiner eintretenden Frau zu: »Du warst bei Großmutter Seifert?«
Seine Frau nickte. »Sie will nicht, daß ich das Kind bekomme, Hans!«
»Dummes Zeug. Ich will es und ich bin sein Vater. Du kennst meine Meinung dazu!«
Die junge Frau antwortete ihm nicht und ging leise aus dem Raum; alles an ihr war leise. Als Erbteil ihrer viel zu früh gestorbenen Mutter hatte sie Tuberkulose in die Ehe eingebracht. Schon die erste Geburt war nicht ohne Komplikationen verlaufen. Marie Fink trat in die Glasveranda, die das schöne alte Bürgerhaus nach hinten abschloß. Von dort konnte man hinunter sehen in den blühenden Garten und bis hin zu den alten Kastanien im angrenzenden Schloßpark.
Die Hebamme, Frau Bonerova, war Tschechin. Wie alle Tschechen, sprach sie ihr ganz persönliches Deutsch. »Frau Boner« fragte die Wöchnerin, und die Frage kostete sie einige Anstrengung: »gell, das Mäderl hat rotes Haar?«
Die Hebamme erschrak. Schnell setzte sie dem Neugeborenen

ein Häubchen auf und reichte es der jungen Mutter. »Ach, wird sie haben rottes Haar, hat sie wunderscheene goldene Heerchen!« Das Kind erhielt bei der Taufe den Namen Constance. Die junge Frau mußte wieder ins Lungensanatorium nach dem nahen Görbersdorf in Schlesien. Die kleine Constance wurde von der Großmutter mit der Flasche großgezogen.

Der kleine Walter, drei Jahre älter als sein Schwesterchen, wurde allgemein nur »Bubi« gerufen. Er hielt seine Stellung als Erstgeborener; immerhin war er ein Junge! Von Gleichberechtigung zwischen den Geschlechtern hielt man in den zwanziger Jahren noch nicht viel.

Bubi war der erste Enkel und wurde dementsprechend von den Großeltern verwöhnt. Im Elternhaus ließ er sich immer weniger blicken. Das schreiende Bündel, seine Schwester, flößte ihm eher Unbehagen ein. Da ritt er schon lieber auf des Großvaters Pferden.

Die Mutter des Vaters, die aus ihrem Heimatdorf am Fuße des Rollberges angereist war, versorgte das Kind. Immerhin handelte es sich um ein Kind ihres Lieblingssohnes. Sie war eine einfache Frau vom Lande, ihr Mann schon lange tot. Er hatte ihr ein kleines Häuschen hinterlassen, das sie ihrer ältesten Tochter Anna überschrieben hatte. Bei ihr und ihrem Mann Wenzel, war sie nun im Altenteil und sie entbehrte nichts.

Als das zweite Kind bei Hans und Marie zur Welt kam, zögerte sie keinen Augenblick, ihr Dorf zu verlassen und der immer kränkelnden Schwiegertochter zur Seite zu stehen. Das niedliche kleine Mädchen mit dem honigfarbenen Schopf war bald ihr erklärter Liebling.

Als Constance drei Jahre alt wurde, starb ihre Mutter. Sie war nur fünfunddreißig Jahre alt geworden.

Nun blieb die Großmutter im Hause und versorgte den Haushalt des Sohnes und das kleine Mädchen. Niemand aus der großen Verwandtschaft zweifelte daran, daß der »schöne Herr Fink« wieder heiraten würde. Bubi übersiedelte nach dem Tod der Mutter endgültig in das Haus der mütterlichen Großeltern.

Eines Tages kam eine fremde, vornehme Dame ins Haus. Walter und Conny – wie man Constance der Einfachheit halber nannte – wurden von der Großmutter feingemacht und in den Salon geführt. Die vornehme Dame hatte den Kindern Pralinen mitgebracht und der Vater stellte ihnen die fremde Frau als ihre neue Mama vor. Conny knickste, sie war jetzt fünf Jahre, und Bubi machte einen Diener. Der Vater war höchst zufrieden und die neue Mama offensichtlich auch.

Vieles wurde nun anders! Die zweite Frau des Herrn Fink hatte von Kindererziehung offenbar ihre eigenen Vorstellungen. Als erstes verbot sie, daß Conny weiter im Bett der Großmutter schlief. Die Kinder bekamen wunderschöne weiß-emaillierte Kinderbetten, mit bunten Kinderbildchen an den Bettenden und rosa, beziehungsweise blauem Gitter. Aber Conny sehnte sich nach der Wärme der Großmutter, in die sie sich wie ein Häschen hineingekuschelt hatte ...

Conny ging nun in den Kindergarten. Es machte ihr Spaß, mit kleinen weißen Steinchen Bilder zu legen oder aus bunten Würfeln einen hohen Turm zu bauen. Das nicht mehr ganz junge Fräulein Müller fand sie sehr nett; sie erinnerte sie an die Großmutter aus Hermsdorf, die wieder in ihr Dorf unter dem Rollberg zurückgekehrt war.

Constance konnte sich später nie daran erinnern, als Kleinkind mit dem Bruder Walter gespielt zu haben. Ein Kinderbild aus jener Zeit zeigt sie nebeneinander: der Knabe, im damals obligatorischen Matrosenanzug, das kleine Mädchen in einem kaffeebraunen Kleidchen, weißen Söckchen und schwarzen Schnürstiefelchen, eine riesengroße weiße Schleife im Haar.

Das Verhältnis zur neuen Mama entwickelte sich zunächst sehr erfreulich. Conny liebte die neue Mama mit der Intensität, die ein Teil ihres Wesens war. Sie liebte oder sie haßte, beides intensiv! An die eigene Mutter war ihr ja kaum eine Erinnerung geblieben. In der Schule konnte man mit einer »neuen« Mama ungeheueren Eindruck machen; wieviele Mitschüler konntes etwas dergleichen vorweisen?

Der erste Schultag war ein Tag des Schreckens für das sensible kleine Mädchen. Im Böhmen der zwanziger Jahre gab es keine Schultüten, so wurden soziale Unterschiede von vorneherein ausgeschaltet. Hier saß das Kind des Fabrikarbeiters neben dem des Bankdirektors.
Die Mama mußte sich neben Conny setzen, Conny weinte herzzerreißend und wollte die Hand der Mama nicht loslassen. Diese Angst vor neuem sollte sie ihr Leben lang begleiten.
Aber im Laufe der folgenden Jahre wurde doch eine recht gute Schülerin aus ihr. Das Lernen fiel ihr leicht, das Stillsitzen weniger. Im Rechnen war sie ausgesprochen schwach, ebenso in Geometrie. Aber in Deutsch und in Geschichte glänzte sie, sehr zur Freude des Vaters, der selbst ein Geschichtsfan war. Geschichte fand sie wunderbar, Geschichten noch wunderbarer und damit kam die neue Mama ihrem Drang nach geschriebenen Geschichten nach, als sie für ihre neue Familie ein Dauerabonnement in der Städtischen Bücherei erwarb. In der Familie Fink wurde viel gelesen, eine Ausnahme war einzig der Vater, der lieber auf die Jagd ging, weshalb das Haus auch immer voller Hunde war.
Im gemeinsamen Kinderzimmer gab es jetzt immer öfter Machtkämpfe zwischen ihrem Bruder Walter und der lebhaften kleinen Conny. Natürlich war der große Bruder jetzt ins Elternhaus zurückgekehrt. Er war ein besserer Schüler als Conny und enorm ehrgeizig. Conny bewunderte den großen Bruder, der soviel klüger war als sie. Er zog Kakteen, dessen Ableger er mit großem Geschick an die kleine Schwester verkaufte, das Stück zu fünfzig Heller.
Sonst aber steckte er voller Hinterhältigkeiten! Aber das merkte Conny erst viel später. Wenn sie mit ihm ein interessantes Spiel spielen wollte, hatte er zu lernen. Sie setzte sich dann neben ihn auf das alte Sofa und spielte mit ihrer Puppe, etwas, was sie mit großer Hingabe tat. Da kam es nicht selten vor, daß er sie heimlich puffte und kniff. Sie schrie dann aus Leibeskräften, was sofort die Mama auf den Plan rief. »Wer schreit hier so?« »Walter hat mich gezwickt!« Aber die Mutter sah nur die brüllende Conny

und es setzte eine Ohrfeige. Neue Heulerei! Conny fühlte sich zu Unrecht gezüchtigt.

Das kleine Mädchen war die beste ihrer Klasse im Aufsatz. Ihre Phantasie war groß, ihre Begabung sich auszudrücken, zweifellos angeboren. Der neue Deutschlehrer war voll des Lobes über sie und Connys Aufsätze wurden der Klasse regelmäßig vorgelesen. Das gefiel ihr und machte sie eitel!

Wenn Lehrer F. aus pädagogischen Gründen einmal einen anderen Aufsatz vorlas, schmollte sie.

Walter wurde zehn und wechselte von der Volksschule ins Realgymnasium der kleinen Stadt am Elbeursprung. Zu dieser Zeit bekam der hoffnungsvolle Sprößling das ehemalige Kinderzimmer für sich allein als Studierzimmer zugesprochen. Conny stand fassungslos vor dem ihr nicht mehr zugänglichen Raum. Sie meldete lauten Protest an, aber ohne Erfolg. Schließlich erhielt sie einen eigenen kleinen Schrank, den sie sogar versperren konnte, was auch nötig war, denn Conny führte bereits Tagebuch und traute dem großen Bruder nicht über den Weg.

Eines Tages meldete sich Besuch an, die Mutter der neuen Mama, aus einem Dorf an der österreichischen Grenze. Frau Podubula war Tschechin und ihr Einzug in den Haushalt ihrer einzigen Tochter, war kein ausgesprochener Glücksfall für die junge Familie. Es kam immer öfter zu Reibereien zwischen ihr und dem Schwiegersohn und das Gezeter der alten Frau über jede Kleinigkeit, riß nicht mehr ab. »Christa pana« war ihr Lieblingsausruf. Walter versteckte ihre Perücke und wußte den Verdacht geschickt auf Conny zu lenken. Es war eine turbulente Zeit und kein Ende abzusehen.

Constances Vater war ein schöner Mann und er wußte es! Darüber hinaus war er äußerst eifersüchtig! Die neue Frau war von Hause aus liebenswürdig, ungeachtet ihrer unmöglichen, zweifellos hysterischen Mutter.

Ob die rasende Eifersucht des Herrn Fink begründet war, konnte niemals restlos geklärt werden. Eines Tages meinte er, seine Frau mit einem Vertreter für Kinderwagen ertappt zu haben. Er verfolgte den vermeintlichen Rivalen mit gezogenem Revolver und nur das Dazwischentreten beherzter Passanten verhinderte, daß ein Schuß fiel.

Solche Eskapaden, in einer kleinen Stadt, waren natürlich der Ruin für sein Geschäft; aber das begriff der Ärmste erst viel später. Um vor der Öffentlichkeit das Gesicht zu wahren, ließ ihn seine Frau in ein teueres Nervensanatorium einweisen, wo er Zeit hatte, über seine Torheit nachzudenken. In einer Zeit, wo es noch keine Absicherung für freie Geschäftsleute im Krankheitsfall gab, mußte das Sanatorium aus eigener Tasche bezahlt werden. Da keine Ersparnisse da waren, mußte Herr Fink Konkurs anmelden; es war ein Teufelskreis!

»Verlasse ihn!« hetzte die alte Podubula bei ihrer Tochter, die völlig verzweifelt war. Von was sollten die Dienstboten bezahlt werden?

»Ich erwarte ein Kind, Mutter!« Die Alte keifte noch mehr.

Constance kam aus der Schule und warf wie immer ihren Ranzen in die Doppeltür zwischen Küche und Wohnzimmer. Im Wohnzimmer fand sie die Stiefmutter vor, in Tränen aufgelöst.

»Warum weinst du, Mama?«

»Wir werden unser Heim verlieren, dein Vater hat uns alle ruiniert!« schluchzte sie. Und die Großmama zeterte: »Wir müssen das Haus verkaufen. Dein Vater ist ein Lump!« »Warum ist Papa ein Lump?« fragte Constance hilflos. »Das verstehst du nicht!« erhielt sie zur Antwort. Nun weinte sie ihrerseits.

Die Dienstboten mußten entlassen werden: Toni, das Dienstmädchen, Frau Grimm, die Wäscherin und Flora, die Verkäuferin. Frau Fink, die als einziges Kind eines Gelehrten und einer Lehrerin sich niemals die Finger schmutzig gemacht hatte, stand nun am Waschtrog und wusch die Wäsche für eine fünfköpfige Familie. Sie beklagte lauthals ihr Schicksal, aber niemand hörte ihr zu. Man hatte der fremden Frau in der kleinen Elbestadt nie große Sympathie entgegengebracht; zuviele Töchter der Stadt hatten gehofft, die Stelle der verstorbenen ersten Frau einzunehmen.

Walter kam jetzt ins Gymnasium. Wenn ihn die familiäre Misere bedrückte, so wußte er es erstklassig zu verbergen. Constance schlich zu ihm. »Walter, was sollen wir jetzt tun?«
»Was können wir tun?« fragte er zurück. »Ich will so schnell wie möglich etwas werden, und dann nichts wie weg!«, war sein Kommentar.
»Und ich? Was soll aus mir werden?« fragte Constance zurück. Er zuckte nur mit den Achseln.
In diese schlimme Zeit, in der immer öfter fremde Leute ins Haus kamen, um die Wohnung, das Geschäft und den großen Garten zu besichtigen, fiel die Geburt des kleinen Florian. Er war ein strammer Junge und die kleine Constance, selbst erst zehn Jahre jung, kümmerte sich um das Baby mit großer Liebe und Fürsorge.
Das Haus wurde verkauft und damit die dringendsten Schulden getilgt. Herr Fink kehrte aus dem Sanatorium zurück, aber er war menschenscheu geworden und blieb tagelang seiner Familie fern; niemand wußte, was er tat und wo er sich herumtrieb. Die Vaterschaft seines Sohnes Florian zweifelte er an, zu Unrecht, denn der hübsche Junge war ihm wie aus dem Gesicht geschnitten.
Die Familie brauchte ein neues Dach über dem Kopf. Mit dem Familienoberhaupt konnte man nicht mehr rechnen, so sprang die reiche Schwiegermutter, Frau Podubula, in die Bresche. Sie erwarb ein kleines Hääuschen am Marktplatz. Nun hatte man zumindest ein Dach über dem Kopf, ein Zuhause war es für Constance nicht mehr!
Wenn eheliche Liebe und Treue sich in Notzeiten bewähren muß, diese tat es nicht. Herr Fink hätte jetzt eine einfühlsame Gefährtin gebraucht, stattdessen hatte er nun zwei keifende Weiber um sich. Wann immer er bei seiner Familie auftauchte, schrie die Schwiegermutter: »Das ist mein Haus, schau, daß du fortkommst, du Lump!«
Die Ehefrau ließ sie gewähren, sie war ja von der Gnade der Mutter abhängig. Die Kinder litten. Constance ließ in der Schule

nach, aber sie hatte mitfühlende Lehrer, die ihr Verständnis entgegenbrachten und sie geduldig führten. Walter, nie sehr mitteilsam, schwieg sich aus, er wurde stumm.

Die Einkünfte aus dem nun viel kleiner gewordenen Geschäft waren auf ein Minimum zusammengeschmolzen. Die Affäre des schönen Herrn Fink trug nun ihre traurigen Früchte. Nichts ist auf die Dauer so wenig strapazierfähig, wie das menschliche Mitgefühl! Ohne die finanzielle Unterstützung der pensionierten Lehrerin Podubula wäre die Familie verhungert. Nur – wie sie die Unterstützung gewährte, war das Schlimmste! Sie demütigte nicht nur den verhaßten Schwiegersohn, nein, auch Constance wurde von ihr nicht ausgenommen. Sie war ja die Tochter des Mannes, der ihr einziges Kind ins Unglück gestürzt hatte. Daß Constance daran ja überhaupt keine Schuld traf, war dabei unerheblich.

Eines Tages war Frau Fink wieder guter Hoffnung. Conny war verwirrt. Zwischen den Gatten bestand die Ehe nur noch aus Zank und Streit. Soviel wußte Constance inzwischen, daß nicht der Storch die Kinder brachte. Als darum an einem friedlichen farbenfrohen Herbsttag die Stiefmutter von einem kleinen Mädchen entbunden wurde, nannte man den Spätling in der Taufe Katrin. Die Geschwister umstanden ein wenig ratlos das Körbchen, worin das Neugeborene schlief.

»Es hat rotes Haar, wie Conny!« konstatierte Walter. »Noch eine Hexe mehr!« war sein ganzer Kommentar. »Du bist gemein«, gab Conny zurück. Sie fand das Baby süß.

Tatsache war, daß die beiden Finkmädchen, nach dem Oberlippenbart des Vaters, »Rotkäppchen« waren. Aber das sollte auch das einzige bleiben, was die ungleichen Schwestern gemeinsam hatten!

Katrin war ein hübsches Baby und wurde vor allem von ihrer Großmutter maßlos verwöhnt. War bisher der aufgeweckte kleine Florian deren ganzes Glück, so mußte dieser nun der kleinen Schwester diesen Vorzugsplatz überlassen. Das Nesthäkchen war nun Katrinchen, wobei die alte Närrin absolut vergaß, daß das

Kind eindeutig auch die Tochter des beständig als Lumpen titulierten verhaßten Schwiegersohnes war. Conny, ungeachtet der wenig liebevollen Behandlung, die ihr in dieser Familie zuteil wurde, schleppte das Baby durch die Gegend und nahm seiner Mutter die Sorge um das Neugeborene in hohem Maße ab. Frau Fink ließ es geschehen. Für Kinder hatte sie kein Gespür, weder für fremde noch für die eigenen. Für sie waren es kleine Monster, die schrien und genährt sein wollten, und Windeln waschen gehörte absolut nicht zu ihren Lieblingsbeschäftigungen. Sie war eine gebildete und geistreiche Frau, hatte vor ihrer Ehe in Wien die Höhere Töchterschule besucht und dort gelernt, wie man schicke Hüte aufsetzt und Gesellschaften gibt. Für kleine Kinder gab es Kindermädchen und Ammen. Da sie sich aber schon lange kein Personal mehr leisten konnte, war es ganz angenehm, daß das angeheiratete Mädchen für diese Dinge zur Verfügung stand, schließlich war sie inzwischen vierzehn Jahre alt.

Als Constance die Schule verließ, eröffnete ihr die Mutter, daß sie für sie eine Stelle in einem Kloster ausgesucht hatte. Es ging schlicht darum, einen Esser weniger am Familientisch zu haben.

»Aber Mama, was soll ich in einem Kloster?«

»Nun, du wirst dort alles lernen, was ein Mädchen braucht, wenn du einmal heiratest: kochen, nähen usw.«

»Aber ich will nicht in ein Kloster!« beharrte Constance.

»Was du willst, mein liebes Kind, spielt hier überhaupt keine Rolle! Ich habe alles arrangiert!«

»Arrangiert« war ein Lieblingswort der Stiefmutter und tatsächlich, aufs arrangieren verstand sie sich!

Walter, obgleich älter als Constance, durfte weiter aufs Gymnasium gehen, für ihn war offensichtlich Platz am Familientisch; Conny verstand nichts mehr!

Die religiöse Erziehung im Elternhaus war schlicht originell. Der Vater mied die Kirche überhaupt, dafür besuchte sie seine Frau umso eifriger, freilich mehr, um ihrem tristen Eheалltag zu entfliehen. Dabei war es ihr völlig egel, ob der große Haushalt ohne ihre Anwesenheit weiterlief oder nicht, wozu hatte man die junge Constance? Sie wickelte die kleine Katrin und gab ihr das Fläschchen, sie gab dem kleinen Florian sein Breichen und führte die beiden Kinder nach der Schule spazieren. Und das alles machte ihr auch noch Spaß! Daß sie ihre Schularbeiten oft erst spät am Abend und völlig übermüdet machen konnte, spielte dabei keine Rolle.

Constance war acht Jahre alt, als sie von der Stiefmutter zum erstenmal zu einer Seance mitgenommen wurde. Sie erinnerte sich später noch, daß ihre Mutter aus dem Jenseits zitiert wurde, eine schlimme seelische Belastung für das übersensible Kind. Die Mama nahm sie an schulfreien Tagen auch schon auf eine Wallfahrt mit und Constance nahm alles auf, begierig wie ein Schwamm und irgendwie begann sie, sich ihr eigenes Gottesbild aus diesem ganzen Durcheinander zu bilden.

Und nun sollte sie in ein Kloster! Um ihren Widerstand zu brechen, versprach ihr die Stiefmutter, daß sie im Kloster auch einen klostereigenen Kindergarten hätten, in dem sie praktizieren könne. Frau Fink wußte längst, daß sich Constance nichts sehnlicher wünschte, als einmal Kindergärtnerin zu werden. Der Köder zog!

Ostern 1936 fuhr Constance zum erstenmal weit weg von zu Hause, nach Marienbad im Egerland, dann noch mit dem Bus in ein verschlafenes Dorf. Die Nonnen, arme Schulschwestern, empfingen sie freundlich. Das junge Mädchen hatte noch nie ein Kloster von innen gesehen, aber der Drill, der da herrschte, verwirrte sie doch sehr. Zum erstenmal in ihrem Leben begann ihr Tag um fünf Uhr morgens. Bis zur »morgendlichen Betrachtung«, einer Lesung aus einem frommen Betrachtungsbuch, durfte nicht gesprochen werden. Dann Frühmesse! Anschließend das karge Frühstück, bestehend aus einer Scheibe Schwarzbrot mit Marmelade und einem Kräutertee.

Der Orden war arm und lebte ausschließlich von seiner Schule. Die war für die reichen Töchter des Landes, deren Eltern die nicht eben geringen Pensionatsgebühren bezahlen konnten. Was Constance nicht wußte: Sie war bei der Gruppe der Postulantin-

nen eingeordnet worden, die später den Nachwuchs des Klosters bildeten. Dementsprechend streng wurde sie behandelt. In der großen Küche des Klosters war sie zwei Nonnen zur Arbeit zugeteilt.
So bestand das »neue Leben« der inzwischen fünfzehnjährigen aus Erbsen- und Linsenauslesen, Töpfe schrubben und Teig kneten. Sehr oft weinte sie, ihr Schicksal erinnerte sie an Aschenputtel aus Grimms Märchen. Doch nicht alles mißfiel ihr. Ihre beiden Nonnen behandelten sie freundlich und die ältere von ihnen, Schwester Remigiana, eine Riesendame mit einem großen Pferdegesicht, war ein ausgesprochenes Original. Ihr Vorrat an Gruselgeschichten riß nie ab und natürlich war Constance ganz wild darauf. Sie hatten immer mit den »Armen Seelen« zu tun, derer niemand gedachte, weshalb sich das junge Mädchen dieser besonderen Spezies Geister auch fleißig annahm. Obgleich die Nonnen ganz bewußt Freundschaften zwischen den jungen Mädchen unterbanden, das entsprach der Ordensregel, konnten sie es doch nicht verhindern, daß solche entstanden. Ein dünnes, blondes Mädel aus dem Böhmerwald, Mariechen, wurde Connys beste Freundin. Sie war wie Conny in der Küche beschäftigt.
Eines Tages kam ein Brief von Mama. Daß Post von zu Hause geöffnet und von einer Nonne kontrolliert wurde, war etwas, was Constance zutiefst verletzte. Mama schrieb, sie bedauere sehr, daß Conny noch immer für ihren Deutschlehrer schwärme. Immerhin sei er ein verheirateter Mann, ob sie das nicht wisse? Constance war entsetzt! Sie ahnte die Folgen, die das törichte Geschwätz der Stiefmutter auf ihre Umgebung haben mußte. Aber dieses Gift der üblen Nachrede wirkte langsam. Allmählich zog man sich von ihr zurück. Auch Mariechen ging ihr aus dem Weg; die Zensur-Nonne hatte wohl nicht schweigen können.
Eines Tages, als sie mit Mariechen Kartoffeln aus dem Keller holte, ließ diese die Katze aus dem Sack.
»Also Conny, daß du das unserem Heiland antun konntest. Ein verheirateter Mann!« Conny erstarrte, aber sie verteidigte sich nicht.

Allmählich wurde sie zur Sensation des Klosters! Wenn Blicke töten könnten, sie wäre damals mehr als einmal gestorben. In Wahrheit hatte sie für ihren Deutschlehrer geschwärmt, wie es in diesem Alter durchaus üblich ist. Zudem war er gerade in der Zeit, in der die Tragödie im Elternhaus ablief, der Einzige, der sie durch Lob und Anerkennung in der Schule tröstete. Nie war etwas anderes zwischen ihnen gewesen, als ein großes Vertrauen, wie es zwischen Lehrer und Schüler zwar wünschenswert, aber durchaus nicht die Regel war.

Endlich ergab sich für Constance die Möglichkeit mit ihrer Novizenmeisterin zu sprechen, die gleichzeitig die Betreuerin ihrer Mädchengruppe war. Erst durch sie wurde ganz allmählich die Feindseligkeit und Voreingenommenheit unter den Mädchen und Nonnen abgebaut.

Immerhin hatte diese ungeheuere Belastung der blutjungen Constance eines gezeitigt: ihr erstes Gedicht! Sie hatte es auf die Rückseite eines Heiligenbildes geschrieben und trug es stets bei sich. Es war ein bißchen süß und ein bißchen traurig, aber der Reim war sauber, und der Trost, den sie nicht hatte, wurde ihr von dem Gedicht vermittelt.

Währenddessen war daheim viel Porzellan in Scherben gegangen. Die Ehe war nicht mehr zu retten. Die geschäftliche Misere nicht mehr zu überbieten. Die reiche angesehene Familie der Mutter von Walter und Constance zog sich immer mehr von dem »unmöglichen« Schwager zurück. Bedauerlicherweise schloß man die beiden Kinder der toten Schwester nicht aus! Walter durchlief mit guten Noten die acht Jahre des Realgymnasiums, um später aufs Lehrerseminar zu gehen. Nur – wer sollte das finanzieren?

Doch zunächst kam das Weihnachtsfest 1936 immer näher. Constance kam gar nicht der Gedanke, an Weihnachten nicht zu Hause zu sein. Sie freute sich vor allem auf den kleinen Florian, der ihr besonderer Liebling war. Wieder einmal war einer der wöchentlichen Kräche über die Bühne gegangen. Herr Fink tobte jetzt noch häufiger als sonst. Walter zog sich dann immer

rechtzeitig in sein Zimmer zurück, er hielt sich da am liebsten raus. Zutiefst verachtete er den unbeherrschten Vater und hing innerlich an der fremden Frau, die für ihn niemals die »Stiefmutter« gewesen war. An diesem Wochenende vor Weihnachten konnte er aber nicht schnell genug vom Essenstisch aufspringen und wurde so Zeuge der fürchterlichen Auseinandersetzung zwischen den Eheleuten.
Es ging um Constance und einen Brief, den sie der Mama aus dem Kloster geschrieben hatte. »Ich will sie nicht da haben!« schrie die Frau. »Wenn sie trotzdem kommt, werde ich kein Wort mit ihr reden!«
»Das will ich sehen, sie ist immerhin meine Tochter!« antwortete der Mann. Er konnte sich die Abneigung seiner Frau gegen seine Tochter aus erster Ehe nicht erklären. »Sie wird sowieso wieder den ganzen Haushalt allein machen müssen, du hast sie ja immer schamlos ausgenutzt.«
»Sie kommt mir nicht ins Haus! Ich war froh, daß man sie im Kloster aufgenommen hat. Soll sie doch sehen, wie man sich sein Brot verdient, sie ist alt genug!«
»Sie hat«, versuchte es der Mann noch einmal, »geschrieben, wie sehr sie sich auf das Wiedersehen freut!«
»Wieso eigentlich?« mischte sich Walter ein, »auf ein solches Zuhause?«
»Du hältst dich da raus!« rief ihm der Vater zu, »du bist nie ein Bruder für sie gewesen. Mir kannst du nichts vormachen!« Die Streitenden waren ganz zufällig in die Nähe des Ofens geraten.
»...und sie kommt mir nicht ins Haus, nicht in mein Haus!« geiferte die Frau. Da ergriff Herr Fink den Schürhaken, der vor dem Ofen lag und hätte damit zugeschlagen, wenn Walter nicht geistesgegenwärtig dazwischengesprungen wäre.
Von dem allen wußte Constance nichts. Sie hatte für den kleinen Bruder Florian, der inzwischen auch schon zehn Jahre alt war, von den Trinkgeldern, die sie manchmal von den Zöglingen für kleine Dienste bekam, ein Spiel gekauft, mit dem sie ihn überraschen wollte. Dann erhielt sie den Brief von daheim, in dem ihr

die Mama mit dürren Worten mitteilte, daß sie nicht nach Hause kommen könne, denn »...du hast kein Zuhause mehr, ich habe mich von deinem Vater getrennt!«
Mit diesem Brief schlich Conny in die dunkle Kapelle, und dort, vor dem Tabernakel, weinte sie still vor sich hin.
Einen Tag später klagte sie der diensthabenden Schwester über heftige Halsschmerzen. Der Arzt, der der Kinder wegen jede Woche einmal ins Kloster kam, sah sie sich an. Sein Kommentar: »Sofort ins Krankenhaus!« Sie hatte 40 Grad Fieber und – Dyphterie! So behielt die Mama recht und Constance kam an diesem Weihnachtsfest nicht heim.
Dem Mädchen ging es sehr schlecht. Am schlimmsten waren die Nächte. Sie hatte immer wieder schlimme Erstickungsanfälle, und später sagte ihr eine junge Lernschwester: »Sie wissen ja gar nicht, Fräulein Constance, wieviel Herztropfen wir Ihnen immer wieder geben mußten; wir glaubten nicht, daß Sie durchkommen.«
Sie hatte Glück und kam durch! Allmählich durfte sie aufstehen. Die Mutter hatte ihr nicht mehr geschrieben, auch Walter nicht, und doch erfuhr sie von einer der Ordensschwestern, die sie besuchte, daß die Familie von der schweren Erkrankung wußte. Eines Tages stand der Vater vor ihrem Fenster, herein durfte er wegen der noch immer bestehenden Ansteckungsgefahr nicht. Aber er war da, und das allein zählte! Zu diesem Zeitpunkt wußte die junge Constance freilich noch nicht, daß die Besuche des Vaters nicht ganz uneigennützig waren. Herr Fink war unbeweibt; er brauchte jemanden, der ihm den Haushalt führte. Als Constance als geheilt entlassen wurde, holte der Vater sie ab. »Wohin fahren wir?« fragte sie voller Angst vor seiner Antwort.
»Nach Deutsch-Gabel« erwiderte der Vater.
»Warum nicht nach Hause, nach ...«
Nun erzählte ihr der Vater in kurzen Worten, die vor Selbstmitleid trieften, er habe in Deutsch-Gabel eine Wohnung gemietet und sie würde künftig bei ihm sein, um ihm den Haushalt zu führen. Sie wurde nicht gefragt, ob sie wollte, es wurde über sie

verfügt. Immer sollte so seitens des Vaters über sie verfügt werden! Hermsdorf im Bezirk Deutsch-Gabel war die Heimat des Vaters. »Aber ich kenne dort ja keinen Menschen«, versuchte sie sich aufzulehnen.
»Du wirst Menschen kennen lernen! Ich war als junger Mann auch immer unterwegs, auf der Walz, im Rheinland und anderswo, man wird ein Stubenhocker, wenn man sich nicht den Wind um die Nase wehen läßt.« Constance schwieg. Diese Masche des Vaters kannte sie. Er hatte feste Lebensvorstellungen. So und so hatte es sich abzuspielen, andere Denkweisen ließ er nicht gelten. Die kleine Stadt unter dem Rollberg kam dem jungen Mädchen freundlich entgegen. Zunächst freilich hatte sie Mühe, sich mit einer harten und ungewohnten Arbeit auseinanderzusetzen.
Sie stand in einer leeren Wohnung, man aß in kleinen Lokalen »auf die Schnelle«, der Vater war offenbar nicht gut bei Kasse.
»Deine Möbel kommen morgen!«
»Meine ... Möbel?«
»Die Möbel deiner Mutter! warum sollte ich sie zurücklassen, es sind schließlich deine Möbel, nicht wahr.« Constance sah ihn konsterniert an.
»Und worin wohnen jetzt Mama, Walter und Florian?«
Er zuckte die Achseln. »Was geht es mich an, ich bin geschieden, mag sie sehen, wie sie fertig wird.«
Herr Fink dachte keinen Augenblick darüber nach, ob sein blutjunges Kind imstande war, sein Leben zu teilen, dieses Leben ohne festen Rückhalt, ohne finanzielle Basis. Er verschwieg ihr wohlweislich, daß er absolut nichts besaß, sondern nur auf Pump lebte. Irgend jemand wußte er immer erfolgreich anzupumpen. Schließlich kamen die Möbel, der Vater half sie aufzustellen. Das Mädchen wusch und putzte. Allmählich hatte sie so etwas wie ein Heim aus der leeren Wohnung gezaubert. Eine Zweizimmerwohnung und eine kleine Küche sauber zu halten traute sie sich sschon zu. Nur – es gab kein Miteinander zwischen diesem Vater und seinem Kind, es fehlten die Grundlagen, das Vertrauen.
Er kaufte Lebensmittel, ohne sie zu fragen. Sie kochte von dem,

was ihr zur Verfügung stand; Geld gab er ihr keines in die Hand. Sie wußte nicht, daß er anschreiben ließ. Vielleicht war dies der Grund, daß er sie bei seinen Einkäufen nicht mitnahm.
Langsam und sehr mühsam begann Herr Fink sich wieder seinen Maschinenhandel aufzubauen. Das war sicher nicht leicht, er mußte in der fremd gewordenen Heimat erst wieder Fuß fassen. Er übernahm die Vertretung großer Firmen und da er mit der bäuerlichen Bevölkerung umzugehen verstand, kam er ganz langsam wieder auf die Beine. Aber immer noch fehlte ihm die Einsicht in die einfachsten und selbstverständlichsten Dinge im Umgang mit der jungen Tochter. Ihre Bedürfnisse interessierten ihn nicht. Auch jetzt gab er ihr kein Wirtschaftsgeld. Hatte er einmal Geld, so kaufte immer noch er ein. So lernte Constance nie, mit Geld umzugehen.
Seitdem er immer öfter »über Land« ging, konnte es geschehen, daß er tagelang wegblieb und Constance ohne die nötigsten Lebensmittel blieb. Da sie zu stolz zum Anschreibenlassen war, litt sie mehr als einmal Hunger und Not.
In dieser Zeit entdeckte Constance das Gebet! Sie war nicht eigentlich fromm, aber jetzt, so gänzlich auf sich allein gestellt, blieb ihr dies als einzige Zuflucht. Und es mochte ihr wohl oft wie die Erhörung ihrer Gebete erscheinen, wenn es plötzlich klingelte und ein Bäuerlein auf der Schwelle stand, das sie mit Brot, Eiern und Butter versah. Auf ihre erstaunte Frage erfuhr sie: »Herr Fink hat gesagt, wir können die neue Zentrifuge auch mit Lebensmitteln bezahlen.« Nur, warum sprach der Vater darüber nicht mit ihr? Warum mußte sie mit dem belastenden Gefühl leben, der Vater kümmere sich nicht um sie, und ihr Ergehen sei ihm gleichgültig?
In dieser Zeit las sie viel. Schon als Kind hatte sie in der Welt der Bücher eine große Zuflucht gefunden, und Bücher sollten ihr in den vielen einsamen und zermürbenden Tagen ihres Lebens die treuesten Freunde sein.
Wieder einmal war es Frühling und der weiße Flieder über dem alten Schuppen im Hof duftete verführerisch. Constance pflück-

te einen großen Strauß und brachte ihn in die nahe Pfarrei für den Maialtar. Dabei machte sie die Bekanntschaft eines Mädchens in ihrem Alter, das im Pfarrhaus als Hausmädchen arbeitete.

»Wir sehen Sie so oft in der Kirche«, sagte diese, »sind Sie erst zugezogen?« Conny bejahte.

»Wollen Sie nicht einmal zu unseren Donnerstag-Abenden kommen? Es wird Ihnen gefallen!« So wurde sie schon bald ein aktives Mitglied des »Katholischen Mädchenbundes«, der in der kleinen Stadt unter dem Rollberg sein unbeschwertes, fröhliches Leben führte. Für das sensible Mädchen wurde die Gruppe ein Elternhausersatz. Da sie sich überall nützlich machte, außerdem viel Zeit hatte, gehörte sie bald zu den beliebtesten Mädchen des Vereins.

Beim Abstauben im Schlafzimmer des Vaters, fand sie eines Tages eine große Schachtel mit Präservativen. Es dauerte eine Weile, bis sie begriff! So also sah es mit dem Abscheu des Vaters vor der Ehe aus. Sie erinnerte sich all der Dinge, die er ihr geklagt hatte, Schlagartig begriff sie, daß der Vater wieder heiraten würde. Ach, wie einfältig war sie doch gewesen! Und sie begriff, daß sie handeln mußte.

»Was fällt dir ein«, sagte der Vater, »woher soll ich das Geld nehmen, dich in einer fremden Stadt studieren zu lassen?« Constance schluckte. »Aber ich muß doch einen Beruf haben, was soll denn aus mir werden, wenn ich nichts gelernt habe?«

Herr Fink zuckte die Achseln. »Du wirst heiraten, dann bist du versorgt!«

»Darauf möchte ich mich nicht verlassen.«

»Schluß mit der Debatte, schlag dir das aus dem Kopf! Übrigens brauche ich dich, wer soll mir den Haushalt führen?«

»Du wirst wieder heiraten, Papa. Soll ich wieder das Dienstmädchen einer neuen Frau werden?« Sie hatte sich weit vorgewagt, aber es war ihr klar geworden, daß sie sich diesmal vorsehen mußte.

»Du schnüffelst mir also nach?« zischte der Vater.

»Ich muß dir nicht nachschnüffeln, wie du es nennst, die Fotos fremder Frauen liegen doch auf deinem Schreibtisch herum ... und nicht nur die Fotos.«

Über dem Schicksal der jungen Constance ging das größere eines ganzen Volkes weiter. Hitler holte die drei Millionen Sudetendeutschen »heim ins Reich«. Er annektierte die deutsch besiedelten Gebiete Böhmens und Mährens und zwang die schwache tschechische Regierung in die Knie. Vergeblich hatte diese auf die Hilfe Englands und Frankreichs gehofft. In diesen kritischen Herbsttagen 1938 waren alle deutschen Männer des Landes über die Grenze gegangen, der Geruch eines Krieges lag in der Luft, und kein Deutscher wollte riskieren, von den Tschechen gegen die eigenen deutschen Brüder in den Krieg gehetzt zu werden.

Die kleine Stadt unter dem Rollberg war wie ausgestorben. Wer konnte war »vorübergehend« verreist. Die nun achtzehnjährige Constance sah sich plötzlich ganz allein gelassen, in einem großen Haus, denn die beiden jungen Männer, die im Parterre zusammen ein Geschäft betrieben, waren ebenfalls fort. Die Straßen waren leer und ausgestorben. Die Geschäfte blieben geschlossen, cs lag eine unheilvolle Ruhe über der Stadt. Nur nachts wurde es lebendig! Pausenlos fuhren bis an die Zähne bewaffnete tschechische Soldaten auf Panzern in den Posthof, der sich direkt gegenüber ihrem Wohnhaus befand.

Der Vater war, wie meist, geschäftlich unterwegs. Sie wußte nicht, wie sie ihn erreichen konnte. Sie fürchtete sich, sie war wieder einmal allein gelassen.

Es war der Pfarrer des Ortes, der sie aufforderte, doch ins Pfarrhaus zu kommen und dort die schlimmen Tage der Ungewißheit abzuwarten. Diese schlimme Erfahrung hatte sie gelehrt, sich nur auf sich selbst und auf sonst niemand zu verlassen. Die ihr eigene Energie mobilisierte sie, als alles vorüber war, und die Lage sich wieder normalisiert hatte. Diesmal griff sie dem Vater gegenüber zu massiveren Druckmitteln. Sie drohte ihm mit ihren mütterlichen Verwandten, die dem Vater immer skeptisch gegenüber waren. Tante Luise, die Schwester ihrer Mutter, die zudem noch ihre Patin war, stärkte ihr den Rücken. Constances Mutter, die zarte Frau Marie, war nicht mittellos in die Ehe mit dem schönen Herrn Fink gekommen. Aber das Geld, das als mütterliches Erbe den beiden Kindern gehörte, hatte der Vater ins Geschäft genommen, und dort war es zerronnen wie Schnee an der Sonne.

Tante Luises Mann, der Schwager Georg, selbst Geschäftsmann, hatte für seinen weniger glücklichen Schwager Hans nie große Sympathie gehabt. Er sollte es nur wagen, das Erbe seiner Kinder zurückzuhalten. Und so kam es, daß Constance die Erlaubnis des Vaters ertrotzte, das Kindergärtnerinnenseminar in Eger zu besuchen.

Ein Fabrikant, für den Herr Fink viele Jahre lang gearbeitet hatte, tauchte bei Constance auf und fragte nach dem Vater. Der war wieder einmal unterwegs. Aber Constance erinnerte sich, daß sie ein paar Zeichnungen für die Aufnahmeprüfung ins Seminar brauchte, die daheim auf dem Boden lagen. Sie wußte, wie schwer es sein würde, dem Vater das Geld für die Bahnfahrt abzufordern, und so kam ihr das Angebot des Herrn Fabrikanten, sie in seinem Auto mitzunehmen, sehr gelegen. Wie hatte die Mama immer gesagt? Herr V. ist ein Ehrenmann! Das ging ihr durch den Sinn, als sie zu ihm ins Auto stieg.

Sie war zu jung und unerfahren, das Angebot des Mannes als etwas anderes als eine Freundlichkeit anzusehen, schließlich hatte er sie noch als Kind gekannt und wußte, wer ihre Eltern waren. Natürlich war er auch verheiratet und altersmäßig hätte er leicht ihr Vater sein können. Die Fahrt an sich hätte für das Mädchen sehr reizvoll sein können, es waren wunderhübsche Ortschaften, durch die sie kamen, aber es störte sie die Hand des Herrn V. auf ihrem Oberschenkel ... Es dunkelte bereits, als sie in einem gottverlassenen Nest in der Nähe von Clumetz ankamen.

»Hier müssen wir leider übernachten!« sagte Herr V.

»Übernachten? Aber davon war keine Rede!« Und mit einem Male läutete in ihrem Kopf ein kleines Glöckchen. Sollte die Mama mit dem ehrenwerten Herrn V. am Ende doch nicht rechtbehalten? Die anfängliche Liebenswürdigkeit des Herrn V. war plötzlich wie weggewischt. Aber Constance kam ihm zuvor. »Ich nehme für den Rest der Fahrt den Zug!« Sprachs, und marschierte wacker in Richtung Bahnhof.

Das glorreiche Dritte Reich hatte in Bezug auf Ausbildungsplätze einen Vorteil für bedürftige begabte Schüler. Constance erhielt ein Stipendium, und was der Vater hinzuzahlen mußte, war für ihn erschwinglich. Und natürlich schaffte das begabte Mädchen die Aufnahmeprüfung ins Seminar. Der erste Schritt in ein eigenes Leben war geschafft!

Das großdeutsche Reich brachte viele einschneidende Veränderungen in das Leben jedes Einzelnen. Constance, die ein sehr aktives Mitglied der weiblichen katholischen Jugend des Ortes war, erfuhr diese Veränderung in Form eines Verbotes der neuen Regierung. Alle Vereine sollten sofort aufgelöst und im Falle der Katholischen Jugendbewegung, in den Bund Deutscher Mädel, kurz BDM genannt, eingegliedert werden.

Sie saßen zusammen, ihrer dreißig an der Zahl und diskutierten. Also keine Uniform mehr – weiße Bluse, schwarzer Rock – keine Aufmärsche mehr vor dem wunderschönen barocken Hochaltar ihrer Heimatkirche mit ihren bunten Wimpeln, aus!

»Keine Zusammenkünfte mehr!« sagte der Pfarrer, »offiziell existieren wir nicht mehr.«

»Und wenn wir dennoch – heimlich – zusammenkommen?« fragte Constance. »Dann auf eigene Gefahr und Verantwortung«, erhielt sie zur Antwort.

Als sie das letzte Mal in ihrer gefälligen Uniform und mit ihrer Fahne mit dem Pax-Christi-Zeichen beim feierlichen Hochamt vor dem Hochaltar Aufstellung nahmen, weinten die meisten von ihnen, auch Constance.

Künftig kamen sie heimlich zusammen! Von den ehemals dreißig waren sieben geblieben. »Das Fähnlein der sieben Aufrechten« nannte sie der Pfarrer. Sie kamen in seinen privaten Räumen und in seiner Privatzeit. Die Zeit der fröhlichen Lieder und der bunten Bastelarbeiten war vorbei.

»Ihr werdet es lernen müssen, euch zu wehren!« sagte der Seelsorger. »Wir werden die Apostelgeschichte und die Evangelien miteinander durchnehmen. Wir stehen jetzt an der Front!« Zu allen Zeiten waren junge Menschen für Ideale zu gewinnen. Der Samen, der hier gesät wurde, würde reifen!

Constance fuhr nach Eger und bestand die Aufnahmeprüfung, obgleich sie im Rechnen keine Leuchte war. Die Nonnen, die jahrzehntelang das Lehrerinnenseminar und das Kindergärtnerinnenseminar geleitet hatten, durften nur noch die Aufnahmeprüfung abnehmen, dann mußten sie ihre Häuser den neuen Machthabern überlassen und sich gänzlich in ihr Kloster zurückziehen. Daß sie dennoch relativ unbehelligt blieben, hatten sie der glücklichen Tatsache zuzuschreiben, daß ihr Orden sein Mutterhaus in der neutralen Schweiz hatte, sie also diplomatischen Schutz genossen. Ob die neue Kindergärtnerin gut im Rechnen war, war deshalb für die Nonne, die Constance prüfte, nicht mehr so wichtig.

Constance, die soviel allein gelebt hatte, mußte nun ihren Schlafplatz mit 19 Mädchen teilen. Der Saal war groß und hell, aber außer den Betten, die wie Soldaten nebeneinander aufgereiht waren, waren da nur noch die langen schmalen Tische mit einfachen Waschschüsseln. Alles wirkte kaserniert, sachlich, einschüchternd. Aber das schwierigste war zweifellos der Sonntagmorgen. Natürlich durfte man da länger schlafen, es war ja keine Schule. Nur – es gab auch keine Möglichkeit zum Kirchgang, vielmehr mußte man zu einer bestimmten Stunde an der Fahne Aufstellung nehmen. »Unsere Fahne flattert uns voran ...«

Constance stieg im Dunkeln leise aus dem Bett, wusch sich wie eine Katze, und so leise wie möglich schlüpfte sie in ihre Kleider. Die Schuhe nahm sie in die Hand. An der wachhabenden Lehrerin vorbeizukommen war das schwerste. Aber auch das gelang ihr. Jedenfalls war sie naiv genug zu glauben, daß niemand ihr Tun bemerkte. Sie hörte die erste Messe in der nahen Franziskanerkirche und empfing das Sakrament. Um halb acht stand sie an der Fahne. Nur unbemerkt blieb sie nicht!

Man schrieb das Jahr 1940 und das erste Jahr des bisher so erfolgreichen Krieges. In der Schule las man Hitlers »Mein Kampf« und besprach es. Constance wurde häufig aufgerufen. Aber so sehr sich die Lehrerin auch bemühte, ihr eine Falle zu stellen, es gelang ihr nicht, das kluge Mädel zu provozieren.
Schwieriger wurde es im zweiten Halbjahr, als Rosenbergs »Mythos des 20. Jahrhunderts« Lehrstoff in ihrer Klasse wurde. Nur hatte sie sich in den Ferien daheim Hilfe geholt. Es gab eine Widerlegung dieses Buches, das freilich nur unter dem Ladentisch gehandelt wurde. Sie ließ nicht locker, bis der Pfarrer es ihr gab. Was immer auch Rosenberg gegen Rom und die Katholische Kirche vorgebracht hatte, der Autor dieses Buches konterte. Der Autor blieb selbstverständlich ungenannt. Müßig zu sagen, daß es lebensgefährlich war, wenn man es bei Constance fand.
Der Pfarrer wußte das, hatte sie gewarnt, aber sie hatte nicht geruht, bis er es ihr überließ. Nach jeder Stunde, wenn die Lehrerin den Raum verlassen hatte, setzte sich Constance vor die versammelte Klasse und stieß die Thesen um, die diese eben vorgebracht hatte. Niemand verriet sie. Sehr viel später erst, Jahre nach dem Krieg, wurde ihr bewußt, in welcher Gefahr sie geschwebt hatte.
Zu dieser Zeit waren die beiden Brüder bereits Soldaten. Walter, der nach Abschluß seines Studiums – er hatte sein Lehrerexamen intern gemacht – zu seiner Stiefmutter in die Vaterstadt zurückkehrte, war ohne Abschied von Constance und dem Vater, ins Feld gegangen. Mit der Rückkehr zur geschiedenen Frau des Vaters hatte er ganz eindeutig für diese Partei bezogen. Seiner Schwester Constance hatte sich Walter völlig entfremdet. Sie schrieb ihm ins Feld, aber ihre Briefe blieben unbeantwortet.
Anders war es bei Florian. Er war bei der Ehescheidung der Mutter zugesprochen worden, aber er schrieb Constance regelmäßig. Für ihn war sie die »große Schwester« geblieben und seine Briefe ins Seminar waren Constances einzige Lichtblicke; der Vater schrieb ihr nie.
Constance hatte eine Freundin gefunden. Es war dies die Tochter

eines Lehrers aus dem Egerland, ein immer fröhliches, aufgewecktes Mädchen, mit dicken nußbraunen Zöpfen. Mimi kam aus einem gut katholischen Elternhaus.

»Hast du schon gesehen?«

»Was?« fragte Mimi.

»Unsere Kreuze sind weg!« Die großen Kruzifixe stammten noch aus der Zeit, als die Klosterfrauen das Seminar und das angeschlossene Pensionat leiteten. Unter den Mädchen wurde geflüstert, aber keine wagte es, nach dem Verbleib zu fragen.

Constance war inzwischen aus dem großen Schlafsaal mit den Lehramtskandidatinnen in ein kleines, ein Viererzimmer, verlegt worden.

»Mimi, wo sind die Kreuze?« Die Freundinnen saßen im Lernzimmer über den Hausaufgaben.

»Das wüßte ich auch gern«, flüsterte sie Conny zu. Im Lernzimmer durfte nicht laut gesprochen werden. Sie entfernten sich leise und begannen zu suchen. Schließlich fanden sie sie in einer dunklen Ecke im Keller. Constance nahm eines und trug es unter ihrer Schürze versteckt zurück ins Schlafzimmer. Sie hängte es an seinen alten Platz und war sehr glücklich, nur – beobachtet hatte man es natürlich!

Die großen Sommerferien standen vor der Tür, in denen alle Schülerinnen nach Hause durften. Die Klassenlehrerin, Fräulein Sladky, hatte für jedes einzelne der Mädchen die NSV-Ortsringleitung seiner Vaterstadt angeschrieben, denn die Schülerinnen sollten in den Ferien in den dortigen Kindergärten ein Praktikum absolvieren. Angeblich hatte sie nur von Deutsch-Gabel, Constances Wohnort, keine Antwort erhalten. In Wirklichkeit sollte das Mädchen von den schädlichen Einflüssen ihres katholischen Elternhauses ferngehalten werden. Fräulein Sladky war zugleich auch Klassenvorstand und im Pensionat war ihr die kleine Gruppe der Kindergärtnerinnen zugeteilt. Es war Constances ganz persönliches Pech, daß Fräulein Sladky sie nicht mochte. Fräulein Sladky war niemals Lehrerin gewesen, vielmehr um ihrer großen Verdienste willen, die sie sich als hundertfünfzigprozenti-

ge Nationalsozialistin in ihrem überwiegend tschechischen Wohnort Mies erworben hatte, gleichsam »ehrenhalber« an diese alteingesessene Schule gekommen.
Zu ihrer Lehrtätigkeit war sie absolut unfähig. Ihre Aufgabe als Lehrerin erschöpfte sich im Vorlesen aus dem Leben der großen Erzieher Fröbel und Pestalozzi, soweit sie es nicht vorzog, über ihren geliebten Adolf Hitler zu faseln. Am liebsten aber nahm sie sein Buch »Mein Kampf« in die Hand oder Rosenbergs »Mythos des 20. Jahrhunderts«.
Kurz vor Beginn der Ferien wurde Constance ins Zimmer der Schuldirektorin gerufen.
»Du bist Constance Fink?« wurde sie gefragt.
Constance nickte. Sie wurde sehr eingehend gemustert. Fräulein Sladky war ebenfalls zugegen.
»Wie deine Klassenlehrerin, Fräulein Sladky dir schon sagte, haben wir auf unsere Anfrage in deiner Vaterstadt keine Antwort bekommen.«
»Es wurde mir gesagt.«
»Wir haben uns darum entschlossen, dich nach dem nahen Petschau zu schicken, dort kannst du dein Praktikum machen.«
Constance war tief enttäuscht, ließ es sich aber nicht anmerken.
»Da wäre noch etwas«, fuhr die Direktorin fort, »es ist uns nicht entgangen, daß du eine recht undeutsche Auffassung in Haus und Schule vertrittst. Fräulein Sladky sagt ...«
»Ich frage mich«, unterbrach diese die Direktorin, »wie willst du später die dir anvertrauten Kinder im Sinne unseres geliebten Führers erziehen? Ich frage mich ernstlich, ob ich dich zum Abschluß zulassen kann!« Das unerlaubt zurückgeholte Kreuz wurde in diesem Zusammenhang auch gerügt. »Wie konntest du es wagen!«
Petschau, eine kleine Stadt unweit von Eger, erwies sich als sehr reizvoll. Es hatte ein altes Schloß und eine weit über die Landesgrenzen berühmte Musikschule. Sie war bei einer sehr netten älteren Dame untergebracht, die sie mütterlich umsorgte und ihr jeden Wunsch von den Augen ablas. Die größte Überraschung

stand ihr aber noch bevor. Der NSV-Kindergarten, in dem sie Dienst tun sollte, war im katholischen Pfarrhaus! Ganz offensichtlich war er vor dem »Anschluß« des Sudetenlandes ans Reich ein katholischer Kindergarten gewesen. Darauf deutete auch die lebensgroße Statue des Jesusknaben hin, die man – fast unglaublich – nicht zu entfernen gewagt hatte.
Nicht genug damit, die Kindergärtnerin war eine ehemalige Klosterschülerin und hatte bei den Nonnen in Eger ihr Examen gemacht. Als diese merkte, daß Constance im Umgang mit den Kindern nicht nur sehr geschickt, sondern auch äußerst gewissenhaft war, ließ sie dem Mädel fast ganz freie Hand. Als das Fronleichnamfest kam, wußte es Constance einzurichten, daß sie mit ihren Kindern dicht hinter dem Allerheiligsten in der Prozession ging. Wieso dies nicht alles bis zu Fräulein Sladky nach Eger drang, sollte eines der kleinen Wunder bleiben, mit denen der Weg der jungen Constance so oft bestückt war.
Vor Ablauf des vierwöchigen Praktikums fuhr Conny nach Hause. Nur ihrer Kindergärtnerin hatte sie es anvertraut. Daheim erklärte sie dem überraschten Vater, daß sie entschlossen sei, das zweite Schuljahr nicht mehr in Eger fortzusetzen.
»Du bist total verrückt!« schrie dieser sie an.
»Vielleicht ist es besser so, Papa. Ich kann in Aussig privat wohnen, das ist nicht nur billiger, es ist auch weniger anstrengend. Ich bin dem Drill, der in staatlichen Häusern herrscht, nervlich einfach nicht gewachsen.« Das zumindest leuchtete ihm ein; er war auch nicht gern Soldat gewesen. Über ihre weltanschaulichen Schwierigkeiten zum Vater zu sprechen, hielt sie nicht für angebracht. Hier stießen zwei völlig unterschiedliche Welten aufeinander!
Der Vater meldete sie in Eger ab und Constance fuhr nach Aussig und suchte sich dort ein möbliertes Zimmer. Es war nicht eben das beste, das es gab, aber es war sauber und die Vermieterin freundlich und um sie besorgt.
Es sollte sich erweisen, daß Constance richtig gehandelt hatte. Der ungeheuere politische Druck, dem sie in Eger ausgesetzt war,

fiel hier weg. Auch die Schule, obwohl staatlich, war viel weniger nazistisch, vielmehr infolge einer sehr klugen und wendigen Direktorin weitgehend liberal.
Der Krieg war in ein neues Stadium getreten: man siegte an allen Fronten, fast war es irgendwie unheimlich!
1941 beendete Constance ihr Studium mit besten Noten und erhielt ihr Eignungszeugnis als Kindergärtnerin und Hortnerin. Der Vater konnte nicht umhin, auf sie stolz zu sein!
Constance bekam einen Dorfkindergarten in der Nähe von Deutsch-Gabel. So blieb es ihr erspart, mit der neuen Frau des Vaters unter einem Dach zu wohnen. Die neue Frau Fink war eine Sächsin und evangelisch. Sie begegnete der jungen Stieftochter mit großer Zurückhaltung. Es war ein großes Glück für das junge Mädchen, daß sie so ganz in ihrem Beruf aufging.
Nie würde sie den ersten Weg in ihren neuen Wirkungskreis vergessen! Die Landstraße von Deutsch-Gabel nach Hennerdorf war gesäumt von kleinen Zwetschgenbäumen, die ihr ihre reifen Früchte vor die Füße warfen. Constance wurde nicht müde sich zu bücken. Als sie in dem wunderschönen Haus ankam, das künftig ihr Zuhause sein sollte, hatte sie es sehr eilig, hinter einer bestimmten Tür zu verschwinden.
In dem großen Bauerndorf hatte es sich sehr bald herumgesprochen, daß die neue Kindergartentante die Tochter des Landmaschinenhändlers Fink war. Constance war immer aufs Neue überrascht, wie beliebt der Vater als Kaufmann war. Der gut aussehende Mann verstand es vor allem, die Bäuerinnen mit seinem Charme zu beeindrucken. So verdankte sie es nicht zuletzt ihrem Vater, daß sie die Bevölkerung des Dorfes freundlich aufnahm.
Constance schenkte sich aber auch nichts, sie setze sich für jedes der ihr anvertrauten Kinder mit ihrer ganzen Persönlichkeit ein. Die junge Milly, ein Mädel aus dem Dorf, das man ihr als Helferin zugedacht hatte, galt als schwierig. Constance hatte mit ihr eine glückliche Hand. Sie zeigte ihr Vertrauen und gewann sie damit für sich.

Weihnachten 1941 erhielt sie vom Vater eine wunderschöne Steppdecke. Es war die Zeit, wo man bereits alles auf Bezugsschein – wenn überhaupt – bekam. Herr Fink konnte mitunter etwas außer der Reihe »organisieren«. Er verkaufte landwirtschaftliche Maschinen, die es nur sehr spärlich gab, und er erhielt dafür, anstelle von Geld, zum Beispiel eine Steppdecke für die Aussteuer der Tochter.
Nur – üblicherweise hätte sie zwei bekommen müssen. Aber der Vater zuckte nur die Achseln. Diese zweite Steppdecke entdeckte sie dann im ehelichen Schlafzimmer der Neuvermählten. Die neue Frau Fink war nicht arm in die Ehe gekommen, sie hatte alles, auch Steppdecken, aber offenbar sollte Constance eben keine zwei Steppdecken haben.
Ähnlich ging es ihr mit den Möbeln. Die Neuvermählten wohnten in ihren Möbeln, den Möbeln ihrer Mutter, denn es gab ja nichts. Constance hatte im Haus des Kindergartens ein möbliertes Zimmer, sie konnte also auf Möbel verzichten; aber der Gedanke, daß eine Fremde in den Möbeln ihrer Mutter lebte, bedrückte sie.
Es bedrückte sie auch, wenn sie an den Sonntagen, die ihr gehörten, zum Vater kam und Frau Erika nicht wußtte, ob sie ihr eine Tasse Kaffee anbieten sollte. Frau Erika machte kein Hehl daraus, daß sie ihre sonntäglichen Besuche für recht unangebracht hielt. Constance verstand und blieb künftig weg.
Ihre Versuche, sich an die jungen Mütter ihrer Kinder anzuschließen, mißlangen. Gewiß, man hatte sie gern, das spürte sie, wenn sie am Monatsende von Hof zu Hof ging, um die Beiträge und die Lebensmittelmarken zu kassieren. Immer ging sie mit reich gefüllter Tasche wieder nach Hause. Die Bäuerinnen ließen es sich nicht nehmen, für ihre Kindergarten-Tante zu sorgen. Sie bekam Butter, Eier und Mehl und Milch, und sie bekam es, ohne darum bitten zu müssen. Die Kinder liebten sie und die Mütter wußten das, und liebten sie ihrerseits.
Aber, es war nicht dasselbe, mit ihnen über ihre Kinder zu sprechen oder diese überforderten Frauen für ihre Probleme zu

interessieren. Alle hatten sie ihre Männer an der Front und mußten mit Fremdarbeitern, Polen oder Russen, den männerlosen Hof instand halten, die Felder bestellen und das Vieh versorgen. Sie waren dankbar und glücklich, ihre Kleinkinder den ganzen Tag unter der Obhut einer »gelernten« Kindergärtnerin zu wissen, denn Constance leitete eine Kindertagesstätte, und sie verköstigte die Kinder auch. Milly holte die Kleinen zu Hause ab und zog dann mit dem Trüpplein in den Kindergarten; abends wurden sie wieder heimgebracht.

Das alles wußten die Frauen wohl zu schätzen. Aber auf den Gedanken, daß ihre hübsche junge Tante Conny sich an den Wochenenden einsam fühlen könnte, kamen sie gar nicht.

Constance schrieb an Mama, die geschiedene Frau ihres Vaters und Erzieherin ihrer Jugend, und fragte nach, ob sie in ihrem Hause wohnen könne. Bei ihrer Dienststelle suchte sie um Versetzung in ihre Vaterstadt nach.

Die zweite Frau Fink hatte die kleine Constance mit fünf Jahren übernommen, einem so zarten Alter, daß das sensible Kind – ohne Erinnerung an die eigene Mutter – sich zunächst eng an die neue Mama anschloß. Ehe es zu der völligen Zerrüttung der zweiten Ehe kam, war durch die Stiefmutter ein neuer, ein sehr österreichischer Akzent, in die Erziehung der Kinder gekommen. Mama sang gern, sie hatte eine nette einnehmende Stimme, und die kleine Conny sang nach und sang mit. Es waren vor allem die einschmeichelnden Wiener Lieder, Lieder aus Operetten von Strauss und Lanner, von Zierer und Raimund, die das schnell auffassende kleine Mädchen begeistert nachsang. »Heinerle, ich hab' kein Geld, Heinerle, das geht doch nicht! Wenn ich aber Geld werd' haben, soll mein Heinerle alles haben!« Wie soll eine Zehnjährige begreifen, daß plötzlich zu nichts mehr Geld im Hause ist? Warum sind alle weggeschickt worden, die in ihre frühe Kindheit gehörten? Die immer lustige Toni, die mit der »Gnä Frau« aus deren südmährischen Heimat mitgekommen war, die rundliche, immer zu Geschichten aufgelegte Frau Grimm, die ihrer aller Wäsche wusch und Flora, die im Laden

stand und mit den Kunden klatschte. Die Welt der heranwachsenden Conny bestand aus weltfernen Träumen, wie konnte es bei soviel Phantasie und Empfindsamkeit auch anders sein?
Herr Fink war neben diesem »Seelchen« der berühmte »Elefant im Porzellanladen«. Er zertrampelte alles, was dieses dünnhäutige Kind neben ihm suchte und nicht fand. Aber wie hätte sie begreifen sollen, daß dieser Vater krank war? Er war ein Egoist und absolut unfähig, außer sich selbst etwas zu lieben, mehr noch: er war absolut liebesunfähig!
Constance hatte also jetzt die Entscheidung getroffen, die Entscheidung, vom Vater fort und zur Stiefmutter zurückzukehren. Sie hatte keine andere Wahl, denn nach einer erfüllten Arbeitswoche im Kindergarten sah sie sich an den Wochenenden einer schrecklichen Leere in ihrem Leben ausgesetzt, die auf die Dauer unerträglich für sie war.
So fuhr sie wieder nach Hause, zurück in die geliebte Stadt am Elbeursprung. Ihre Vorgesetzten hatten ihr wieder einen dörflichen Kindergarten angeboten, denn natürlich wartete man nicht auf sie in der Kreisstadt. Dort war der Kindergarten mit einem Protektionskind der Partei längst besetzt.
Der Krieg war in ein ernstes Stadium getreten. Seit Stalingrad glaubte kein vernünftiger Mensch mehr an den Endsieg, aber keiner wagte es, dies auszusprechen. Die Durchhalteparolen der Partei liefen auf Hochtouren.
Constance kannte die Stiefmutter nicht wieder. Was war da für ein Gesinnungswandel vollzogen worden? Jeder zweite Satz, den sie sprach, begann: »Unser geliebter Führer, er wird uns alle zum Siege führen!«
Conny erinnerte sich noch an die gute Katholikin, die mit ihr auf die Wallfahrt gegangen war, die in der Kirche zu finden war, wenn sie gerade zu Hause gebraucht wurde. Sie ging schon lange nicht mehr zur Kirche und spottete, wenn Constance es tat.
»Du bist wohl fromm geworden?« fragte sie, »wo hast du denn das gelernt?«
»Bei dir, Mama«, konterte sie geschickt. »Warst du es nicht, die

mich zu den Nonnen brachte?« Darauf konnte sie nichts erwidern und das Gespräch verstummte. Es verstummte langsam aber stetig, schließlich sprach niemand mehr mit Constance.
Eines Tages traf sie ihre ehemalige Kindergärtnerin in einer Buchhandlung. Sie sprach sie an: »Aber wie ist es nur möglich, daß sie, als Kind unserer Stadt, nicht unserem Kindergarten vorstehen?«
Constance war es peinlich, hier in aller Öffentlichkeit darauf angesprochen zu werden. Außerdem war das ein Punkt, auf den sie sehr empfindlich reagierte, denn natürlich hatte Fräulein Müller recht! Es fiel ihr nicht eben leicht, jeden Morgen um fünf Uhr aufzustehen, um den Sechsuhrbus nach Mittellangenau zu erreichen. Ihr neuer Kindergarten mußte schon um halb sieben geöffnet werden, weil etliche Mütter ihrer Kinder in der nahen Kleiderfabrik arbeiteten.
Fräulein Müller, inzwischen hochbetagt, wußte freilich nicht, was Constance zugetragen wurde; daß nämlich die Leitung des Kindergartens von Hohenelbe einem Protcktionskind aus Reichenberg zugefallen war, deren Vater eine hohe Position bei der NSDAP innehatte.
Man schrieb inzwischen das Jahr 1943. Das nahe Spindelmühle, das Tor zum Riesengebirge, war jetzt Lazarettstadt. Immer öfter kamen Soldaten von der Front zur Erholung in diesen überaus reizvollen Fremdenverkehrsort.
Eines Morgens im Mai war Constance nicht – wie sonst – der einzige Fahrgast im ersten Bus nach Spindelmühle. Ein Trupp verwundeter Soldaten fuhr mit ihr. Die hübsche junge Kindergärtnerin war nicht unempfänglich für die Schmeicheleien der jungen Männer. Beim Aussteigen steckte ihr einer der Soldaten einen Zettel mit seiner Adresse zu. Constance hatte diesen Vorfall längst vergessen, als er eines abends, als sie heimkam, vor ihrer Tür stand. Wie hatte er sie bloß gefunden? Oh Gott, hatte sie ihm am Ende auch ihre Adresse gegeben? Sie hatte!
Es gibt Erfahrungen, Eindrücke, die uns ein Leben lang begleiten. Immer wenn Constance in ihrem späteren Leben blühende

Schlehen sah, erinnerte sie sich dieses Maientages, wo sie – ahnungslos, was auf sie zukam – den Weg von ihrem Dorf nach Hause nahm, über die Felder und immer am Waldrand, und immer vorbei an blühenden Schlehensträuchern.
Vor dem Haus ihrer Stiefmutter stand ein Unteroffizier. Als er sie kommen sah, ging er auf sie zu. Es war der junge Mann aus dem Bus. Zunächst erschrak sie. Dann aber verwandelte sich ihre Überraschung in helle Freude. Ein wenig befangen bat sie ihn ins Haus. Mama und ihre Halbschwester Katja waren nicht zu Hause. Ohne Arg führte sie Konrad in ihr Zimmer.
Es wurde ein wunderschöner Abend. Zwei junge Menschen, die sich gut verstanden, vielleicht ein wenig verliebt waren. Aber es geschah nichts, dessen sie sich später einmal hätte schämen müssen; dazu war sie zu streng erzogen, und so jung sie auch war, sie hatte ihre Grundsätze.
Dafür erwischte sie es hinterher! Zum erstenmal war sie verliebt. Sie träumte von ihm, sie sehnte sich nach den Dingen, die verboten waren, und da sie ein sehr mitteilsamer Typ war, erzählte sie ihr kleines Erlebnis ihrem großen Bruder Walter, der gerade auf Urlaub zu Hause war. Natürlich unter dem Siegel der Verschwiegenheit.
Monate später galt Walter als vermißt. Frau Fink, die den Sohn aus erster Ehe liebte wie ihren eigenen, lief herum und jammerte. Constance war auch betroffen, immerhin war er ihr Bruder. Freilich, so etwas wie brüderliche Liebe hatte sie bei ihm nie gespürt ... Er gehörte zu den Menschen, die Gefühle, wenn sie überhaupt welche haben, in sich verschließen.
Ein Feldpostbrief von Walter kam an. Es war reiner Zufall, daß Constance, die mit einer Grippe zu Bett lag, ihn in Empfang nahm. Walter hatte geschrieben, also lebte er! In ihrer Freude kam sie gar nicht auf die Idee, daß der Brief nicht an sie gerichtet sein könnte. Erst als sie las: »Liebe Katja!« begriff sie. Aber da war es schon zu spät. Sie las weiter, was konnte Walter wohl schreiben, was nicht auch sie wissen durfte? Und sie las, und je länger sie las, umso entsetzter war sie. Alles, was sie in ihrer ersten törichten

Verliebtheit dem Bruder anvertraut hatte, wurde hier in diesem Brief in übelster Weise in den Schmutz gezogen. Wenn eine geschwisterliche Beziehung, die nie sehr stark ausgeprägt war, durch solchen groben Vertrauensbruch belastet wird, ist das meist das Ende dieser Beziehung. Für Constance war es das!

Wenn sie geglaubt hatte, ihre Stiefmutter würde ihre große Verstörtheit verstehen und sie vielleicht zu trösten versuchen, sah sie sich bitter enttäuscht. Das Gegenteil war der Fall.

»Du hattest kein Recht, den Brief zu öffnen!« schrie sie die Tochter an. Ihre Entgegnung, sie habe in der Freude, daß Walter überhaupt wieder ein Lebenszeichen von sich gegeben hätte, versäumt, auf den Adressaten zu achten, fiel unter den Tisch. Und in welcher Gefahr sie sich befand, wurde ihr klar, als die Stiefmutter ihr drohte: »Ich werde den Kreisamtsleiter hinzuziehen ...«

So also war das! Mama ließ ihre Beziehungen spielen! Sie schwieg über den grausamen Schmerz, die bösartige Bloßstellung ihrer blutjungen Schwester gegenüber.

In diese Schreckenszeit fiel – man schrieb inzwischen 1944 – die überstürzte Flucht der Deutschen aus Schlesien. In deren Lebensraum im Osten waren bereits die Russen eingedrungen. Die deutsche Armee war überall auf dem Rückzug.

Da Constances Kindergarten wegen Kohlemangel geschlossen worden war, setzten die Vorgesetzten Constance in der Flüchtlingsbetreuung ein. Es kamen die ersten Züge mit Flüchtlingen in Hohenelbe an. Die Nächte in diesem Frühjahr waren noch empfindlich kühl. Constance stand am Bahnhof und teilte heißen Tee an die Ankommenden aus und fror dabei selbst nicht wenig.

Das Schützenhaus, früher wurde auf seiner Bühne Theater gespielt, wurde für die Flüchtlinge frei gemacht. Schnell hingeschüttetes Stroh diente als Schlafstätte, das Haus hallte wider von Geschrei und Kinderweinen, und Constance saß im Büro und nahm die Personalien der Leute auf. Sie teilte Brot- und Fettmarken aus, Schokolade an die Kinder, und kochte Kakao für

die Kleinsten. Sie war in ihrem Element, sie wurde gebraucht, und das machte sie glücklich.
Ein merkwürdiges Erlebnis blieb ihr von diesen Tagen im Gedächtnis. Ein einfacher Mann mit seinem Rad und seinen wenigen Habseligkeiten darauf, wartete vor dem Tor des Schützenhauses.
Constance stürzte auf ihn zu: »Papa, wo kommst du denn her?« Erst als der Fremde nicht reagierte, sie vielmehr etwas geniert von sich wegschob, erkannte sie ihren Irrtum. »Oh, bitte verzeihen Sie! Sie sehen meinem Vater so ähnlich. Ich habe ihn seit Jahren nicht mehr gesehen!«
Der Mann lächelte. »Warten Sie«, sagte Constance und lief davon. Sie suchte nach einem größeren Schein in ihrer Geldbörse, lief zurück und drückte ihn dem überraschten Mann in die Hand.
»Woher kommen Sie?« Der Mann sah sie mit den Augen ihres Vaters an.
»Von Oppeln! Wir waren auf dem Feld, als die Russen kamen. Ich habe mein Rad gepackt und nichts wie weg!« Constance stand betroffen. Man rief nach ihr. Als sie zurückkam, war der Fremde weg.
An Christi Himmelfahrt, in der Nacht, kamen die ersten Russen in ihre Stadt. Constance hatte sich in ihr Zimmer eingeschlossen. Sie trug ihre Trainingshose und einen Pulli, denn die Nächte waren noch empfindlich kalt. Sie horchte auf, als sie eilige Schritte im Flur hörte. Was war um diese späte Nachtstunde noch im Haus los? Es waren nur Frauen und junge Mädchen im Haus. Die Stiefmutter, Katja und eine Flüchtlingsfamilie aus Breslau, ein älteres Ehepaar mit zwei sechzehnjährigen Zwillingen.
Constance schlich leise aus ihrem Zimmer und sah durch ein kleines Fenster aus dem, dem Flur vorgelagerten Korridor, in den Hausflur. Dort liefen junge Männer in russischer Uniform hin und her. Die beiden deutschen Landser, die Mama am späten Nachmittag aufgenommen hatte, damit sie über Nacht noch eine Bleibe haben sollten, saßen auf dem kalten Boden des Flurs,

von einem Russen bewacht. Sie schlich zurück in ihr Zimmer, das so nach hinten verbaut war, daß die ungebetenen Gäste es noch nicht entdeckt hatten.

In diesem Moment klopfte es leise an ihre Tür. Sie wollte nicht öffnen, erkannte aber noch rechtzeitig ihre Schwester Katja und die beiden jungen Mädchen und ließ sie ein.

»Wir müssen hier weg!« flüsterte die siebzehnjährige Katja, »sie haben uns noch nicht gesehen.« Constance öffnete das Fenster zum Garten und sie kletterten hinaus, und über den niederen Zaun auf das Grundstück des Nachbarn.

Frau Lauter, die selbst zwei junge Töchter hatte, war nicht entzückt, als die Mädchen bei ihr klopften. Aber sie konnte ihnen nicht gut ihre Hilfe verwehren; hier saßen sie alle in einem Boot!

Im großen Hof der Lauters befanden sich die Werkstätten. Herr Lauter war Dachdeckermeister, jetzt war er Soldat.

»Hier herein«, sagte Frau Lauter leise, »hier werden sie nicht suchen, es sieht ja aus wie ein Schuppen.«

Dort saßen sie dann auf den Werkbänken und sahen aus wie eine Schnur frierender Vögel. Später kamen noch die Eltern hinzu; was aus Mama wurde, konnte man nur ahnen!

Am frühen Morgen – niemand hatte in dieser Nacht ein Auge zugemacht – entschlossen sie sich, über den großen Garten der Lauters in die nahen Felder um den Friedhof zu entkommen. Offenbar hielten die Russen bisher nur die Hauptstraße und den Marktplatz besetzt.

Constance erinnerte sich an den letzten Urlaub des Bruders Walter und was er ihnen gesagt hatte: »Dieser Krieg ist nicht mehr zu gewinnen! Nach meiner Meinung werden die Siegermächte Deutschland teilen. Haltet euch nach dem Westen, denn den Westen wird wahrscheinlich der Amerikaner besetzen und unter ihm ist besser zu leben als unter dem Russen.«

Sie riet der kleinen Gruppe, sich einzeln auf den Weg zu machen. Sie selbst versuchte über die Hauptstraße auf die andere Seite der Stadt zu gelangen, wo Frau Temmler wohnte, eine Jugendfreundin ihrer Mutter. Bei ihr, so hoffte sie, konnte sie sich für eine

Weile verstecken. Die Hauptstraße war mit kleinen Panjewagen dicht besetzt. Constance paßte einen Moment ab, wo der wachhabende Russe wegsah und sprang über die Straße. Sie kannte die kleinen verbauten Gäßchen ihrer Stadt so gut, daß sie, ohne weiter behelligt zu werden, das kleine Haus der Frau Temmler fand. Die war gar nicht überrascht und freute sich über Connys Erscheinen.
»Nun, wir müssen natürlich sehr vorsichtig sein. Immerhin haben wir den Russen jetzt in unserer Stadt und daß er nur die Hauptstraße besetzt, will ich nicht glauben.«
»Sie meinen ...?«
»Du weißt doch, Conny, nur ein paar Häuser weiter ist die Brauerei Wiegand. Wenn sie erst die entdeckt haben, werden sie sich besaufen und dann gnade uns Gott.«
Die strahlenden Maientage sind so recht dazu angetan, eine fröhliche Stimmung aufkommen zu lassen! Aber – der Schein trügt! Niemand wagt sich auf die Straßen und Gassen, alle leben sie hinter verschlossenen Türen und sichern die Schlösser dieser Türen dreimal.
Frau Temmler hat Conny ein paar alte Röcke gegeben. »Zieh das an. Ein junges hübsches Mädel ist jetzt viel zu gefährdet.« Sie tuts, aber es tut ihrer frischen Jugend wenig Abbruch. Auch nicht, daß sie ihr honigfarbenes Haar hinter einem in die Stirn gezogenen Kopftuch verbirgt.
»Du brauchst keine Angst zu haben, bei uns suchen sie keine Reichtümer«, versucht Frau Temmler das Mädel zu beruhigen. Aber die Angst bleibt! Das nur von einem niederen Zaun eingefaßte Grundstück der Frau Temmler birgt im Grunde keine Sicherheit. Lediglich der Umstand, daß sie in einer stillen, kaum begangenen Seitenstraße wohnt.
Und eines Tages ist es dann soweit: die beiden Frauen sitzen am Tisch bei einer Tasse Kaffee – Kornkaffe gibt es noch ab und zu – als plötzlich zwei Russen in der Tür erscheinen! Blutjunge Kerle mit pockennarbigen Gesichtern und asiatischen Zügen.
Conny sieht sie zuerst, weil sie der Küchentür gegenüber sitzt.

Frau Temmler erkennt die ungebeten Gäste an dem kalkweißen Gesicht Connys. Sie steht auf und stellt sich ihnen entgegen.
Die beiden treten ein und geben zu verstehen, daß sie Uhren und Schmuck suchen. Frau Temmler hat sich längst auf solche Besuche eingestellt und vorgesorgt. Sie öffnet die Tischschublade. Dort liegen zwei billige Blechuhren und zwei wertlose Ringe, aus einer längst vergangenen Tombola. Die Kerle nehmen alles an sich, machen aber keine Anstalten, wieder zu gehen.
Conny ist mit weichen Knien ans Fenster getreten. Das Fenster geht zum Garten hinaus und ist wegen der schönen Jahreszeit nur angelehnt. Wenn es sein muß, kann sie noch klettern wie als Kind auf der Schloßmauer. Schon sieht es aus, als wollten die beiden Eindringlinge wieder gehen, da zeigt einer von ihnen auf Conny. »Du, Frau, mitkommen!«
Conny ist absolut außerstande, ein Glied zu bewegen! Frau Temmler, eine lebenserfahrene Frau, rettet die Situation. Indem sie die beiden jungen Soldaten sanft zur Tür schiebt, sagt sie mit beschwörender Stimme: »Komm Iwan, laß das Mädel in Ruh! Ist ein braves Mädel, kannst draußen auf der Straße andere finden.« Und das Unglaubliche geschieht: die beiden entfernen sich.
Der Spuk der ersten Tage legt sich. Außer einigen wenigen Posten, verlassen die Russen die Stadt. Sie werden von tschechischem Militär abgelöst. Aber die Belästigungen gehen zurück! Ganz langsam zeigen sich wieder Mädchen und Frauen auf den Wegen; das Leben muß ja weitergehen.
Conny ist ins Elternhaus zurückgekehrt und wird von der Stiefmutter mit Lebensmittelmarken losgeschickt. Was Conny nicht weiß, ist, daß immer wieder Razzien stattfinden, die deutsche Frauen und Mädchen für schwere Arbeit in den Fabriken im Landesinnern aufspüren sollen. Und genau da gerät sie hinein.
Das Lastauto mit den festgenommenen Frauen und Mädchen hält vor dem Arbeitsamt. Man drängt sie in einen engen Raum zusammen. Sie sind alle verängstigt. Hie und da fängt eine an zu weinen. Ein russischer Soldat holt einzelne aus der Gruppe. Man merkt, daß er sie danach mißt, wie kräftig sie sind. Wie am

römischen Sklavenmarkt, muß Constance denken, und merkt es selbst nicht, daß auch sie vor Angst zittert.
Schon sind die meisten der Frauen und Mädchen aufgeteilt, da erscheint ein langnasiger dürrer, finster blickender Mann im Türrahmen. Er läßt seine Blicke schweifen und sie bleiben an Constance haften. Er geht auf sie zu und greift nach ihren Händen: »Du nix arbeiten, du milost pani! Du bei mir arbeiten lernen!«
Er nimmt sie mit. Vor dem Tor des Arbeitsamtes steht ein kleines Pferdewägelchen, ein halb verhungerter Klepper ist eingespannt. Der Mann fordert sie auf, sich auf den Wagen zu setzen. Als sie über den Marktplatz kommen, an das Haus der Stiefmutter, bittet ihn Constance, sich ein paar Sachen holen zu dürfen. Sie sucht dazu ihr dürftiges Schultschechisch zusammen und kann sich einigermaßen verständlich machen. Der Mann sieht sie unfreundlich an.
»... ale honem, honem!« schreit er und sie springt vom Wagen und läuft ins Haus. Im Flur begegnet ihr die Stiefmutter, der sie kurz berichtet. Einen Moment lang hat sie das Gefühl, als ob etwas wie Schadenfreude im Gesicht der Frau aufleuchtet; wäre es denkbar, daß sie ihr dieses Schicksal gönnte? Hastig nimmt sie etwas Wäsche aus dem Schrank und auch etwas Geld.
»Es ist nicht für lang!« ruft sie der Mama noch zu, die bereits wieder die Treppe hochgeht.
Der Weg ist weit. Das Haus, welches der tschechische Kellner aus Prag mit seiner Familie bewohnt, war einmal eine gut besuchte Riesengebirgsbaude, selbstverständlich von einem deutschen Besitzer geführt. Den hatte man erschossen – ein Menschenleben galt in diesen Tagen nicht viel – Frau und Tochter verschleppt. Jetzt hatte der Tscheche das Sagen, der »Vbravce«, wie er angeredet sein will. In der großen ehemaligen Hotelküche lernt sie Ludmilla kennen, die deutsche Stallmagd. Mit ihr wird sie von nun an die Kammer teilen. Sie war schon beim deutschen Besitzer gewesen und Constance sollte bald merken, daß sie von ihr nichts Böses zu gewärtigen hatte. Schlimmer war die Frau des

Vbravce. In Prag war sie Stubenmädel gewesen, jetzt ließ sie sich tatsächlich von den beiden deutschen Mädchen mit »milost pani« anreden. Constance war arbeiten gewöhnt und arbeitete gern. Aber hier wurde sie zum erstenmal zur Feldarbeit eingesetzt. Als Rothaarige hatte sie die überaus zarte und zudem sonnenempfindliche Haut dieser Menschen und schon nach wenigen Tagen hatte sie wunde Hände vom Halten des Rechens. Milla steckte ihr etwas Schweinefett zu, mit dem sie die Schmerzen linderte. Der Sommer war sehr naß und infolge der politischen Lage waren natürlich keine Touristen gekommen. Dennoch verlangte die Frau des Hauses, daß Conny alle Zimmer in ständiger Bereitschaft für eventuelle Gäste sauber hielt. Conny stand um fünf Uhr auf, um Milla im Stall zu helfen und das Frühstück für die Familie zu bereiten. Sie und Milla bekamen nur einen Ranft Brot und eine Tasse Milch, viel zu wenig für die immer hungrige Conny, der die Gebirgsluft Appetit machte. Die Keilbaude hatte auch eine kleine Bibliothek gehabt und eben diese war dem Besitzer ein Dorn im Auge. Eines Tages mußte Conny, Conny, die mit Büchern aufgewachsen war, diese vor dem Hause zusammentragen und anzünden. Die beiden Kinder des Hauses standen dabei und klatschten vor Vergnügen in die Hände; Conny war den Tränen nahe, aber zu stolz, diesen Proleten zu zeigen, wie sie litt. Das Schlimmste aber stand ihr noch bevor. Sie hatte zwar Wäsche, nicht aber ein zweites Paar Schuhe eingesteckt, es ging ja alles so schnell. Nun, von den feuchten Wiesen, hatte sie beständig feuchte Schuhe, und diese, am großen Kachelofen in der Küche getrocknet, wurden immer härter. Schließlich kamen die Stifte zum Vorschein, mit denen das Leder zusammengehalten wurde und drangen ihr ins Fleisch, sie litt unsäglich. Als eines Tages, nachdem Constance die Toiletten im Erdgeschoß gereingt hatte, die zwölfjährige Ruschenka mit der Mutter hinzukam, verlangte diese, daß sie es noch einmal mache, weil es angeblich nicht sauber sei. Da verlor Conny die Nerven und lief davon ... Sie lief davon und kam mit blutenden Füßen daheim an. Die Stiefmutter empfing sie unfreundlich. »Was stellst du dir vor, du kannst doch hier bei mir nicht bleiben, wir arbeiten ja alle! Ich bin Wäscherin bei einem russischen Doktor! Dafür bekomme ich zu essen und Katrin hilft durch Bügeln für die reichen Tschechen etwas hinzuzuverdienen!« »Aber Mama, ich will ja nicht hier herumsitzen, aber ich kann doch nicht mehr laufen! Glaubst du, daß Dr. B., unser Hausarzt, mich für ein paar Tage krank schreibt?« »Du kannst es ja versuchen! Aber rechne damit, daß der Vbravce dich suchen läßt! Ich möchte keinen Ärger mit den neuen Herren!« Dr. B. schrieb sie nicht krank, obgleich es offensichtlich war, daß sie kaputte Füße hatte. So lebte sie mit der Angst im Nacken, man würde sie abholen und mit Gewalt auf die Keilbaude zurückbringen.

Aber nichts geschah und die Stiefmutter, die ihr widerwillig zu essen gab, verschaffte ihr eine Stelle als »Sluzka«, als Dienstmädchen, bei eben diesem Arzt, bei dem sie selbst als Wäscherin arbeitete. Dr. Sirowatka war Russe und hatte sich in die wunderschöne Praxis und die Villa des ehemaligen deutschen Amtsarztes gesetzt. Er war Mitglied des »Narodni vibor«, der tschechischen Kreisverwaltung. Seine Frau war Tschechin und die Tochter eines höheren Bahnbeamten aus Pardubitz. Sie war älter als ihr Mann und eigentlich unhübsch, aber sie hatte dem Doktor einen Knaben geschenkt, ein jetzt fünfjähriges Bübchen, den kleinen Ivan, der des Vaters ganzer Stolz war.

Endlich hatte es Constance etwas besser getroffen. Zwar hatte sie ein großes Haus samt Praxis sauber zu halten und ihr Tagewerk begann auch hier um sechs Uhr, aber sie wurde nicht gequält und bekam satt zu essen. Und noch etwas sollte sie in diesem Hause treffen: eine Freundin! Nona, eine kleine Weißrussin, war auf eine höchst abenteuerliche Weise in den Haushalt des Arztes gekommen. Aber sie sprach mit Conny deutsch und aß mit ihr in der Küche, und sie war ganz offensichtlich keine Deutschenfresserin! Im gleichen Alter wie Conny, blond und blauäugig, war sie so gar nicht der Typ einer Russin, wie man sie sich gemeinhin vorstellt. Auch die Dame des Hauses war nicht unfreundlich zu ihr. Nachdem sie des öfteren Constances Taschen durchsucht

hatte, ohne daß diese es merkte und festgestellt hatte, daß das Mädchen ehrlich war, wurde ihr Leben im Hause des Dr. Sirowatka zumindest erträglich. An einem ihrer freien Sonntagnachmittage erfuhr sie von Mama, daß erste sog. »Freiwilligentransporte« nach Deutschland zusammengestellt wurden und daß sie und Katrin ausreisen wollten. Sie meldete sich ebenfalls. Der Gedanke, ihr Leben als »Sluzka« zu verbringen war wirklich nicht erhebend. Der Abschied von Nona fiel ihr schwer. Sie hatte in ihr in schwerster Zeit eine treue und hilfreiche Freundin gefunden. So versprach sie ihr, gleich nach ihrer Ankunft in Deutschland nach ihrer Mutter zu suchen, die sie in den Wirren des Kriegsendes aus den Augen verloren hatte.
Beim Abschied steckte sie Constance ein kleines Päckchen zu. Es war ein Anhänger aus Silber mit einem nußgroßen Aquamarin an einem zarten Silberkettchen. Er sollte Conny ein Leben lang an Nona erinnern.
Die »humane« Aussiedlung der letzten Deutschen aus dem Sudetenland wickelte sich in mit Stroh ausgelegten Viehwaggons ab. Fünfundzwanzig Personen pro Waggon und ein Eimer für die Notdurft. Der Zug war für Bayern vorgesehen, endete aber in Hessen. Vorher sollte Constance an der Grenze noch eine Feuerprobe bestehen. Niemand von den in dieser Weise auf den Weg gebrachten Menschen wußte, warum der Zug an der Grenze einen Tag und eine Nacht hielt. Constance, die als Einzige in ihrem Waggon ohne Sitzplatz geblieben war, – nirgendwo entwickelt sich Egoismus besser als in Notsituationen – bekam einen Schwächeanfall und wurde ohnmächtig. Eine junge Frau kümmerte sich um sie und erreichte beim Begleitpersonal, das vorwiegend aus russischen Soldaten bestand, daß man Constance in einen anderen Waggon verlegte. Es war ein ganz normaler Waggon, mit Abteilen mit Schiebetüren, und einer anderen Hälfte mit Bänken. Einzig eine blasse deutsche Dame war in einem der Abteile und zu ihr brachte man Constance. Es stellte sich heraus, daß die Dame, zu der man sie gebracht hatte, die Ehefrau des deutschen kommunistischen Begleiters des Zuges

war. Bald schon entwickelte sich zwischen den beiden Frauen eine freundliche Unterhaltung und Conny ging es zusehends besser. Was sie beunruhigte, war etwas ganz anderes! Immer mehr russische Soldaten gingen an ihrem Abteil vorbei und immer wurde sie sehr aufmerksam gemustert. Aber Conny hoffte wohl, an der jungen Frau so etwas wie einen gewissen Schutz zu haben; es sollte sich herausstellen, daß sie sich getäuscht hatte. Man hatte zwei Strohsäcke und ein paar Decken in das Abteil gebracht, und als es dunkelte, flammte sogar Beleuchtung auf. Die Spaziergänge der Soldaten auf dem Flur hörten auf. Einmal kam der Ehemann der jungen Frau. Er begrüßte Constance höflich, blieb aber nicht lang. Man sei dabei, in dieser Nacht »den Sieg« zu feiern! Den Sieg über die Deutschen, die man jetzt herauswarf. Hier wurde viel aufgestaute Wut frei. Aber, wie so oft im Leben, gegenüber den Schwächsten. Conny legte sich auf einen der Strohsäcke, die man quer über die Bänke gelegt hatte und ihre Begleiterin tat dasselbe und schon war sie eingeschlafen.
Fremde Laute ließen sie aus dem Schlaf aufschrecken. Neben ihr stand ein junger Offizier in russischer Uniform. Er hielt ein Glas in der Hand. Er lächelte sie freundlich an und setzte ihr das Glas an die Lippen. Constances erste Reaktion, noch ganz schlaftrunken, war Abwehr! Aber die war hier absolut unerwünscht. Ein zweiter und ein dritter Wodka wurde in sie hineingeschüttet! Bis sie nichts mehr sah und hörte, als Nebel und tiefe Müdigkeit ... Sie träumte, im Walde zu sein, und der schwere Druck auf ihrem Leibe schien von einem schweren Baum herzurühren, der auf sie gefallen war. Sie erwachte von einem jähen Schmerz zwischen ihren Schenkeln und plötzlich war sie ganz wach. Und nun begriff sie! Der Mann erhob sich von ihr und knöpfte seine Hose zu. Was ihr in jener Nacht geschehen war, sollte sie ihr ganzes Leben lang als ein Alptraum begleiten und sehr wesentlich ihr Verhältnis zum Mann bestimmen!
Am nächsten Tag fuhr der Zug endlich über die Grenze und hielt in Hessen. Hier wurden sie von amerikanischem Militär und der deutschen Caritas empfangen und in bereitstehende Wagen oder

auch auf Lastautos verfrachtet. Constance wollte sich noch von der Stiefmutter und ihrer Halbschwester Katrin verabschieden, aber die waren schon weg. Der Pferdewagen, auf den man sie hinaufhievte, hielt in einem kleinen hessischen Dorf. Da beim Verteilen der Flüchtlinge bewußt die Familien zusammen gelassen worden waren, sie aber allein war, brachte man sie in einem Lungensanatorium unter. Zum ersten Mal lag sie wieder in einem sauberen Bett und konnte sich waschen.

Am nächsten Tag wurde sie in die Klinikküche zum Kartoffelschälen abkommandiert. Es war ihr klar, daß sie hier nicht bleiben konnte. Das Dorf hatte weder eine Schule, noch einen Kindergarten, noch nicht einmal ein Pfarrhaus. Sie bat um ein kurzes Gespräch mit dem Klinikleiter, der nichts dagegen einzuwenden hatte, daß sie ihre Koffer zunächst hier ließ und sich auf den Weg nach München machte. Dort hoffte sie, ihre Tante Luise, eine Schwester ihrer Mutter, wiederzutreffen. Es war ein Wagnis, gewiß. Lediglich ein Gespräch während eines Besuches der Tante in Deutsch-Gabel hatte sie in Erinnerung. Da war von einer Nichte des Onkel Georg, der Wiener war, die Rede und daß man im Ernstfall bei ihr, die einen Münchner geheiratet hatte, unterschlüpfen könnte.

Nun, der Ernstfall war eingetreten und es blieb ihr nichts anderes übrig, als ihrem guten Stern zu vertrauen und loszufahren. Sie hatte München vor dem Kriege nicht gekannt. Was sie jetzt antraf, war ein einziger riesengroßer Trümmerhaufen. Sie ging zur nächsten Polizeistelle und nannte die Adresse der Münchner Nichte von Tante Luise. Und das kleine Wunder geschah, sie erhielt sie. Auf ihr Läuten öffnete ihr eine junge Frau, die sie nur an ihrem Wiener Dialekt als Tantes Nichte vermutete. »Mädel!« Tante Luise erschien im Türrahmen und umarmte sie, Tränen in den Augen. Conny mußte erzählen. »Aber ... wie soll es weitergehen?« fragte sie bange, als sie geendet hatte. Tante Luise hatte ihre alte Energie zurückgewonnen.

»Hanna behält dich sicher ein paar Tage hier! Du mußt halt gleich morgen aufs Arbeitsamt gehen und zusehen, daß du eine

Arbeit bekommst.« Die Münchner Verwandtschaft war nicht unbedingt über den Zuwachs erfreut, man hatte sich vorher noch nie gesehen. Hanna war die Tochter eines Bruders von Onkel Georg, Tante Luises Mann. Sie hatte einen kleinen bayerischen Fabrikanten geheiratet. Zum Glück war ihr Haus vom Bombenregen verschont geblieben. Constances Leben bestand nun im täglichen Schlangestehen auf dem Arbeitsamt. Es war ein trostloses Dasein und nur die Freundlichkeit ihrer Tante Luise ließ sie ihr inneres Gleichgewicht einigermaßen behalten. Es ließ sich auch vieles vielversprechend an, um dann wie eine Seifenblase wieder zu zerplatzen. So vermittelte sie z.B. das Arbeitsamt aufgrund ihrer Zeugnisse, die sie hatte retten können, zu der bekannten Filmschauspielerin Luise Ullrich, die in Bogenhausen eine wunderbare Villa bewohnte. Sie hatte den Bleistift-Grafen Faber-Castell geheiratet und suchte für ihre beiden Töchter eine Erzieherin. Sie gefiel auch der Dame des Hauses, als sich aber heraustellte, daß sie kein Englisch sprach, bedauerte die Schauspielerin.

Endlich, nach schlimmen Wochen des Wartens, erhielt sie ein Angebot nach Reichenhall. Dort suchte ein Kinderheim eine geprüfte Kindergärtnerin und Hortnerin für eine Kindergruppe von ca. zwanzig Kleinkindern. Tante Luise schoß der Nichte das Fahrgeld vor und Conny fuhr hin, um sich vorzustellen. Sie erhielt die Stelle. Sie wurde von der Leiterin des Hauses, einer jungen Ärztin, in ihre Arbeit eingeführt. Nach dem langen Fernsein vom Beruf, tastete sich Constance etwas ängstlich zurecht, aber schon bald hatte sie ihr berufliches Selbstbewußtsein wiedergewonnen. Es stellte sich bald heraus, daß dieses Kinderheim so etwas wie eine »Notgemeinschaft« von Erzieherinnen war. Erzieherinnen, die infolge der Kriegs- und Nachkriegswirren hier hängen geblieben waren, froh, ein Dach über dem Kopf zu haben und eine bescheidene Verköstigung.

Uneinig war man sich nur in weltanschaulichen Fragen. Tante Emilie zum Beispiel, war »gottgläubig«, was immer man darunter auch verstehen mochte. Sie hatte einen kleinen Jungen, dessen

Vater, ein SS-Mann, gefallen war. Er hatte die hübsche blonde Emilie geschwängert, sie war also eine uneheliche Mutter, was zu dieser Zeit, noch dazu im katholischen Bayern, nicht unbedingt eine Empfehlung war. Dann war da die Krankenschwester Ruth, die evangelisch war und ein Zwillingspärchen, zwei kleine Mädchen, hatte. Von einem Vater war auch hier keine Rede. Und endlich die überfromme Adventistin Annemarie, die immer und überall missionieren mußte, denn das Ende der Welt konnte nicht mehr lange auf sich warten lassen. Trotzdem fühlte sich Constance wohl. Es war ja die von ihr so geliebte Arbeit!

Eines Tages wurden alle Erzieherinnen ins Büro der Leiterin gerufen, die ihnen eröffnete, daß das Haus verkauft und die neue Leitung nunmehr in kirchliche Hände übergegangen war. Es verstand sich in diesem Zusammenhange von selbst, daß man nur strenggläubige Katholikinnen als Erzieherinnen behalten könne. Allen – außer Constance, wurde gekündigt. Mit der kurzmöglichsten Frist ... Constance war verwirrt. Sie hatte sich menschlich mit den so herausgeworfenen Kolleginnen gut verstanden und empfand deren Kündigung als hart und ungerecht! Und sie sagte das auch! Sie protestierte bei der Leiterin des Heimes gegen ein Unrecht, das ausnahmsweise einmal nicht sie meinte! Das Resultat: sie verlor ebenfalls ihre Stelle!

Constance hatte ein sehr bescheidenes kleines möbiliertes Zimmer gemietet und ging regelmäßig zum Arbeitsamt. Sie wollte sich nicht auf das wenige Geld verlassen, das sie im Heim verdient hatte; die Arbeitslosenunterstützung war sehr gering, dazu hatte sie einfach zu kurz gearbeitet.

Constance hatte jetzt viel Zeit. Sie saß an schönen Tagen gerne auf einer Bank am Fluß und beobachtete die vorüberschwimmenden Enten. Einmal setzte sich eine Frau mittleren Alters neben sie. Man kam ins Gespräch und es stellte sich heraus, daß die fremde Frau eine Landsmännin war, eine ehemalige Schauspielerin aus Troppau. Constance fragte sie ganz arglos, welchem Beruf sie jetzt und hier nachgehe. Die Frau lachte. »Sie werden es nicht glauben, ich bin jetzt mein eigener Chef!« Constance sah sie

ungläubig an. »Wie soll ich das verstehen?« »Nun, ich bin mein eigener Theaterdirektor!« erhielt sie zur Antwort. Und nun erfuhr die staunende Constance, daß diese tapfere Frau eine »Märchenbühne« auf die Beine gestellt hatte, vorwiegend mit Laienschauspielern besetzt. »Und das geht?« fragte sie, maßlos erstaunt. »Und ob es geht! Wir fahren auf die umliegenden Dörfer, wo wir in Wirschaften nachmittags für die Kinder spielen!« lachte sie. »Die Kinder haben ja sonst nichts und sind ein sehr dankbares Publikum!« »Sie gefallen mir«, sagte die Frau, »Wie alt sind sie?« »Fünfundzwanzig!« »Sie wirken viel jünger! Und dann ihr Haar! Mit diesem Haar und diesem lieben Gesicht müßten sie beim Publikum gut ankommen! Die Prinzessin mit der goldenen Kugel!« Constance sah sie ungläubig an. »Aber ich kann doch nicht theaterspielen!« Die Frau schüttelte den Kopf. »Sagten sie nicht, sie wären Kindergärtnerin? Haben sie nie ihren Kindern Märchen erzählt? Hänsel und Grtel, Schneewittchen, Rumpelstilzchen? Die Grimms Märchen?« Constance lachte zustimmend. »Natürlich habe ich das und ich war eine gute Märchenerzählerin!« »Na also! Sie sind engagiert!« Wie Constance an diesem Tag heimgekommen war, sie hätte es später nicht sagen können! So mußte einem zu Mute sein, wenn man zu tief ins Glas geguckt hatte: berauscht! Ja, sie war berauscht vor Glück!
Frau Rapp war eine patente Frau! Da es so gut wie nichts zu kaufen gab, hatte sie ihre heranwachsenden Kinder, einen Sohn und eine Tochter, mit herangezogen. Sie machten alles selbst: die Kulissen, die Attrappen und die Kostüme. Ja, die Kostüme, das war ein Kapitel für sich. Aber auch da zeigte es sich, daß Not erfinderisch macht! Frau Rapp, die Chefin, wie sie sich nennen ließ, kaufte große Mengen Nesselstoff, wie sie unsere Großmütter für Windeln verwendet hatten! Sie ließ sie einfärben: grün, rot, zartblau, safrangelb, alle denkbaren Farben. Und sie setzte sich eigenhändig an die Nähmaschine und nähte die Kostüme. Daß diese Märchenkleider fast immer nur ein und denselben Schnitt hatten, focht sie dabei wenig an. Es waren meist Hänger, mit kurzem Leibchen und weit geschnittenen Röcken. Aber sie

erfüllten ihren Zweck und darauf kam es letztlich an! Mit dem Kostüm für den Frosch aus dem Märchen »Der Froschkönig« gab sie sich ganz besondere Mühe. Für dieses Kostüm hatte sie Filzreste erstanden und da der Schauspieler, der da hineinschlüpfen mußte, besonders groß und lang war, saß sie lange über seinem Kostüm. Dafür war es aber auch ein wahres Meisterstück geworden und Peter Stoll, der den Froschkönig spielte, hieß von da an nur mehr »der Frosch«! Conny mit ihrem honigfarbenen Haar war die schönste Prinzessin, die je mit einer goldenen Kugel gespielt hatte! Nichts destoweniger, hatte auch sie noch manche Hürde zu nehmen. So hatte sie z.B. noch nie im Leben ein knöchellanges Kleid getragen. Da ihr Kleid nicht bis zur Hauptprobe fertig wurde, konnte sie es erst zur Premiere anziehen. Aus Angst, über den Saum zu stolpern, hob sie es recht anmutig ein wenig hoch. Davon wieder wollte die Chefin nichts wissen! »Laß das Kleid herunter!« zischte sie in der Kulisse und hätte damit fast Conny aus ihrem Rollentext gebracht.
Constance war in ihrem »neuen« Beruf selig! Sie lernte die ihr vom Kindergarten her vertrauten Texte spielend. Ihre Haltung war von einer natürlichen Anmut geprägt, die man nicht erlernen kann; man hat sie, oder man hat sie nicht. Viel Fröhlichkeit kam in Constances Leben. Sie war jung, aber bis jetzt war es ihr gar nicht bewußt geworden, zuviel Schlimmes war in diesen letzten Jahren über sie hereingebrochen. Jetzt aber unter Gleichaltrigen, sehr bunt zusammen gewürfelten Kollegen und Kolleginnen, wurde sie sich dieser Jugend bewußt. Sie konnte lachen! Ach, wie konnte sie lachen! Gewiß, man besaß nicht viel, wenn man in einem Dorf das erste Mal spielte, waren es immer nur die »Normalverbraucherkarten«, die der Wirt erhielt. Aber da man die Schauspieler gerne mochte, war die Köchin großzügig und füllte den Teller auch schon ein zweites Mal. Oder aber man ging in der Zeit, während die Bühne aufgebaut wurde, ins Dorf oder die umliegenden Gehöfte und bot etwas zum Tausch an. Hier war es Connys Vater, der sich als hilfreich erwies. Er schickte Conny kleine Haushaltsgeräte, z.B. Kartoffelpressen oder Büchsendek-

kel. Letztere waren besonders begehrt, denn die geschlachteten Schweine, nicht selten schwarz geschlachtet, konservierte man in solchen Büchsen mit Spezialdeckel. Ein paar Eier oder ein Stückchen Butter fiel dabei immer ab, womit man dann den kargen Speisezettel daheim etwas aufwerten konnte. Es war eine schwere Zeit. Alle waren arm, mit Ausnahme der Schieber! Und alle hatten sie Hunger, aber die Lebensfreude kam dennoch nicht zu kurz.
Meistens fuhr das kleine Trüppchen auf offenen Lastwagen durch die Dörfer. Näherte man sich einer Ortschaft, begannen die Schauspieler zu singen: »Nehmt die Wäsche von der Leine, die Schauspieler kommen!« Bei dieser bunt zusammengewürfelten Truppe lernte Constance Anna kennen. Zum Unterschied zu den meisten der Kollegen, war sie tatsächlich Schauspielerin, Volksschauspielerin, wie man dazu in Bayern sagt. Zudem sah sie fantastisch aus! Sie trug ihr blauschwarzes langes Haar mit Madonnenscheitel und die schwarzen Zöpfe wie eine Krone hochgesteckt. Zu der Zartheit ihres Teints und ihren großen schwarzen Augen sah dies wundervoll aus! Anna war eine Schönheit! Constance, die auf Schönheit flog, wie die Biene auf eine Blüte, wurde nicht müde, sie anzuhimmeln. Die längste Zeit tat Anna so, als merke sie es nicht. Aber allmählich kam man sich näher und es dauerte nicht lange, so waren die »Schwarze" und die »Rote" nur noch im Zweigespann zu sehen! Und noch etwas liebte Conny an ihrer Anna: ihre Stimme! Diese Stimme war zweifelsfrei opernreif! Nur – Annas Eltern hatten kein Geld, ihre solchermaßen begnadete Tochter ausbilden zu lassen. Und so blieb es ihr Schicksal, auf sog. »Platzlbühnen« wie man in Bayern die abendfüllenden Kurzvorstellungen nannte, die immer nur in Wirtschaften stattfanden, mit dieser wunderschönen Stimme zu erfreuen. Sie konnte alles: Jodeln, Singen, Tanzen und Schuhplatteln! Den Schuhplattlern gab sie das tanzende Dirndl ab und Conny wich nicht von ihrer Seite. In der Garderobe, meist nur eine Kammer hinter dem Tresen, half sie ihr beim Umziehen. Anna war so schlank, daß sie der zu sparsam ausgefallenen Brust

nachhelfen mußte. »Gib mir den Busen!«, flüsterte sie Conny zu und diese reichte ihr zwei Nylonstrümpfe, mit denen sie dann dem Büstenhalter zur gewünschten Größe verhalf.
Anna war mit einem Kunstmaler verheiratet. Einen jener Kunstmaler, mit denen man in Bayern die Straßen pflastern kann. Mäßig gute Bilder, immer mit den gleichen alpinen Motiven, gab es einfach zuviel! Guter Durchschnitt, mehr nicht! Und davon konnte man nicht leben! Also schuhplattelte auch der Ehemann. Was er darüber hinaus noch tat, erfuhr Conny bald. Er stieg den Frauen nach. Auch bei ihr hatte er es schon versucht, freilich ohne Erfolg. So überraschte es Conny nicht, als Anna ihr anvertraute, sie wolle sich von ihrem Mann trennen. Seit geraumer Zeit führten sie eine Ehe zu Dritt, d.h. ihr Mann hatte seine neueste Geliebte ins Haus genommen! Das war für Anna zuviel! Sie mietete sich ein kleines möbiliertes Zimmer und bot Conny an, zu ihr zu ziehen.
Das sogenannte »möbilierte Zimmer« befand sich in einem abbruchreifen Haus, das einen etwas verkommenen Eindruck machte. Ehe man in das Zimmer gelangte, mußte man durch ein fast leeres Zimmer hindurch, in dem eine Greisin lag. Sie war in einem erbarmungswürdigen Zustand. Anna versäumte nie, sich nach ihr umzusehen und ihr ein paar freundliche tröstende Worte zu sagen. Während sich die sensible Constance mit einem kurzen Gruß davonstahl, ging Anna zu der Alten hin, richtete ihr das Bett, und von dem wenigen, das sie selbst besaßen, gab sie der Alten noch etwas ab; oft war es nur eine Brotrinde.
Anna war in Regensburg geboren und wer nicht wußte, daß Regensburg eine alte römische Veste gewesen war, an Annas Äußerem hätte er es erraten. Anna war eine Römerin!
»Warum tust du das?« fragte Conny die Freundin.
»Was tue ich?« »Das mit der Alten! Sie ist doch abstoßend schmutzig und sie stinkt.« »Ich weiß«, erwiderte ihr Anna, »eben darum erbarmt sie mich. Die Tochter, unsere Vermieterin, kümmert sich nicht um die Alte, die hat doch selber nichts! Bettelvolk! Und von etwas muß sie ja leben!«

Und so erfuhr Conny, die Klosterschülerin, was es mit der Nächstenliebe auf sich hatte. Die Lehre, die ihr erteilt wurde, kam von einer Frau, die die Kirche lieber von außen als von innen sah! Freilich wuchs dadurch ihre Liebe zu Anna ins Uferlose ...
Wenn Anna auf der Bühne zu Ende war, wurde sie häufig von einzelnen Herren an deren Tisch gebeten und mit Getränken traktiert. Conny hielt sich im Hintergrund, sie beobachtete und empfand einen feinen Schmerz, wenn der eine oder andere dieser Männer seinen Arm um Anna legte.
»Geh heim, Conny!« Anna war aufgestanden und an ihren Tisch getreten. »Geh' heim, es kann spät werden! Du kannst ja vor Müdigkeit kaum mehr aus den Augen schauen und morgen spielen wir in Rosenheim!« Conny ging. Allein ging sie in das triste Quartier, voller Sorge um Anna und mit jenem Weh im Herzen, von dem sie noch nicht wußte, daß es die Qualen der Eifersucht waren!
Oft kam Anna erst gegen Morgen und angetrunken heim. Sie kam so laut, daß Constance davon wach werden mußte. Dann kam es nicht selten vor, daß sie Anna ausziehen mußte, weil diese dazu nicht mehr in der Lage war. »Gib mir eine Zigarette, Conny-Schätzchen!« bettelte sie. »Wir haben keine mehr!» Dann konnte sie böse werden und Conny schütteln und Gott und die Welt anklagen. Von da an »hamsterte» Conny, die selbst nicht rauchte, Zigaretten.
Eines Tages fragte Conny die Freundin: »Gehst du mit diesen Männern, mit denen du tinkst?» »Ob ich mit ihnen schlafe, meint du? Du Schäfchen! Wenn ich das wollte, könnte ich mir doch einen festen Liebhaber zulegen, das wäre sicherer!« Constance glaubte ihr. An einem Tag kam sie unvermutet heim. Sie überraschte Anna in den Armen eines Mannes. Anna war wütend! Als der Mann gegangen war, sagte sie: »Du mußt dir wieder eine eigene Bleibe suchen, ich will nicht gestört sein!«
Es kam die Währungsreform und die Firma »Märchenbühne« der Frau Rapp mußte schließen. Abermals war Constance arbeitslos. Mit Anna gab es immer wieder kleine Verdrießlichkei-

ten; sie konnte da nicht wohnen bleiben, das leuchtete ihr ein! Zufällig stieß sie auf ein kleines Restaurant, eigentlich ein Tagescafe, das von Landsleuten geführt wurde und das eine Serviererin suchte. Die Bedingungen waren günstig. Sie bekam ein klitzekleines Kämmerchen unterm Dach, aber immerhin, sie hatte eine eigene Bleibe. Die Arbeit war leicht und Conny war froh, daß ihr unter diesen Umständen der demütigende Weg aufs Arbeitsamt erspart blieb.

Das Cafe, obgleich Tagescafe, füllte sich erst so recht am Nachmittag. An einem schönen Maientag kam eine Gruppe junger Leute, offensichtlich Studenten. Sie bestellten Kaffee und Kuchen, danach Schnäpse und immer wieder Schnäpse! Sie wurden zusehends lustiger! Frau Bienert, die Wirtin, lächelte Conny vieldeutig zu. »Setzen sie sich doch zu den Gästen, sie möchten sie dabei haben!« Conny folgte dieser Aufforderung nur zögernd. Schließlich tat sie es dann aber doch. Sie mußte mittrinken und sie war es nicht gewohnt! Wie spät es war, als sich einer der jungen Männer erbot, Conny zu begleiten, hätte sie später nicht sagen können. Aber es geschah, er brachte sie auf ihr Zimmer. Oben wollte er sie dann ausziehen! Da wurde sie plötzlich hellwach! Sie gab ihm eine Ohrfeige und setzte ihn vor die Tür!

Constance ging zu Anna und hatte Glück, sie war zu Hause und sie war allein. »Was gibts, Conny-Schätzchen?« Conny erzählte ihr, was vorgefallen war. »Unverschämt!« sagte Anna nur. »Du kannst aber nicht Hals über Kopf die Stelle aufgeben, du bekommst dann keine Arbeitslosenunterstützung!« »Ich weiß!« Conny weinte. »Ich bin da offenbar in ein verkapptes Puff geraten!« »Ja, so sieht es aus!« Anna zog sie auf die Couch.

»Hör zu, Conny-Schätzchen, jetzt mußt du klug sein. Ich rate dir, sei jetzt ganz vorsichtig! Bring dich nicht mehr in eine solche Situation. Niemand kann dich zwingen, dich zu betrunkenen Gästen zu setzen! Niemand! Conny, bitte präge dir das ein! Und bei Gelegenheit würde ich bei der Wirtin durchblicken lassen, daß du bei der Polizei Anzeige erstattest, falls sie das von dir verlangt! Solche Drohungen, ganz vorsichtig, aber unmißverständlich angebracht, wirken oft Wunder! Sie probieren es! Wenn du nicht mitspielst, müssen sie passen! Und unter der Hand suchst du dir etwas anderes!«

»Du bist ein Schatz, Anna!« Conny fiel der Freundin um den Hals. »Du kannst immer kommen, wenn du mich brauchst, Conny-Schätzchen, das weißt du doch!« Gerade als Constance sich zum Gehen anschickte, fragte Anna: »Was ist eigentlich aus deinen wunderschönen Gedichten geworden? Schreibst du nicht mehr?«

»Oh doch, aber ich habe jetzt wenig Zeit dazu!«

»Nun, wie ich dich kenne, schreibst du im Schlaf, wenn dir die Einfälle kommen, ich habe das bei dir schon erlebt!« Sie lachte. »Warum versuchst du es nicht einmal bei Zeitungen? Das wäre doch eine kleine Nebeneinnahme, die du gut brauchen könntest!«

Meinst du, meinst du wirklich, die Gedichte sind druckreif?«

»Und ob! Ich habe da eines in Erinnerung, das läßt mich gar nicht mehr los: ... Vögel sind wir, die ihr Nest verloren, wie Fische, die in die Netze gingen...!«

»Ach das? Das ist ja schon uralt.«

»Du hast die Gabe, die Herzen anzurühren. Warum läßt du dieses Talent verkümmern? Deine Gedichte sind so voller Musikalität, man müßte sie vertonen!«

Das war es, was Constance nottat, jemand, der ihr schwaches Selbstbewußtsein stärkte! Jemand, der sie ermutigte! An ihrem ersten dienstfreien Tag fuhr Constance mittels des »Kleinen Grenzverkehrs« nach dem nahen Salzburg. Sie hatte diese zauberhafte Stadt durch ihre Arbeit bei der »Märchenbühne« kennengelernt; sie hatten auch in Salzburg gespielt! Dort gab es eine katholische Tageszeitung; irgendwie hoffte sie, diese sei vielleicht das rechte »Sprungbrett« für sie.

Der Chefredakteur, zu dem sie sich durchfragte, war ein kleiner freundlicher Mann, der ihr sofort Vertrauen einflößte. »Dr. Winter«, stellte er sich ihr vor. Conny begann zu stottern, sie wußte nicht, wie sie es anfangen sollte. Wortlos hielt sie ihm ein

paar ihrer Gedichte hin. Er nahm sie und las das eine und das andere; er behielt sie ziemlich lange in der Hand. »Sie sind sehr gut, liebes Fräulein ... wie war doch der werte Name?«
»Constance Fink!«
»Fräulein Fink, nur, wir sind eine Tageszeitung, wir spezialisieren uns auf das Tagesgeschehen!" Er sah sie prüfend an und dachte: »was für ein schönes Mädchen und offenbar in Not!« »Ich behalte diese beiden hier!« sagte er und griff danach. Und jetzt war es an ihm, zu stottern: »Wir sind keine reiche Zeitung, ich kann ihnen nicht viel dafür geben, bitte verstehen sie mich nicht falsch ... ich kann Ihnen nur so etwas wie ein Anerkennungshonorar zahlen, nicht den wirklichen Wert!«
Constance wurde rot, teils vor Glück und teils vor Scham. Aber warum sollten sie ihm nicht vielleicht doch gefallen? Was für einen Grund hätte er sonst, sie zu behalten. Glücklich erhob sie sich. »Gehen sie an die Kasse, sie befindet sich im Parterre, ich werde hinunterrufen!« Und er griff nach dem Telefonhörer, während er ihr lächelnd die Hand hinstreckte. Constance bekam hundert Schilling und konnte ihr Glück gar nicht fassen. Es war ein strahlender Maimorgen, an dem ihr Frau Bienert,ihre Chefin, die Zeitung im Streifband neben ihre Kaffeetasse legte. »Post für sie, Fräulein Conny!« »Für mich?« Constance sah den Stempel von Salzburg und riß die Zeitung auf. Hatte der nette Dr. Winter am Ende doch eines der beiden Gedichte gebracht? Und dann erglühte sie vor Freude und las:
Für Anna

Du bist das Leben
Ja, du bist die Fülle,
Dein Lachen ist
Vom Glücke selbst geliehen!
Seh ich dich an
So muß ich mich bemühen,
Daß ich mein Herze
Schamvoll dir verhülle.

Wie bist du schön!
So strahlend ist die Rose,
Wenn sie im Glanz
Des hohen Sommers steht!
Ich aber bin
Die blasse Herbstzeitlose,
Die neben dir
Wie sanfter Mond vergeht!.

Constance Fink

In ihrer Freude zeigte sie es Frau Bienert. »Na so was, sie sind in der Zeitung!?« Am Nachmittag ging sie zu Anna. Die wurde rot vor Freude! »Und das hast du für mich geschrieben?«
Nachdem sie es immer und immer wieder gelesen hatte, sagte sie: »Jetzt weiß ich, daß es richtig war, daß wir uns getrennt haben, Conny! Diese Liebe hätte uns beide nur unglücklich gemacht! Du bist eine schöne junge Frau und für die Ehe geschaffen! Einmal wird dir der Richtige begegnen! Glaube mir, das Leben ist voller Überraschungen! Jetzt wirst du weiterschreiben! Du kannst schreiben und du wirst auch Erfolg haben! Glaub an dich und deine Begabung!« Conny ging wie auf Wolken! Sie war stolz und so glücklich, wie seit langem nicht mehr!
So gerne hätte Constance wieder in ihrem Beruf als Kindergärtnerin gearbeitet. Darum fragte sie an einem ihrer dienstfreien Tage wieder beim Arbeitsamt nach. »Ja, wir hätten da eine Stelle für sie, in einem sehr guten Hause. Zu den beiden Kindern des Herrn Bankdirektors L. Gute Bezahlung, eigenes Zimmer und gute Verpflegung!«
Constance stellte sich vor und gefiel! Sie kündigte bei Frau Bienert kurzfristig und freute sich auf die neue Arbeit. Die beiden Kinder, ein fünfjähriger Knabe und ein Mädchen von sechs Monaten, erschienen ihr zunächst liebenswert. Mit Kindern hatte sie eine ausgesprochen glückliche Hand. Die Dame des Hauses war leidend und bettlägerig, sie erschien nie zu Tisch.

Dafür mußte ihr Constance die Kinder jeden Tag vorführen. Kritisch nahm sie alles zur Kenntnis und gab der jungen Erzieherin immer neue Verhaltensregeln. Dies durfte sie und jenes absolut nicht! Zum Beispiel mußten beide Kinder mit dem Vater und ihr am Mittagstisch essen. Die kleine Cilly saß in ihrem Kinderstühlchen, der große Bruder Didi neben dem Vater. Sie legte dem Hausherrn vor und bediente die Kinder. Mit dem Knaben hatte sie kaum Schwierigkeiten, er war zwar ein kleiner Lausbub und gehorchen war nicht eben seine Stärke, aber das Mädchen war die weitaus Schwierigere! Sie sprach noch wenig, fast nichts. Dafür hatte sie sich auf ein Wort spezialisiert, das sie bei Tisch immer wieder schrie: »Haben!« Und Constance stopfte ihr den Löffel in den Mund, den sie so schnell leerte, daß Conny kaum nachkam. Manchmal kam sie sich vor, wie eine Vogelmutter!

Es konnte nicht ausbleiben, daß Conny hungrig vom Tisch aufstand, sie fand einfach keine Zeit, selbst einen Bissen zu essen. Als sie einmal der Freßgier des kleinen Mädchens entgegenzutreten versuchte, wurde sie in Gegenwart der Kinder vom Hausherrn hart getadelt. »Erst kommen selbstverständlich die Kinder, Fräulein!« Erst als es ihr gelang, die Köchin für sich einzunehmen, die ihr ihr Essen vor dem gemeinsamen Mittagsmahl brachte, wurde es besser. Nur, wohl fühlte sie sich nicht! Es war auch nicht möglich hier zu erziehen! Sie beaufsichtigte, zu strafen war ihr strengstens untersagt! Zum Eklat kam es schon bald, das jähe Ende dieser unbefriedigenden Arbeit war gleichsam vorprogrammiert.

Didi hatte mutwillig die neue Puppe der Schwester kaputtgemacht. Das Fräulein gab ihm dafür einen Klaps auf die Hände. Didi, der zweifellos aus Erfahrung handelte, schrie aus Leibeskräften! Die Mutter, die im Nebenzimmer lag, rief nach ihrem Liebling. Schließlich rief sie auch nach dem Fräulein! »Sie sind entlassen, Fräulein! Ich lasse meine Kinder nicht von Domestiken schlagen!« Es nützte Constance wenig, daß sie widersprach und sich entschuldigte, die Dame blieb unerbittlich! Ja, sie begann zu

schreien und spielte sehr gekonnt einen Herzanfall! Conny packte ihre Habseligkeiten und in ihrer Not ging sie zu Anna.
»Natürlich kannst du bei mir bleiben, bis du etwas anderes gefunden hast!« sagte diese. »Bei dieser Bixlmadam wärst du sowieso auf die Dauer nicht glücklich geworden!«
Spätere Erkundigungen, unter der Hand, ergaben, daß die Familie für ihre ungezogenen Kinder bekannt war und daß kein Kindermädchen es länger als ein paar Tage aushielt; die Frau galt als hysterisch! Trotzdem mußte Conny für diese Entlassung, an der sie vollkommen unschuldig war, eine vierwöchige Sperrung der Arbeitslosenunterstützung hinnehmen.
Der Herr Bankdirektor hatte ihr den »Hinauswurf«, die »fristlose Kündigung« wegen »Kindesmißhandlung« in ihre Arbeitspapiere geschrieben!
»Aber das ist ja fürchterlich!« rief Anna aus, als sie es erfuhr, »von was willst du leben?«
Constance schrieb dem Vater. Sie bat ihn, ihr vorrübergehend mit ein paar Mark auszuhelfen. Der Vater lebte mit seiner dritten Frau, jener Dame aus Sachsen, auf einem fränkischen Dorf. Er ging wieder seinem Maschinenhandel nach. Tatsächlich überwies er ihr postwendend einen kleinen Betrag, von dem aber die liebe Gattin nichts wissen durfte; zum erstenmal hatte der sonst so selbstherrliche Papa seine Meisterin gefunden!
Anna, die immer Einfälle hatte, ging für Conny zum Arbeitsamt und schilderte die Vorfälle und die hoffnungslose Lage der Freundin. Aber die Vermittlerin blieb hart: »Wir haben unsere Vorschriften!« war ihre sture Reaktion. »Du mußt zum Direktor des Arbeitsamtes nach Rosenheim gehen!« sagte sie, »ich begleite dich! Du mußt ihm persönlich vortragen, wie sich die Dinge abgespielt haben! Du darfst dir das nicht gefallen lassen, es ist ein grobes Unrecht!« Ein grobes Unrecht, das war es ohne Frage! Aber hatte Constance nicht zu oft erfahren, wie Unrecht zu Recht verkehrt wurde? Dennoch machte sie sich mit Anna auf den Weg nach Rosenheim. Sie hatten Glück, auf halbem Weg nahm sie ein Auto mit.

In Rosenheim mußte sie sehr lange warten, bis sie zum Direktor vorgelassen wurde. »Und Sie meinen, ich kann die Sperre aufheben, mein Fräulein?« »Ich weiß, daß Sie es können,Herr Direktor. Sie sind der Einzige, der mir helfen kann.« Sie konnte es nicht hindern, daß ihr die Tränen kamen.
»Warten Sie im Nebenzimmer, bis ich Sie rufe.« Er griff nach dem Telefonhörer und entließ sie.
Draußen sagte Anna zu ihr: »Der hilft dir, dem hast du gefallen!« Conny war verwirrt. Sie wußte nicht, ob sie auf Männer wirkte, sicher nur auf ganz bestimmte! Sie war nicht kokett, aber sie war jung und hübsch und sie rührte in den richtigen Männern etwas an, deren Beschützerinstinkte! Der Direktor telefonierte mit dem Arbeitsamt in Reichenhall. Man konnte ihm nicht verheimlichen, daß diese Stelle ein Taubenschlag war, der häufige Wechsel des Personals war dort aktenkundig!
»Nun, ich freue mich, Ihnen sagen zu können, daß ab sofort die Sperre aufgehoben ist! Offenbar eine schwierige Familie! Und wie eine Erzieherin, die Kinder mißhandelt, sehen Sie nun wirklich nicht aus!« Er lachte etwas verlegen und reichte beiden Frauen die Hand. In diese denkwürdige Zeit in Constances Leben kam die gute Nachricht, daß sich Nonas Mutter gemeldet hatte. Das Rote Kreuz, das Constance eingeschaltet hatte, teilte es ihr mit. Sofort schrieb Conny nach Ludwigsburg, wo die Frau in einem Sammellager für Flüchtlinge wohnte. Wenige Tage danach traf sie bei Constance ein. Nonas Mutter war eine typische Russin. Selbst in den abgewetzten Kleidern erkannte man noch immer die Dame! Mit dem typischen Temperament der Russen, schloß sie Conny in die Arme. Sie sprach nur gebrochen deutsch, sehr viel schlechter als Nona. Conny war überglücklich, der weinenden Mutter die Adresse ihres verschollenen Kindes zu geben, des einzigen Menschen, den sie noch hatte.
»Ich haben geglaubt, sie seien tot, meine Nona, oh Conny, wie sehr glücklich bin ich doch, ich missen ihr gleich schreibenl«
»Ich habe es Nona beim Abschied versprochen, Sie zu suchen! Sie wird überglücklich sein!«

Aus dem wenigen an Bekleidung, die Conny noch von daheim gerettet hatte, gab sie ihr ein Kostüm. Zufällig hatten sie die gleiche Figur und Frau Dilewsky errötete vor Freude und umarmte und küßte Conny immer, immer wieder! Wenige Wochen später erhielt sie von Nona Post aus der Tschechoslowakei, aus der sie ersah, daß sie schon mit ihrer Mutter Fühlung aufgenommen hatte. Zwei glückliche Menschen, die sie segneten und dieser Segen sollte ihr noch oft eine kleine Hilfe auf ihrem eigenen so harten Weg sein, besteht doch das ganze Leben aus Ursache und Wirkung, aus Geben und Nehmen! Constance blieb nicht lange ohne Arbeit! Der Einsatz des Herrn Direktors aus Rosenheim hatte ihr offenbar Türen aufgestoßen! »Ich hätte da eine wirklich feine Sache für Sie, Fräulein Fink!« sagte die Vermittlerin. »Eine junge berufstätige Frau sucht eine Erzieherin für ihre fünfjährige Tochter, die Sie ganztägig betreuen sollten. Sie können bei der Dame wohnen und haben selbstverständlich volle Verpflegung. Das Gehalt ist bescheiden, aber ich könnte mir denken, daß Sie mit Frau R. gut klarkommen. Sie ist Fürsorgerin und Kriegerwitwe, sicher keine reiche Frau, aber eine mit Herz.«

Constance lernte Frau R. kennen und die Sympathie war beiderseitig. Das Töchterchen Roswitha war ein bescheidenes, gut erzogenes Kind, dessen Vertrauen sie im Sturm eroberte. Frau R., nur wenig älter als Constance, behandelte sie wie eine Schwester; Conny war glücklich! Die Zeit bei Frau R. war der erste Ruhepunkt für die bislang so schwer heimgesuchte Constance. Sie konnte sich ihre Arbeit einteilen, wie sie wollte, was sie als sehr angenehm empfand.

Daß sie neben der Betreuung der kleinen Roswitha auch den kleinen Haushalt mit bestreiten mußte, empfand sie, nach allem, was sie schon durchgemacht hatte, keineswegs als Zumutung. Es bestand die kleine Wohnung nur aus Wohnküche und Schlafzimmer, war also gut sauberzuhalten. Was sie als Manko empfand, daß sie kein eigenes Zimmer hatte, wurde durch den überaus liebenswürdigen und menschlichen Umgang seitens der Dame des Hauses wieder wettgemacht. Sie hatte einmal Frau R.

eines ihrer Gedichte gezeigt. Seitdem brachte sie ihr immer öfter kleine Gedichtbändchen mit, die Conny gierig verschlang. Und daß immer öfter von ihr Gedichte veröffentlicht wurden, auch kleine Prosa, machte sie stolz und froh! Sie schlief auf der Couch in der Küche und das hatte den Vorteil, daß sie im Bett lesen konnte, ohne auf jemanden Rücksicht nehmen zu müssen.
An ihren freien Sonntagen besuchte sie Anna. Immer öfter fand sie sie in leicht angeheitertem Zustand.
»Warum trinkst du so viel, Anna?« fragte sie betrübt. So erfuhr sie, daß Anna ohne Arbeit war. Die »Platzlbühnen« in den Wirtschaften waren anspruchsvollerer Unterhaltung gewichen. Es galt jetzt als »fein«, sogenannte »Bands« mit Jazzmusik zu haben. Nach der volkstümlichen »Brettlbühne mit Schuhplattln« bestand kein Interesse mehr! Möglicherweise aber wurde Anna auch zusehends zu alt für derartige Belustigungen, und daß sie trank, machte alles noch schlimmer; es war ein Teufelskreis!
»Wie soll es weitergehen, Anna?« fragte Constance und versäumte nie, beim Fortgehen irgendwo einen kleinen Schein zu deponieren. Eines Tages, das »Püppchen«, wie die beiden Frauen die kleine Roswitha zärtlich nannten, war schon im Bett, sagte Frau R.: »Ich muß mit ihnen reden,Conny!«
Conny legte die Flickarbeit weg, die sie in Händen hielt.
»Roswitha, sie wissen es, kommt im Herbst zur Schule. Dann werde ich mir keine Hilfe mehr leisten können! Sie kann dann im Hort am Kurpark zu mittag essen und abends hole ich sie dort ab. Die Schulaufgaben macht man übrigens dort auch mit ihnen. Eine feine Einrichtung für berufstätige Mütter!«
»Soll das heißen, ich verliere meine Arbeit bei Ihnen?« fragte Constance fassungslos. Gerade hatte sie begonnen, sich heimisch zu fühlen!
»Ich sage es Ihnen deshalb so früh, damit Sie sich ohne Hast und gut überlegt etwas Neues suchen können, Conny!« Sie sagte es und legte Conny schwesterlich den Arm um die Schultern. »Im übrigen«, fuhr sie fort, »möchten Sie doch so gerne wieder in Ihrem erlernten Beruf im Kindergarten arbeiten?! Vielleicht kann

ich Ihnen dabei helfen! Ich komme ja beruflich immer wieder mit solchen Angeboten in Berührung!« Constance nickte.
Als sie an diesem Wochenende zu Anna kam, fand sie diese im Bett. »Bist du krank?« fragte sie erschrocken. »Ich hatte eine Gallenkolik!« antwortete Anna. Sie bot ein Bild des Jammers. »Anna«, sagte Constance, »du hast mir doch einmal von einem Onkel in Amerika erzählt, einem reichen Onkel! Wenn das nicht nur geflachst war, warum versuchst du nicht, zu ihm zu fahren? Er ist jetzt auch ein alter Herr und vielleicht pflegebedürftig. Wäre das nicht die Lösung aller deiner Probleme?« Anna schüttelte den Kopf. »Er hat doch selbst zwei Töchter, die sind doch wohl die ersten, die für ihn da sind!«
Aber nach einer längeren Pause sagte sie matt: »Versuchen könnt ichs ja!« »Soll ich dir den Brief aufsetzen oder schreiben?« erbot sich Constance. »Nein, nein danke, Conny-Schätzchen, das schaff ich noch allein!«
Angesichts dieser Entwicklung wagte es Conny nicht, von ihren eigenen Problemen zu sprechen. Eines Tages fragte sie Frau R. ganz unvermittelt: »Würden Sie auch nach München gehen?« »Nach München?« Constance starrte sie erschrocken an. »Warum eigentlich nicht?« lachte Frau R. »München ist eine zauberhafte Stadt, ich würde keinen Augenblick zögern, sie mit Reichenhall zu tauschen.«
Noch eine Überraschung stand Constance ins Haus, der Vater hatte seinen Besuch angemeldet. »Blut ist keine Buttermilch!« Dieses Sprichwort aus ihrer engeren Heimat sollte sich auch hier wieder als wahr erweisen. Was immer dieser Vater seiner jungen Tochter schuldig geblieben war, er war der Vater! Was immer man über sein Verhältnis zu seiner Familie sagen mochte, er war der Vater! Sie ertappte sich dabei, daß sie sich freute! Immerhin war zwischen ihrem letzten Beisammensein einiges passiert: ein Krieg war verloren worden und im Zusammenhang damit die Heimat! Jeder lebte jetzt in der Fremde, denn die gleiche Sprache macht ja noch keine Heimat!
Sie trafen sich in einem Cafe. Als er zur Tür hereinkam, erschrak

sie, wie sehr er gealtert war. »Papa!« Sie hing an seinem Halse. Es gab so viel zu erzählen, zu viel für ein paar kurze Stunden. Sie erfuhr, daß er mit seiner sächsischen Frau in einem Dorf bei Bamberg lebte. »Halt beim Bauern untergeschlüpft! Wo hätten wir denn sonst bleiben sollen, wir haben doch gar nichts gerettet! Zwei Koffer und ein Rucksack, eben so viel, als man tragen konnte und das wird immer weniger, je älter man wird!« Constance nickte. »Und die Geschwister? Ich weiß von keinem.« »Walter hat wieder eine Lehrerstelle im Badischen, auch eine Kleinstadt. Aber er und Hanna können wenigstens davon leben!«

»Und Florian? Was hast du von Florian gehört?«

»Er hat mir aus amerikanischer Kriegsgefangenschaft geschrieben. Er ist ja ein Teufelskerl, läßt sich nicht unterkriegen! Nicht so eine Trauerweide, wie Walter!«

Constance lächelte. Der »kleine« Bruder! Er war ihr wohl inzwischen über den Kopf gewachsen? »Und ... Katrin?« fragte Constance leise. Sie war aus dieser Schwester nie recht klug geworden, sie war wie ein Fisch, man konnte sie nicht fassen, ihre Gedankengänge waren schwer durchschaubar. Sie war kein offener Mensch, das machte den Umgang mit ihr so schwierig!

»Katrin? Sie wird wohl bald heiraten!« »Aber sie ist doch kaum Zwanzig!« Der Vater runzelte die Stirn. »Sie warten nur die Scheidung ab! Aber sie will ja von dem Mann nicht lassen! Dabei ist ein Kind in dieser Ehe, ein Kind, das den Vater verliert.«

»Merkwürdig, sie ist doch ein so hübsches Mädchen, hätte sie nicht noch einen anderen Mann gefunden? Und bei ihrer Jugend!«

»Katrin ist nicht wie du! Sie hört auf niemanden! Ihre Großmutter hat sie schon als Kind maßlos verwöhnt! Seitdem meint sie, alles müsse so gehen, wie sie es sich vorstellt! Skrupel kennt sie nicht!« »Ich habe ihr vor ca. einem Jahr an die Adresse ihrer Mutter ein Päckchen geschickt, ein Päckchen mit Süßigkeiten zu ihrem Geburtstag. Ich weiß nicht einmal, ob sie es erhalten hat, sie hat es nie bedankt!«

»Du solltest ihr nichts mehr schicken und ihr auch nicht schrei-

ben. Ich glaube, sie will nichts von dir wissen. Jedenfalls sagte sie mir etwas in dieser Richtung, als ich das letztemal mit ihr sprach!«
Constance sah ihn entgeistert an. »Aber ... warum denn? Ich habe ihr doch nichts getan! Sie hat immer nur Gutes von mir erfahren!«
Der Vater zuckte die Achseln. Psychologie war nicht seine Stärke. »Vergiß nicht, daß ihre Mutter gegen uns beide hetzt! Immerhin bist du nach der Ehescheidung zu mir und nicht wie Walter, zu ihr gegangen.«
Constance sagte leise: »Aber was hätte ich denn tun sollen, sie wollte mich doch nicht! Ich habe den Brief noch aus dem Kloster, wo sie mir das Elternhaus verbietet!«
»Katrin ist Walters Produkt! Du weißt wohl, daß der arme Junglehrer so arm nicht war, seiner Halbschwester Katrin Klavierstunden zu bezahlen?«
»Das ... wußte ich nicht!« erwiderte Conny leise, »ich habe von diesem Bruder niemals etwas bekommen, nicht einmal eine Postkarte!«
Was Constance nicht vom Vater erfuhr, vielmehr von »wohlmeinenden Freunden«, die offenbar an dem recht zügellosen Leben der »Kleinen Schwester« Anstoß nahmen, der Mann, an den Katrin sich gehängt hatte, war kein ganz unbeschriebenes Blatt! Aus sehr bigotter katholischer Familie stammend, hatte er auf Wunsch der überfrommen Mutter Theologie studiert. Das hinderte ihn allerdings nicht, ein Mädchen zu schwängern, das er schließlich, unter dem Druck der Familie, heiraten mußte. Aus der Traum vom Priestertum, obwohl er bereits die niederen Weihen erhalten hatte. Dann traf er Katrin! Die kaum Siebzehnjährige brach rücksichtslos in diese Ehe ein, die sowieso auf schwachen Füßen stand, wie jede Mußehe! Der Mann genoß, was ihm die blutjunge Katrin so großzügig bot und brach mit ihr seine Ehe nach Strich und Faden! Wie schlimm und wie schamlos dies geschah, ist wohl am besten aus Walters Verärgerung abzulesen, der die so sehr geliebte Schwester nicht mehr als »Besuch« empfing, »so lange du nicht von dem verheirateten Mann läßt!«
Wie die beiden es angestellt hatten, daß die Ehe des Mannes zu

Lasten seiner Frau geschieden wurde, wird wohl für immer ein Geheimnis der Frau Justitia bleiben, die sicher nicht zufällig verbundene Augen hat! Angeblich hatte sich die unglückliche Frau dem Trunk ergeben! So der Auszug aus der Scheidungsurkunde! Freundliche Menschen würden sagen, sie habe Trost im Alkohol gesucht. Sicher ist, daß das sechsjährige Töchterchen aus dieser Ehe dem Vater zugesprochen wurde, ihm, der fraglos die Ehe zerrüttet und gebrochen hatte! Nun wiederholte sich, was Constance an sich erfahren hatte: das Kind aus der ersten Ehe wurde das Kindermädchen für die kleinen Halbgeschwister! Es wiederholt sich alles!

Des Vaters Besuch bei Constance in Reichenhall endete mit einer herzlichen Einladung für Conny für das kommende Weihnachtsfest. An einem Abend im Juni kam Frau R. ganz aufgeregt nach Hause. »Ich glaube, ich habe etwas für Sie, Conny!« rief sie schon beim Betreten der kleinen Wohnung.

»Für mich?« Conny war gerade dabei Omeletts zu backen und drehte die Gasflamme herunter. Lächelnd wandte sie Frau R. ihr von der Herdhitze gerötetes Gesicht zu.

»Hier!« Frau R. holte aus ihrer Aktentasche ein Schreiben heraus. Conny griff zögernd danach und las es. »Ein Kindergarten! Ein Kindergarten! Und in München!«

»Conny, in München. Gewiß, in einem Vorort, aber was will das schon heißen! Immerhin ist es die Landeshauptstadt!«

Roswithas kleines Gesichtchen verzog sich zum Weinen. »Ich will nicht, daß Conny fortgeht!« jammerte sie und klammerte sich an sie.

Constance strich ihr zärtlich übers Haar. »Aber es ist ja noch gar nichts sicher, Püppchen, vielleicht wird gar nichts daraus!«

»Nun«, sagte Frau R., »ob etwas daraus wird, hängt doch jetzt ganz von Ihnen ab, Conny! Ich würde Ihnen zuraten! Gewiß, die Bezahlung ist nicht überwältigend, aber es ist doch ein Anfang für Sie, wieder in Ihrem Beruf zu arbeiten! Haben Sie sich das nicht immer gewünscht?«

Constance fuhr nach München, um sich vorzustellen. Sie hatte

gute Zeugnisse vorzuweisen und war zuversichtlich. »Nun ja«, sagte der Pfarrer, »so weit wäre ja alles in Ordnung! Wann können Sie anfangen?« Sie einigten sich auf den ersten September, solange würde Frau R. sie noch brauchen. Jetzt, wo es sicher war, daß sie von Bad Reichenhall wegging, gab es ihr doch einen kleinen Stich in der Herzgegend! Sie hatte schlimme Zeiten hier erlebt, aber sie hatte auch Freundschaften erfahren und menschliche Wärme, vor allem hier bei Frau R. und dem kleinen Mädchen.
Der Abschied von Anna fiel ihr besonders schwer! Vor allem, weil sie sah, wie hoffnungslos deren Lage war!
»Hast du dem Onkel geschrieben, Anna?«
»Ich habe geschrieben, aber es kann noch keine Antwort da sein.«
»Bitte halte mich auf dem Laufenden, ja? Sie mußte noch einmal nach München, denn der Pfarrer hatte ihr erst jetzt die Anschrift einer Frau genannt, bei der sie wohnen könnte. Es war ein wunderschönes Einfamilienhaus in einem großen Garten, unweit des Pfarrhauses. Die alte Frau Zirngibl gefiel ihr auf Anhieb. Ihre freundliche bescheidne Art beeindruckte sie.
»Mei, is halt nur so ein lausigs Kammerl!« entschuldigte sie sich, als sie Constance ins Haus führte. Es war wirklich sehr klein, aber hell und mit dem Blick zum Garten, in dem alte Obstbäume und grüne Sträucher standen. In dem Kammerl, etwas anderes war es nicht, stand nur das Allernotwendigste: ein bequemes Bett, ein einfacher Schrank, ein Hocker mit einer Waschschüssel und einem Porzellankrug.
»Essen können's bei mir in der Kuchl!« sagte Frau Zirngibl. »Mei, i bin ja ganz alleinig und Kaffee mach i eahna a!«
Constance dankte und nahm an. Sie hatte das untrügliche Gefühl, daß sie sich hier wohlfühlen würde und sie sollte recht behalten.
Der Kindergarten war im Souterrain des Pfarrhauses. Das Büro des Herrn Stadtpfarrer befand sich direkt darüber. Die Kinder waren lieb und die junge Helferin, selbst noch ein Kind, war freundlich und anstellig. Es würde gehen, hoffte Constance. Auch mit den Müttern der Kinder gab es keine Schwierigkeiten,

mit Müttern war sie immer klar gekommen. Diese hatten ein Gefühl dafür, ob die Kindergärtnerin sich für die Kinder einsetzte oder nicht, und die Kinder waren noch immer ihre besten Verbündeten bei den Müttern und Vorgesetzen.

Die Bezeichnung »Stadtpfarrer« war Constance ungewohnt.In ihrer böhmischen Heimat gab es diesen Titel nicht. Bei ihnen daheim war der Pfarrer einer Stadt der Herr Dechant, der Pfarrer auf dem Dorf eben der Herr Pfarrer und ein angehender Pfarrer war eben der Herr Kaplan. Immer wieder passierte es ihr, daß sie nur Herr Pfarrer sagte und jedesmal wurde es ihr pikiert verbessert.

Bei Frau Zirngibl fühlte sie sich sehr wohl! Liebevoll wurde sie von der alten Frau umsorgt. Am Abend saß sie noch lange bei ihr in der Küche, denn immer gab es auch noch ein Süppchen oder ein Schalerl »Milli«. Constance, die soviel mütterliche Wärme hatte vermissen müssen, genoß die Warmherzigkeit dieser schlichten Frau.

Constance führte ein Doppelleben, obgleich sie sich dies nicht eingestand. Die Constance Fink ihrer Gedichte war eine andere, als die ihres Alltags. In ihren Gedichten liebte sie, verzehrte sie sich nach Liebe. In der Realität schreckte sie vor jeder Annäherung eines männlichen Wesens zurück. Tief in ihrem Unterbewußtsein verborgen, ruhte die Erinnerung an etwas Fürchterliches, das sie auf der Flucht erfahren hatte, etwas, was sie nicht mit ihrer Vorstellung von Liebe in Verbindung bringen konnte! Aber die Sehnsucht blieb!

Eine Münchner Tageszeitung veröffentlichte ihr Gedicht »Vögel der Sehnsucht« und honorierte es. Glückstrahlend brachte sie es Frau Zirngibl. »Lassens des aber den Herrn Stadtpfarrer besser net seechen, Frollein Conny!« lächelte sie freundlich. »Von so was versteht er nix und womöglich nimmt er daran Anstoß!«

»Aber wie kann man an einem solchen Gedicht Anstoß nehmen, Frau Zirngibl?« fragte Conny fassungslos.

»Er kann! Er stößt sich an vielen Dingen!« meinte sie nur. Als Conny in sie dringen wollte, schwieg sie beharrlich.

Der Oktober brachte noch goldene Tage und der Herr Stadtpfarrer äußerte den Wunsch, man möge noch ein Gartenfest für Kinder und Eltern veranstalten; Conny möge sich dazu etwas einfallen lassen! An Einfällen hatte es Conny noch nie gefehlt. Zu ihrer Freude hatte sie unter ihren Kindern einige sehr begabte Sänger! Noch zu Hause, hatte sie die zauberhafte Oper von Humperdink gesehen und gehört: »Hänsel und Gretel«. Die Lieder daraus, die ja zum großen Teil alte Volkslieder waren, brachte sie nun den Kindern bei. »Brüderlein, komm tanz mit mir«, oder »Ein Männlein steht im Walde«. Am meisten gab sie sich mit dem Abendgebet Mühe! Seine schlichte Schönheit und Herzinnigkeit riß sie immer wieder fort. »Abends wenn ich schlafen geh', vierzehn Englein um mich stehen...!« Diejenigen Kinder, die gesanglich weniger begabt waren, stellten Bäume, Pilze und Blumen dar. Am Tag und bis spät in die Nacht hinein bastelte sie mit und ohne Kinder an dem Hexenhaus. Sie war mit ganzer Seele dabei und scheute keine Mühe, ein gelungenes Fest auf die Beine zu stellen. Und es wurde ein gelungenes Fest! Nur böser Wille konnte etwas anderes behaupten! Die Kinder spielten ihre Rollen wunderbar, zu oft und immer wieder hatte sie ihnen das Märchen erzählt und der Text war ihnen inzwischen in Fleisch und Blut übergegangen. Tief befriedigt und glücklich waren auch die Eltern, und die Begeisterung der Kinder nicht zu bremsen!

Der Herr Stadtpfarrer äußerte sich nicht. Er ging von einer Mutter zur anderen und tat sehr salbungsvoll: Ja, die lieben Kleinen, wie wundervoll hatten sie gespielt! Kein anerkennendes Wort für Constance, die mit schmerzlicher Wehmut zusah. Was sie auch getan hatte, es war offenbar nicht genug gewesen! Der Mesner hatte die Kindergruppen fotografiert und brachte Conny die schönsten Fotos, mit der Bitte, sie den Müttern anzubieten. Er hatte jedes einzelne Bild fein säuberlich auf einen Karton geklebt und Conny zeigte sie jedesmal den Müttern, wenn sie die Kinder brachten oder abholten, und schrieb sich auf, wer von welchen Fotos wieviele Abzüge haben wollte. Unter ihren Müttern hatte sie eine, die sie persönlich noch nicht kannte. Es war dies die Frau eines kleinen Fabrikanten, die ihre Mädchen wechselte, wie andere Leute ihre Hemden! Der kleine Dieter wurde alle vier Wochen von einem anderen »Dienstmädchen« der Frau Riesenhuber abgeholt bzw. gebracht. Einem solchen Mädchen sagte sie, die Mutter des Kindes möchte sich doch einmal herbemühen, um sich die Fotos auch anzusehen. Frau Riesenhuber kam nicht. Dafür wurde Constance zum Herrn Stadtpfarrer gerufen.

»Frau Riesenhuber hat sich beschwert!«

»Frau Riesenhuber hat sich beschwert?«

»Angeblich haben sie sie in den Kindergarten bestellt!«

»Gebeten!« verbesserte ihn Constance.

»Egal! Sie werden heute abend zu Riesenhuber gehen, die Fotos mitnehmen und sich entschuldigen!«

Constance sah ihn fassungslos an. »Ich soll mich entschuldigen? Wofür?« Ihre Frage blieb unbeantwortet. Constance ging an diesem Abend heim; sie hatte Mühe, nicht in Tränen auszubrechen! »Mei, was habens denn, Frollein Conny?« fragte Frau Zirngibl und schaute sie liebevoll an. Da rollten sie, die Tränen! Sie erzählte Frau Zirngibl, was der Stadtpfarrer von ihr verlangte. Frau Zirngibl wiegte gedankenvoll ihr Haupt! »Jo, des müssens so segn: wenn die anderen Frauen in der Kirche ein Markl in den Klingelbeutel werfen, tuts die Riesenhubersche nicht unter einem Schein! Den gibts aber net in den Klingelbeutel, wo es kaner siecht, den bringts dem Herrn Stadtpfarrer persönlich! Geld stinkt nicht.«

»Ach, so ist das also!« Constance begann zu begreifen und trocknete ihre Tränen. Sie ging mit den Fotos zu Frau Riesenhuber, sie war höflich. Sich zu entschuldigen sah sie keine Veranlassung! Aber die Demütigung vergaß sie dem Herrn Stadtpfarrer nicht! Eine der Mütter, die sie besonders mochte, erzählte ihr ungefragt, wie es mit ihrer Vorgängerin gewesen war. Die war noch sehr jung, kam frisch von der Schule und war das, was man im Sprachgebrauch »anpassungsfähig« nannte. »Jawohl, Herr

Stadtpfarrer! Ganz wie sie wollen, Herr Stadtpfarrer!« Er wurde um jede Kleinigkeit gefragt, durfte überall seinen Senf dazugeben, ob er etwas davon verstand, oder nicht! Aber – es gab keine Schwierigkeiten! Mit Constance, die schon Erfahrung mitbrachte, konnte er so etwas nicht machen! Sie war einfach zu selbständig, um ihm derart um den Bart zu gehen! Und genau das nahm er ihr übel!

Als das Weihnachtsfest näher kam, erhielt sie von ihm die Kündigung! Wegen »Verständigungsschwierigkeiten«. Constance war wie vor den Kopf geschlagen. Da sie sich keiner Schuld bewußt war, ging sie zum Arbeitsgericht, denn sie empfand die Klage ihres Arbeitsgebers als bitteres Unrecht.

Sie verlor den Prozeß. In salbungsvollem Ton verkündigte der geistliche Herr, man könne sich mit Fräulein Fink nicht verständigen, da sie grundsätzlich alles besser wisse!. Über diese abermalige ungerechte Anschuldigung erregt, wurde Constance laut.

Da stand der Mann auf und sagte: »Sehen sie, meine Herren, so hat sie es bei mir auch gemacht!« Abgesehen davon, daß man einen so hochgestellten Herrn von vorneherein für glaubwürdiger hielt als das kleine Flüchtlingsmädchen, in Bayern prozessiert man nicht mit einem Geistlichen.

»Was wollens itzt tun, Frollein Conny?« wurde sie von Frau Zirngibl gefragt.

»Ich gehe zum Kardinal.«

»Zum unseren Kardinal, des wolltens toan?«

»Und ob ich das tue!«

Mei, i woas net, gegen einen geistlichen Herrn Klage führen, Frollein Conny, des tät i mir aber scho noch überlegen! Sie kennen doch das Sprichwort: eine Krähe hackt der anderen net das Aug aus?!«

»Es heißt aber auch: Recht muß Recht bleiben!«

Zunächst freilich kam Weihnachten, ein stilles Weihnachten, das Constance beim Vater verbringen wollte. Sie packte alles in den einzigen Koffer, den sie besaß, es war wenig genug! Obenauf kamen die Zigaretten für den Vater, die es noch immer auf

Raucherkarten gab. Frau Zirngibl war bei ihrer in Rosenheim lebenden Tochter eingeladen. Im neuen Jahr würde man sich wiedersehen. Conny hatte dem Vater geschrieben, wann sie in Bamberg ankommen würde. Sicher würde er sie abholen. Voll Vorfreude und Zuversicht setzte sie sich in den Zug. Die Züge waren in dieser Vorweihnachtszeit sehr überfüllt, man fand nur schwer einen Sitzplatz. Und was erschwerend hinzukam, sie hatten fast alle große Verspätungen! Als sie in Bamberg ausstieg, war es kurz vor Mitternacht und außer ihr stiegen nur sehr wenige Fahrgäste aus. Der Vater war nicht da! Hatte er ihre Post nicht bekommen? Sie war noch so geistesgegenwärtig, ihren schweren Koffer bei der Gepäckaufbewahrung aufzugeben. Unmittelbar danach gingen auf dem ganzen Bahnhof, auch auf dem Vorplatz, die Lichter aus! Sie zerbrach sich den Kopf. Wohin konnte man um diese späte Stunde in einer ihr völlig fremden Stadt gehen? Auch die Straßen waren unbeleuchtet. Constance zog die Schultern zusammen, sie fror. Während sie noch überlegte, ob ihr weniges Bargeld für eine Hotelübernachtung reichte, wurde sie von einer einfachen Frau angesprochen. »Sind's am End' a net abgholt worden?« fragte sie. »Wir«, sagte sie und auf einmal stand ein Mann neben ihr, »wollten unsere Nichte abholen, aber sie ist nicht gekommen, gell Kurt?« Der Mann brummte etwas, was wie Zustimmung klingen sollte. Constance drehte den Kofferschein in ihrer Hand und steckte ihn schließlich in ihre Manteltasche. »Gibt es hier ein Hotel, wo ich nur für heute Nacht unterkomme? Mein Vater wollte mich abholen. Er wohnt in Tr., dahin werde ich heute wohl nicht mehr kommen.«
»Nee, dahin geht heute kein Zug mehr.« »Aber«, wandte sie sich an ihren Begleiter, »das Frollein könnte doch diese Nacht bei uns unterkommen, in Ritas Bett.« Ihr Begleiter, der immer im Halbdunkel blieb, stimmte ihr zu. Constance war erfreut und erleichtert. »Wollen sie das wirklich tun?« Sie setzten sich in Trab. Ohne die offensichtlich ortskundigen Begleiter hätte sie sich kaum zurecht gefunden. Zu ihrer Überraschung trennte sich das scheinbare Ehepaar an einer Wegkreuzung. Sie ging mit der

fremden Frau allein weiter. Sie kamen nun in ein Gewirr alter Gassen und blieben vor einem großen Mietshaus stehen. »Sie müssen sagen, sie sind meine Cousine!« sagte die Fremde zu ihr. Und ehe sich Constance über diese merkwürdige Anweisung Gedanken machen konnte, läutete ihre Begleiterin. Am Fenster erschien, im schwachen Licht einer entfernten Laterne eine dicke, schlampig gekleidete ältere Frau, Lockenwickler im Haar. »Bist du's Frieda? Wen bringst du denn da mit?«

»Meine Cousine Ella! Mach schon auf, es ist ja nur für eine Nacht. Sie hat den Anschlußzug nicht mehr bekommen!«

Kurz darauf wurde die Haustür geöffnet. Ihre Begleiterin führte sie über eine kurze Treppe in eine bescheidene Wohnung. In der kleinen Küche, in die sie zuerst eintraten – Constance prallte zurück – lag auf einer Couch ein Paar, so in Decken gehüllt, daß nur zu erraten war, was sich da tat. Beim Eintritt der beiden Frauen fuhren die beiden auseinander. Es war ein Neger und ein Mädchen. Einen Moment lang überlegte Constance, ob sie nicht lieber wieder gehen sollte, sie hatte auf einmal Angst! Aber wohin konnte sie um diese späte Nachtstunde noch gehen? Und außerdem war sie todmüde!

»Ja«, stotterte nun ihre Begleiterin, »sie müssen halt mit uns beiden Frauen und meinem kleinen Buben das Bett teilen, es is ja nur für eine Nacht!« Und nachdem sie ihr aus dem Mantel geholfen und diesen an der Küchentür aufgehängt hatte, schob sie sie in das angrenzende Zimmer. Constance gewahrte in einem Doppelbett ein schlafendes Kind im Alter von etwa acht Jahren; es schlief fest. Das Zimmer war bis zur Decke mit neuen Waren ausgefüllt. Textilien aller Art standen in keinem Verhältnis zur Armut dieser beiden Frauen. »Hehlerware!« mußte sie plötzlich denken und unwillkürlich griff sie nach ihrer Geldbörse. Sie zog sich so gut wie kaum aus. In der Unterwäsche legte sie sich an den Rand des einen der Betten. Ihre Geldbörse legte sie unter ihr Kopfkissen und war auch sofort eingeschlafen. Als sie am nächsten Morgen vom lauten Schall der Domglocken erwachte, war sie allein in dem breiten Bett. Ihre Begleiterin, die Quartiersmut-

ter und der kleine Junge waren offensichtlich, ungeachtet der frühen Morgenstunde, bereits aufgestanden.
Sie hatte den heftigen Wunsch, dieses so wenig vertrauenerweckende Haus so schnell wie möglich zu verlassen. Sie zog sich leise und flink an. Die Tür wurde geöffnet und die Alte mit den Lockenwicklern stand in der Tür.
»Aber sie werden doch nicht schon aufstehen wollen? Es ist ja erst sechs Uhr!« murmelte sie.
»Ich will in den Dom zur Frühmesse!« log Constance, froh, daß ihr dies noch rechtzeitig eingefallen war. Als sie in die Küche trat, war außer der Pensionsmutter niemand mehr da. Erst später sollten ihr die Zusammenhänge klar werden. Die Frau hatte darauf bestanden, ihr ein Frühstück zu machen. Es war offensichtlich, daß ihr sehr daran lag, sie nicht zu bald zu verabschieden. Als Constance endlich, innerlich erleichtert, das Haus verließ, ging sie mit raschen Schritten über die Regnitzbrücke in Richtung Dom. Sie hatte das Bedürfnis, Gott für die wunderbare Errettung aus dieser bedrohlichen Lage zu danken. Dann wollte sie ihren Koffer auslösen. Unwillkürlich griff sie nach dem Kofferschein in ihrer Manteltasche, er war nicht mehr da! Constance war plötzlich hellwach! Man hatte ihr den Kofferschein gestohlen! Das also war es! Sonst hatte man sie ungeschoren gelassen, aber der Mantel, der in der Küche geblieben war und in dessen Tasche sie den Schein gesteckt hatte, war ihnen als leichte Beute zugefallen! Stehenden Fußes ging sie zurück zum Bahnhof und verlangte ihren Koffer, er war nicht mehr da! Sie tat das einzig richtige in ihrer Situation, sie ging zur Polizei. Die war sehr freundlich und hilfsbereit. Ob sie sich zutraue, das Haus wieder zu finden, in dem sie genächtigt hatte, wurde sie gefragt. Ein Polizist begleitete sie. Nach ein paar Irrwegen fand sie es aber doch. Er ging mit ihr die Treppe hinauf und trat nach kurzem Anklopfen ein. Außer dem kleinen Jungen von der vergangenen Nacht, war niemand da.
»Wo ist deine Mutter?« fragte der Beamte.
»Zum Einkaufen!« war die lapidare Antwort. Es dauerte aber

nicht lange und die Frau kam zurück. Jetzt war sie Constance gegenüber nicht mehr so zuckersüß, wie am Morgen. Auf Befragen des Polizisten gab sie ausweichende Antworten.
»Ich weiß von nichts! Ich habe die Frau, die sie mitgebracht hat, kaum gekannt!«
Constance und der Polizist gingen zurück zum Bahnhof und ihr Begleiter riet ihr, in einer Stunde wiederzukommen, dann wisse man wahrscheinlich mehr, denn man verfolge bereits eine bestimmte Spur. Unglücklich schlich Constance über den Bahnhofsplatz. Sollte sie den Vater anrufen? Aber der hatte noch nicht einmal Telefonanschluß. Während sie noch überlegte, tauchte er plötzlich vor ihr auf.
»Conny, na da bist du ja!« Er schloß sie in die Arme und nun war es mit ihrer Fassung vorbei. Sie schluchzte und sprudelte ihr nächtliches Erlebnis heraus. Der Vater hatte Mühe, die Zusammenhänge zu erfassen. Zu zweit gingen sie wieder zur Polizei. Der kleine Kommisar erinnerte Constance aus unerfindlichen Gründen an Napoleon; er war sehr freundlich.
»Wir haben eine gute Nachricht für Sie, Fräulein!« Sie blinzelte ihn aus verweinten Augen an. »Ihr Koffer ist wieder da!« Er führte sie in einen Nebenraum und da stand ihr Koffer auf einem Tisch. Der Kommisar forderte sie auf, nachzusehen, ob etwas fehle! Es fehlte nichts! »Wir werden jetzt«, sagte der Kommisar, »die beiden Leute von gestern Nacht an ihnen vorbeiführen. Wir haben sie so rechtzeitig geschnappt, daß sie gar nicht mehr dazu kamen, ihren Koffer zu öffnen!«
Conny schenkte dem »kleinen Napoleon« ihr bezaubernstes Lächeln. »Sie sollen uns nur sagen, ob Sie sie wiedererkennen?!« Und so geschah es! »Diesmal«, sagte der Kommisar, »kommen sie nicht so glimpflich davon, es sind alte Kunden!« Spontan griff Conny nach den Zigaretten, die obenauf im Koffer lagen und verteilte sie unter die Polizisten. Ganz schwach vor Glück und den gehabten Aufregungen fuhr sie mit dem Vater in dessen Dorf. »Du bist doch der geborene Pechvogel!« brummte der Vater. »So etwas kann auch nur dir passieren!«

»Wieso?« fragte Conny zurück, »ich hatte doch einen Schutzengel, es hätte sehr viel mehr passieren können!«
Von den vielen neuen Waren auf den Schlafzimmerschränken hatte sie der Polizei auch erzählt.

»Schwarzmarkthändler!« sagte der Kommisar, »den Verdacht hatten wir schon lang, aber wir konnten ihnen nichts beweisen; jetzt können wir es!«

»Ich habe auch eine Überraschung für dich!« sagte der Vater: »Florian ist bei uns!«

Constance strahlte über das ganze Gesicht. »Florian? Gott, wie ich mich freue! Und da stand er auch schon vor ihr und die Geschwister fielen sich in die Arme.

»Aus amerikanischer Kriegsgefangenschaft entlassen!« lachte er mit dem gewinnenden Lachen, das sie an ihm so liebte.

»Ich will, daß er in mein Geschäft einsteigt«, sagte der Vater, »Landmaschinen sind jetzt das große Geschäft!« Später, als sie für einen Augenblick allein waren, sagte der kleine Bruder, der sie inzwischen um Haupteslänge überragte: »Sag nichts zu Papa, ich will ihm die Illusion nicht zerstören, aber ich werde nicht Vertreter für Landmaschinen, ich gehe nach Australien!«

Kühler war der Empfang seitens der sächsischen Frau Fink Nr. 3, wie Florian ihr spitzbübisch ins Ohr flüsterte. Sie wohnten in einem einzigen Zimmer, groß zwar, aber eng. Die breiten, offensichtlich bäuerischen Doppelbetten nahmen den meisten Platz ein. »Hol' Wasser, Hannes!« befahl die Frau und der Vater, dieser einst so herrische Mann, griff den Wasserkrug und verschwand.

»Jetzt folgt er auf's Wort! Meine Mutter hatte es da entschieden schwerer!« Es war Florian, der ihr das zuraunte. Überhaupt kam sie aus dem Staunen nicht heraus. Die Gans, die der Vater am nächsten Tag brachte, und die als Weihnachtsbraten dran glauben sollte, mußte der Vater selbst rupfen und der Hausfrau küchenfertig vorbereiten.

»Bring die Gans nicht im letzten Moment!« sagte sie ungerührt, »ich habe noch andere Arbeit!«

Constances Hilfsangebot lehnte sie frostig ab. So ging sie mit dem Bruder durchs Dorf, das tief verschneit, wundervolle Weihnachtsstimmung aufkommen ließ. Wäre nicht die Gefährtin des Vaters so unliebenswürdig gewesen, Constance hätte für ein paar Tage das Gefühl, eine Familie zu haben, mit tiefer Freude erfüllt.
Wieder daheim in München, ging Constance wieder zum Arbeitsamt. Eine Beamtin, die ihr wohlgesonnen war, riet ihr, sich doch umschulen zu lassen. Ob sie nicht lieber ins Büro wolle, dort verdiene man sich die Brötchen um vieles leichter.
»Aber ich habe doch keine kaufmännische Ausbildung!« wagte Constance einzuwenden. Insgeheim spielte sie schon lange mit dem Gedanken, nicht mehr im Kindergarten zu arbeiten. Der Vorfall mit dem Pfarrer in München-Solln hatte ihr empfindliches, nie sehr großes Selbstbewußtsein schwer angeschlagen. Das Arbeitsamt zahlte ihr einen Maschinenschreibkurs mit Stenographie und innerhalb eines Monats war Constance so weit, daß sie es wagte, eine Aushilfsstelle in einem Versicherungsbüro anzunehmen. Das erste, was sie an der Maschine schrieb, waren Adressen aus dem Telefonbuch auf Kuverts. Das war zwar eine sehr geistlose Tätigkeit, aber sie wurde bezahlt. Schlecht bezahlt, zugegeben, aber sie war ja auch noch Anfängerin!
Schöner war zweifellos, daß sie immer mehr Gedichte und Erzählungen an Zeitungen und Zeitschriften verkaufen konnte, was ihr eine tiefe innere Befriedigung gab. Sie lieh sich eine alte Schreibmaschine gegen ein bescheidenes Entgelt. Ihre Arbeiten wurden immer besser. Als eine sehr gelesene Tageszeitung ihre kleine Story »Das Klavier« brachte, erregte sie Aufsehen in ihrem neuen Arbeitskreis. Ihre Kolleginnen sprachen sie darauf an und bewunderten sie. Das gab ihr nicht nur Auftrieb, ihre Position in der Firma festigte sich. Eine erfolgreiche Schriftstellerin konnte man nicht immer nur Kuverte beschriften lassen; sie rückte auf und damit auch ihre Bezahlung.
Immer öfter kam es jetzt vor, daß sie nachts erwachte und ein Gedicht geträumt hatte! Es stand so glasklar in ihrem Gedächtnis, als habe es eine unsichtbare Hand an die Wand geschrieben!

Nebukadnezar, König von Babylon, fiel ihr ein. Auch er hatte eine Schrift an der Wand gelesen: Gewogen und zu leicht befunden. Und sein Schicksal hatte sich daran erfüllt. War dies ihr Schicksal? Werkzeug zu sein und ein anderer der Autor? So erging es ihr in der Münchner Zeit mit dem Gedicht über die Heilige Elisabeth von Thüringen, die sie besonders verehrte.

Tod der Hl. Elisabeth

Und immer ist
Ein Singen in der Luft,
Als sängen Gräser,
Blume, Baum und Strauch
Als sänge die
Gefangene Seele auch
Und immer ist um mich
Geheimer Duft ...!

Und Glück und Leid
Liegt ferne, wie ein Traum;
Ein golddurchwirkter Mantel,
Der im Schreiten, mir
Mählich von den Schultern
Mochte gleiten, auf
Langen Wegen und ich
Fühlt es kaum ...

Und dies nur blieb:
Dies Licht und dieses Singen
Und jene Stimmen, die
Mich heimlich rufen ...
Schon steh ich auf
Den allerletzten Stufen,
Kaum kann ich
Meinen Jubel noch bezwingen!

Nach der ersten Strophe zu diesem Gedicht überlegte sie: wer könnte solche Worte sagen? Ein Narr oder ein Heiliger! Waren Heilige nicht oft genug Narren für ihre Zeitgenossen? Sie dachte an Franz von Assisi! Wie kann der Durchschnittsmensch verstehen, daß der Sohn eines vermögenden Vaters alles verschenkt, was dieser ihm als Erbe zugedacht hat? Um es an die Armen auszuteilen! Die er doch allen Ernstes »seine Brüder« nennt! Mit der zweiten und dritten Strophe, die sie selbst aufsetzt, hat sie keine Schwierigkeiten. Die Gedanken fallen ihr zu und bilden sich zu Worten und sauberen Sätzen, der Rhythmus stellt sich von selbst ein, er liegt ihr im Blut. Nie wird sie dieses Gedicht ohne leisen Schauer lesen können.

Nach einem arbeitsreichen Tag heimkehrend, fand sie eine Einladung ihrer Tante Luise für die Osterfeiertage vor. Onkel und Tante lebten schon lange wieder in Wien. Onkel Georg hatte seine österreichische Staatsbürgerschaft nie aufgegeben. Jetzt hatte er wieder ein Obst- und Gemüsegeschäft auf die Beine gestellt, wie er es auch in der Tschechoslowakei gehabt hatte. »Conny!« Tante Luise schloß die Nichte am Südbahnhof von Wien in die Arme. »Mädel«, sie war ganz gerührt: »Du wirst deiner Mutter immer ähnlicher!« Sie schnupfte. Tante Luise hatte »nahe am Wasser gebaut«.

Conny freute sich. Tante Luise hätte einmal ihre zweite Mutter werden sollen, gleich nach dem so frühen Tod ihrer Mutter. Aber sie hatte damals bereits an den feschen Vetter aus Wien ihr Herz verloren. So hatte sich der »schöne Herr Fink« bei seiner blutjungen Schwägerin einen Korb geholt. Da Tante Luise ein weiches Herz hatte, hatte sie auch immer ein schlechtes Gewissen gegenüber den beiden Kindern der so früh verstorbenen Schwester. Für Walter, der ihr einmal im Jahr eine Karte schrieb, konnte sie sich nicht erwärmen, dafür umso mehr für die hübsche junge Nichte. Die Ostertage in der Familie von Tante Luise waren viel zu schnell vorbei. Wien war für Constance eine Offenbarung! Nicht zufällig hatte die Stiefmutter dem empfänglichen Kind die Donaumetropole in den glühendsten Farben geschildert.

»Aber daß du schreibst, Conny!?« die Tante sah sie anerkennend an: »Von wem hast du denn diese Ader?« Beim Onkel konnte sie damit weniger Eindruck machen. Er war ein knochentrockener Geschäftsmann, sie fand keinen rechten Zugang zu ihm.
Nach den Feiertagen, sie hatte noch zwei Urlaubstage anhängen können, ging sie zum österreichischen Rundfunk, Studio Wien. Sie hatte noch von zu Hause dorthin ein Hörspiel übersandt, nun wollte sie sich selbst den Entscheid des maßgeblichen Herrn holen. Am Pförtner kam sie geschickt vorbei, aber an der Tür des Ressorts mußte sie doch ein Herzklopfen unterdrücken. Die Sekretärin des Herrn Dr. Seeliger war nicht so höflich. Ob sie angemeldet sei? Nicht? Ja dann könne sie natürlich nicht zu Herrn Dr. Seeliger hinein, da könne ja jeder kommen! »Ich bin nicht jeder!« reagierte Constance empfindlich. Und ehe die Vorzimmerdame es hindern konnte, hatte sie sich Eintritt verschafft!
Nach Luft schnappend, stand sie dann vor Dr. Seeliger, einem gut aussehenden liebenswürdigen Herrn.
»... verzeihen Sie bitte, Herr Doktor, ich konnte es nicht verhindern!« schnaubte die Sekretärin.
Höflich forderte er sie auf, Platz zu nehmen. War sie nun frech oder nur temperamentvoll? Zweifellos war sie eine hübsche junge Frau, dazu auch noch goldblond! Dr. Seeliger, der gegenüber weiblichen Reizen nicht ganz unempfindlich war, bekam weiche Knie.
»Womit kann ich Ihnen behilflich sein, liebe gnädige Frau?«
»Bitte entschuldigen Sie, weil ich so stürmisch hier eingedrungen bin«, stammelte sie, »aber ich habe ein Hörspiel bei Ihnen und weil ich doch in zwei Tagen schon wieder zurück nach München muß, wollte ich ...«
»Wie war doch der werte Name?« fragte Dr. Seeliger, nachdem er sich selbst mit einer kurzen Verbeugung vorgestellt hatte.
»Fink, Constance Fink aus München!«
Er rief nach seiner Sekretärin, die, immer noch Zorn im Gesicht, erschien.

»Ach, da war doch kürzlich ein Hörspiel, wie hieß es denn noch«, unterbrach er sich und sah Constance an.
»Regina!« nickte Constance.
»War das nicht von uns bereits zurückgereicht worden?« »Zurückgereicht?« Constance sah ihn entsetzt an. »Aber ... das ist doch nicht möglich! Warum zurückgereicht?« Es war ihr absolut unvorstellbar, daß man ihr erstes Hörspiel nicht gut finden konnte. Die Sekretärin verschwand lautlos und kam alsbald mit einer Liste zurück.
»Jawohl, Herr Dr. Seeliger, hier ist die Liste der zurückgereichten Manuskripte und hier«, sie wies darauf,» das Hörspiel »Regine«. Constance war fassungslos! Der ererbte Jähzorn ihres Vaters kam ihr hoch! »Zurückgereicht? Aber warum denn, es ist doch ein wirklich gutes Hörspiel! Ich verstehe das nicht!«
Naserümpfend verließ die Sekretärin den Raum. Was für ein Benehmen! Nun, sie hatte sich den Eintritt erzwungen! Freiwillig wäre ihr diese Person nicht zu Dr. Seeliger vorgedrungen!
»Nun«, begütigte der Mann das aufgebrachte Mädchen, »wir stellen sehr hohe Anforderungen an ein Hörspiel und da müssen Sie schon einmal mit einer Rückreichung rechnen. Aber ... ist das denn wirklich so schlimm?« Er wartete ihre Antwort nicht ab, zog seine Schublade auf und entnahm ihr Gedichte! Constance erkannte sie sofort als die ihren. »Alle sind wir, wie Wild in den Wäldern, Fischen gleich, die in die Netze gingen ...« Das sind wunderbare Bilder, das ist eine Sprache, die aufhorchen läßt!«
»Aber«, murmelte Constance, »das sind ja ... meine Gedichte!«
»Ich weiß, Fräulein Fink, sie gefallen mir sehr! Sie sind Lyrikerin! Eine, von der man noch hören wird! Warum versuchen Sie es nicht mit einem Lyrikband? Dort liegt Ihre Stärke!«
Constance strahlte ihn an. Sie wußte nicht, wie schön sie war, wenn sie lachte!
»So gefallen Sie mir schon viel besser!« sagte Dr. Seeliger. »Ich will demnächst eine Sendung östereichischer Lyriker bringen, aber ich bringe ihre Gedichte dazu.«
»Ich komme aus Böhmen, das war doch einmal ein Land der

Habsburger Krone!« antwortete Conny schlagfertig. Dr. Seeliger lachte. Er mochte schöne Frauen! Wenn sie dann noch intelligent und temperamentvoll waren, tat das seiner Bewunderung keinen Abbruch. Wie Constance das Funkhaus verlassen hatte, sie hätte es später nicht sagen können. Sie ging, wie auf Wolken, so, als hätte sie Watte unter den Füßen!

»Was ist los?« fragte sie Tante Luise. »Du siehst aus, als wärest du dem Erzengel Michael begegnet!«

»Vielleicht ist sie ihm begegnet!« meinte der Onkel, der gerade dazu kam. Conny erzählte. Die Niederlage mit ihrem Hörspiel verschwieg sie. Wer spricht schon gern von seinen Niederlagen? Constance kehrte nach München zurück und saß wieder hinter ihrer Schreibmaschine. Sie wohnte jetzt nicht mehr bei der netten Frau Zirngibl. Die hatte ihr Haus samt Garten an den Sohn abgegeben und war ins Altersheim am Waldfriedhof gezogen. Constance besuchte sie an jedem Wochenende und Frau Zirngibl freute sich immer sehr. Manchmal nannte sie sie zärtlich »mein Rotkäppchen«. Nur über eines konnte sie sich nicht genug wundern, daß bei Constances Berichten niemals ein Prinz auftauchte. Für sie, die sehr jung geheiratet hatte, war es einfach unfaßlich, daß ein so hübsches junges Mädchen keinen Freund hatte.

»Wollen sie immer noch zum Kardinal, Conny?«

Constance nickte. »Das lasse ich unserem hinkenden Freund nicht durchgehen!«

»Er wird sie nicht empfangen!«

»Nun, lassen wir es darauf ankommen!« Sie schrieb an den Kardinal Wendel und bat höflich um eine Audienz. Sie nannte auch den Grund ihrer Bitte, das war unvermeidlich! Nach vielen Wochen erhielt sie eine höfliche Absage. Aber sie hätte nicht das Stehaufmännchen Constance sein müssen, wenn sie aufgegeben hätte! Jetzt erst recht, war ihre Parole! Sie begriff, daß sie Hilfe brauchte! Sie brauchte Protektion! Und sie schrieb ihrem Jugendseelsorger aus der alten Heimat, der in Erfurt lebte. Ausführlich schilderte sie ihm ihre bösen Erfahrungen mit seinem geistlichen

Mitbruder und daß sie entschlossen sei, über ihn beim Kardinal Klage zu führen! Nach abermals sechs Wochen bat sie noch einmal um eine Audienz, diesmal wurde sie ihr gewährt! Mehr als die Fürsprache ihres Jugendseelsorgers mochte aber der Umstand dazu beigetragen haben, daß sie als freie Mitarbeiterin verschiedener, auch religiöser Zeitungen und Zeitschriften bereits dabei war, sich einen Namen zu machen! Man konnte sie nicht mehr ohne weiteres übersehen!

Der Tag, an dem sie zum Kardinal ging, war ein bitterkalter, glasklarer Wintertag kurz vor Weihnachten. Sie hatte sich gut auf diese Audienz vorbereitet und hatte ihre Klage, gut formuliert, bereits schriftlich eingereicht. Der Kardinal empfing sie sehr leutselig, keineswegs herablassend. Er war ein sehr gut aussehender liebenswürdiger Mann und die sonst so unerschrockene Constance war zunächst sehr befangen. Freundlich hieß er sie Platz nehmen.

»Im Grunde«, begann er, »kenne ich ja den Grund Ihres Besuches! Ihre schriftliche Abhandlung habe ich sehr genau studiert.« Und nach einer kurzen Pause: »Ich bedauere den Vorfall! Ich kenne den Herrn ganz anders!«

»Das glaube ich gern!« erwiderte ihm Constance mit ihrem bezauberndsten Lächeln, »Sie sind ja auch der Herr Kardinal!«

Der Kardinal lachte! Er mochte gescheite Frauen! Im übrigen hatte er sich längst ein Bild der Sachlage gemacht! Er kannte den überzogenen Geltungstrieb des Mannes, über den diese kleine tapfere Person Klage führte! Aber das brauchte sie nicht zu wissen! Ihm war auch bekannt geworden, daß die Eltern der Kinder geschlossen gegen die Kündigung der von ihnen sehr geschätzten Kindergärtnerin protestiert hatten! Er erkundigte sich nach ihrem jetzigen Leben. Hatte sie Arbeit? Im Büro? Nun, das war sicher nicht das, was diese warmherzige hochbegabte Frau befriedigte! Er wußte auch um ihre Arbeit als Schriftstellerin. Er verabschiedete sie herzlich!

Wenige Tage später erhielt Constance ein Paket, es war die Woche vor Weihnachten! Der Absender war die Erzbischöfliche Kanzlei!

Es enthielt feinste Schokolade, ausgesuchte Äpfel und eine Flasche hervorragenden Wein. Außerdem ein Kuvert mit freundlichen Weihnachtswünschen und einem Schein, »für evtl. vorrangige Anschaffungen!« Constance nahm es für die Miete, die war immer »vorrangig«! Sie freute sich. Es war dieses vornehmen Charakters würdig, das ihr angetane Unrecht auf diese Weise, auf seine ganz persönliche Weise, wieder gut zu machen! Indirekt war es die Bestätigung ihres Rechts! Tief getröstet, erwartete sie das Neue Jahr! Diesesmal war keine Einladung vom Vater erfolgt. Aber vielleicht würde Walter ... er hatte doch jetzt Familie, wie sie vom Vater wußte. Sie schrieb ihm und ließ ihn wissen, daß sie allein in München lebte und wie gerne sie sein kleines Töchterchen kennenlernen wollte. Walter antwortete nicht einmal. Daß es wegen ihres Briefes einen handfesten Ehekrach gegeben hatte, konnte sie freilich nicht wissen. Walters Frau war eine zu hysterischen Ausbrüchen neigende Person. Noch daheim hatte sie so sehr unter dem Einfluß der Stiefmutter gestanden, daß sie Constance schon deshalb ablehnte, weil sie nichts anderes von ihrer Schwiegermutter gehört hatte! Mit Conny hatte man am besten nichts zu tun! »Sie kommt mir nicht ins Haus!« schrie Hanna. »Ich will sie nicht hier haben, schon gar nicht an Weihnachten!«

Es wiederholt sich alles! Von ihrer Halbschwester Katrin hörte Conny überhaupt nichts! Da ihr der Vater geraten hatte, sich nicht an sie zu wenden, unterließ sie es. Sie war sich zwar keiner Schuld bewußt, aber inzwischen war sie von dem kindlichen Standpunkt abgerückt, man müsse »etwas getan« haben, um von den anderen gemocht oder nicht gemocht zu werden! Liebe ließ sich nicht erzwingen! Im Hause der Schwester Katrin hatte sich Nachwuchs angemeldet. Das zweite Kind bereits und dem Opa wurde das so rechtzeitig mitgeteilt, daß an Weihnachten kein Wunsch offen blieb! »Lieber Opa« schrieb die junge Frau, »Mathias hat ein Schwesterchen bekommen und du ein neues Enkelkind, sicher freust du dich darüber!« Und nach ein paar nichtssagenden Floskeln: »Gelt, du hilfst uns wieder, lieber Opa! Ich habe für das Baby ein paar Neuanschaffungen gehabt ...!« Weiterer Kommentar überflüssig! Der Vater, der abermals »Opa« geworden war, hatte seit der Ehescheidung von Katrins Mutter ein schlechtes Gewissen behalten. Immerhin hatte er die Frau mit den beiden noch schulpflichtigen Kindern in H. zurückgelassen! So fanden Katrins geschickt arrangierte Briefe bzw. Bitten, immer ein offenes Ohr!

Constance war da weniger glücklich! Sie hatte zwar Arbeit, aber eine Arbeit, die ihr gerade das zum Leben Nötigste eintrug. Da sie keine kaufmännische Vorbildung hatte, wurde sie immer nur als reine »Schreibkraft« geführt und dementsprechend gering war dann auch ihr Verdienst. Niemals wäre sie auf den Gedanken gekommen, ihren Bruder Walter um Hilfe zu bitten! Sein Desinteresse an ihrem Leben war so offenkundig, daß sie sich gänzlich von ihm zurückzog. Umso härter traf es sie darum auch, als sie nach dem Tod des Vaters ein an diesen gerichtetes Schreiben von Walter fand, in dem er sich erdreistete, sie als Bittstellerin ihm gegenüber hinzustellen! Sie begriff allmählich, daß dieser Bruder einen ziemlich miesen Charakter hatte!

In neuester Zeit hatte Conny immer wieder Anfälle von Schwindel. Sie kamen und gingen, ohne daß sie darauf Einfluß nehmen konnte. Sie ging zum Arzt. Dort traf sie im Wartezimmer eine ehemalige Schulkameradin aus der alten Heimat. Das Apothekerstöchterchen Annemarie war immer noch so bummelig wie früher. Nur war sie inzwischen Frau und Mutter und lebte auch in München.

Die Wiedersehensfreude, so unvermittelt, war groß. Der Arzt horchte Constance ab, konnte aber für die »Schwindelei« keine organische Ursache finden. Beim ersten Besuch von Annemarie bei Constance ließ diese »die Katze aus dem Sack!«

»Ich habe dem Doktor gesagt, daß wir Schulkameradinnen aus der alten Heimat sind!«

»Ach ja?«

»Er fragte mich,ob du denn ganz allein da stündest, ob du gar keine Familie hast!«

»Warum interessiert ihn das?«
»Nun, ein Arzt will eben alles wissen, das haben Ärzte so an sich!« lachte Annemarie.
»Soll das heißen, er vermutet seelische Gründe für diese Schwindelei?« »Offensichtlich!«
In dieser Zeit schrieb ihr Tante Luise und lud sie für ein paar Sommerwochen nach Wien ein.
»Das ist natürlich wunderbar«, sagte Annemarie. »Ich glaube, es ist das, was Dr. Knoll meinte, wenn er sagte, du brauchst ganz einfach jemanden, der sich ein wenig um dich kümmert!«
Constance kündigte die sie so wenig befriedigende Arbeit an der Schreibmaschine und fuhr nach Wien. Vielleicht, so hoffte sie, konnte sie in dieser zauberhaften Stadt Fuß fassen. Dann hätte sie die ihr so herzlich zugetane Tante Luise im Rücken! Und dann war da auch noch der österreichische Rundfunk, Studio Wien und Herr Dr. Seeliger! Sie erinnerte sich mit Vergnügen an diese erste Begegnung mit ihm. Sie hatten sich auf Anhieb gemocht.Es war ein sonniges Wochenende, als sie mit Onkel und Tante zum ersten Mal in den Prater ging. Sie blühte auf, wie eine Blume, die man zu lange ohne Wasser gelassen hatte! Vom Riesenrad aus sah die Welt endlich wieder liebenswert aus! Die Tante verwöhnte sie mit österreichischen »Schmankerln« und die Wiener Konditoreien waren eine beständige süße Versuchung für sie; glücklicherweise gehörte sie zu den Frauen, die nicht zunahmen!
Räumlich waren Onkel und Tante etwas beschränkt. Constance schlief auf der Couch im Wohnzimmer. Einmal des nachts erwachte sie, weil sie fror. Eben wollte sie die heruntergerutschte Decke wieder hochziehen, als sie merkte, daß Tante Luise leise ins Zimmer gekommen war. Sie bückte sich, hob die Decke auf und deckte Constance fürsorglich wieder zu.
Das alles war eine Sache von wenigen Minuten. Conny hatte sich nicht gerührt. Nun aber, wieder allein, stürzten ihr die Tränen aus den Augen! Sie weinte bitterlich! Wie lange war es her, daß sich jemand um ihretwillen gebückt hatte? Schlagartig begriff sie, was ihr fehlte! Liebe!

»Du möchtest also hier in Wien bleiben?« fragte sie Tante Luise.
»Vielleicht gelingt es mir, hier Arbeit zu finden!«
»Du könntest es einmal in der Bücherei hier bei uns in der Sailerstätte versuchen! Bücher liegen dir doch und du wärest ganz in unserer Nähe!« schlug ihr die Tante vor.
Gleich am nächsten Tag stellte sich Constance in der Buchhandlung vor und siehe da, sie wurde aufgenommen! Zunächst nur »zur Probe«, aber es war ein Anfang! Es machte Constance großes Vergnügen, Bücher zu verleihen. Da sie selbst viel gelesen hatte, konnte sie die Kunden beraten, etwas, was offensichtlich ihrem Chef sehr gefiel!
Nach den ersten vier Wochen legte sie der staunenden Tante fünfhundert Schilling auf den Tisch, nicht viel, gewiß, aber eigenes redlich verdientes Geld!
Eines Tages machte sie sich auf den Weg zum Rundfunkhaus. Dr. Seeliger empfing sie freundlich.
»Heute habe ich ihnen meine erste Novelle mitgebracht!« sagte Constance freudestrahlend. »Petra Kostelitz«. Dr. Seeliger nahm das Manuskipt in die Hand und blätterte ein wenig darin.
»Erdacht oder erlebt?«
»Beides!« erwiderte Constance. »Als ich noch ein Schulmädchen war, ging ich oft mit meinen Kinderkümmernissen ans Grab meiner Mutter. Gegenüber waren die Kriegergräber aus dem ersten Weltkrieg und anschließend daran eine sehr vornehme Gruft mit einem für unsere Stadt ungewöhnlichen Namen. Aus den Daten der Grabtafel konnte ich entnehmen, daß es sich um ein blutjunges Mädchen handelte. Dazu habe ich mir eine Geschichte ausgedacht!« Sie lächelte. Warum, so dachte sie, kann ich mit diesem Mann so frei sprechen? Warum fühle ich mich so wohl in seiner Nähe?
Dr. Seeliger sah sie lange versonnen an. »Ich glaube wirklich , Sie sind eine Dichterin! Zumindestens Ihre Gedichte gehören zum schönsten, was ich seit langem gelesen habe! Mal sehen, ob Ihre Prosa auch so gut ist!«
»Danke!« stammelte Constance.

»Ich verspreche Ihnen, sie sobald als möglich zu lesen. Wenn sie mir gefällt, können wir sie in Fortsetzungen ausstrahlen!«
In dieser Zeit erreichte sie ein Brief ihres Vaters. »Meine Frau ist gestorben, ich brauche dich!«
»Was willst du tun?« fragte sie Tante Luise. Constance war ratlos. Sie wußte, was sie an der Seite ihres gefühlskargen Vaters erwartete! Die Entscheidung wurde ihr abgenommen, denn nach dem Probehalbjahr in dem Buchladen kündigte ihr der Chef. Er hatte die unumgängliche Arbeitserlaubnis für sie nicht erhalten. Constance war keine Österreicherin, sie war Ausländerin! So fuhr sie also nach T., einem kleinen Dorf in der Nähe von Bamberg.
»Du hast mir gar nicht geschrieben, daß deine Frau ins Krankenhaus gekommen ist und auch nicht, wann sie beerdigt wurde!«
»Du hättest ja doch nicht kommen können!« Sehr viel später sollte sie erfahren, daß er außer ihr alle seine Kinder vom Tode seiner sächsischen Frau benachrichtigt hatte. Aber Katrin hatte ihn wissen lassen: »Wenn diese Person kommt, komme ich nicht zur Beerdigung und mein Mann auch nicht!« Herr Fink war ein Mann, der grundsätzlich den für ihn bequemsten Weg ging. Warum sollte er seine jüngste Tochter, bei der er häufig zu Gast war, verärgern, indem er Conny zur Beerdigung einlud? Dazu war ihr Weg von Wien aus auch noch der weiteste! Also unterblieb diese selbstverständliche väterliche Geste. Jetzt freilich, wo er sie brauchte, war das etwas anderes! Er brauchte sie, Conny würde kommen, er kannte sie! Was ihm selbst an Verantwortungsgefühl abging, bei ihr war es reichlich vorhanden!
»Du wirst schauen!« sagte er zu ihr, als er sie vom Bahnhof abholte. »Wir haben jetzt eine neue Wohnung in einem Neubau. Erika hatte alles neu eingerichtet und sich schon so auf das neue Heim gefreut! Sie sollte es nicht mehr erleben!«
Die neue Wohnung war wirklich nett. Zwei Zimmer und eine kleine freundliche Küche. Da würde die Hausarbeit Freude machen. Aber – es sollte alles anders kommen! Conny kam aus dem ersten Wiener Bezirk und kleidete sich schick! Nur ... die Gänse, die ihr über das freie Feld entgegenkamen, beeindruckte

das nicht. Angriffslustig streckten sie ihre Hälse aus und zischten nach Connys Waden. Die Hausbesitzer, ein junges bäuerliches Ehepaar, kamen Constance mit großer Zurückhaltung entgegen. Im übrigen waren sie selten in ihrem hübschen Haus. Der Ehemann arbeitete im nahen Bamberg, seine Frau auf dem elterlichen Hof. So war Constance die meiste Zeit allein, denn der Vater ging wieder »über Land«! Er verfiel wieder in seine alte schlechte Gewohnheit, Constance ohne Geld zu lassen, so daß sie es schwer hatte, etwas auf den Tisch zu bringen. Sie fühlte sich auch unausgefüllt, der kleine Haushalt war schnell und leicht sauber zu halten, sie fühlte sich einsam! So begann sie wieder zu schreiben und das Geschriebene anzubieten und sie hatte dabei eine glückliche Hand! Wenn sie durchs Dorf ging, wurde sie angestarrt! Die verstorbene Frau Fink hatte man gekannt, sie die Städterin, die Fremde, sah man mit Mißtrauen. Der Sommer ließ sich heiß an. Eines Tages lief in der Küche kein Wasser. Sie ging hinunter ins Erdgeschoß und wollte die Hausfrau fragen, aber die war nicht da. Daraufhin ging sie in die Waschküche, dort lief ein dünnes Rinnsal. Dieser Zustand kam immer öfter vor, es hing wohl mit dem heißen Sommer zusammen! Als sie das nächste Mal in die Waschküche ging, fand sie die Tür abgeschlossen! Am Abend desselben Tages ging sie hinunter zum Vermieter und bat um Abhilfe. Man erklärte ihr, das Haus stehe den ganzen Tag leer, weshalb man aus Sicherheitsgründen die unteren Räume versperren müsse, auch die Waschküche. Wenn sie von dort allein noch Wasser bekommen könne, müsse sie eben auf's Feld gehen, wo die junge Frau bei der Ernte half und sich den Schlüssel zur Waschküche holen. Constance begriff sofort: es war nichts, als eine Schikane! Als der Vater am Wochenende heimkehrte, erhielt er die gleiche Antwort. Glücklicherweise ging die wasserlose Zeit allmählich zu Ende, aber das Verhältnis im Hause blieb gespannt! Als Constance in den Keller um Kartoffeln ging, fand sie in einer alten Kiste Briefe, die an den Vater adressiert waren. Vater gehörte zu den Leuten, die alte Korrespondenz nicht fortwarfen, sondern horteten. Sie erkannte die Schrift ihrer Schwester Katrin, sie las

ihn automatisch: »... mein Vater ist ein gutmütiger alter Mann, aber vor meiner Schwester Constance müssen sie sich hüten!« Sie suchte nach dem Adressaten, es war die junge Hausfrau! Aber, wie kam ein Brief an sie unter des Vaters Briefschaften? Sie verstand nichts! Nur, daß ihre Schwester Katrin hier ganze Arbeit geleistet hatte!
Inzwischen war es offenkundig, daß die junge Hausfrau guter Hoffnung war! Als Constance eines abends in den Keller ging um etwas Kühles zu trinken zu holen, denn die Hitze war aufs Neue ausgebrochen, überfiel sie der junge Hausherr auf der Treppe und schlug auf sie ein. Entsetzt rief sie nach dem Vater, der auch herbeilief. Er reichte ihr, die hilflos auf der Treppe lag und die Schläge des rasenden Mannes mit den Armen abzuwehren suchte, die eine freie Hand, während er sich mit der anderen am Treppengeländer festhielt. Der junge Mann riß die Hand des Vaters weg und dieser stürzte über sie und die restlichen Treppenstufen hinweg und fiel mit seinem ganzen Körpergewicht in die Glasscheibe der Haustür! Er blutete stark am Kopf und Constance lief ins Nachbarhaus, um den Notarzt zu rufen. Der kam und brachte den alten Mann ins nächste Krankenhaus nach Bamberg. Jetzt, in Abwesenheit des Vaters, wurde sie nur noch schikaniert! Man tyrannisierte sie mit lauter Radiomusik, mit Türenzuschlagen und mit übler Nachrede! Constance versuchte alles und das war wenig genug, aus dem Dorf Tr. wegzukommen. Sie suchte eine Wohnung für sie und den Vater in Bamberg zu bekommen. Im Krankenhaus, wo sie den Vater besuchte, lernte sie eine Dame kennen, mit der sie ins Gespräch kam und der sie sich anvertraute. Es stellte sich heraus, daß in ihrem Hause, im Dachgeschoß ein Zimmer samt Bad frei war. Sie bot es Constance an. Natürlich war es für sie und den Vater zu klein, aber in ihrer verzweifelten Lage nahm sie an.
Es sollte sich herausstellen, daß sie richtig gehandelt hatte. Diesmal war sie zu Menschen gekommen! Dem Vater ging es wieder besser, die Platzwunde am Kopf war genäht worden. Er ging wieder seinen Geschäften nach. Es kam Weihnachten und

der Vater druckste herum. Constance, der es gelungen war, ihm eine Vollmacht über sein Konto abzuschmeicheln – jemand mußte schließlich die Miete bezahlen – fragte ihn geradeheraus: »Was ist los, was verbirgst du mir?«
»Katrin hat mich über die Feiertage zu sich nach Darmstadt eingeladen!« brummelte er beim Frühstück.
Constance begriff. »Heißt das, du willst zu ihr fahren?«
»Genau das! Ich habe meine Enkelchen so lange nicht mehr gesehen, kannst du das nicht verstehen?«
Sie hätte ihm gerne gesagt, wem er den Sturz über die Treppe zu verdanken hatte, aber es war ihr klar, daß er ihr nicht glauben würde. So fuhr er also und ließ sie in der neuen Umgebung allein. Die neuen Vermieter, die es beobachtet hatten, holten sie am Heiligen Abend zu sich herunter, so daß sie im Kreise dieser braven Leute wenigstens so etwas wie ein lieber Gast war. Als der Vater wieder zurückkehrte, begab er sich zu seinem Hausarzt. Dieser verordnete ihm eine Kur in Bad Kissingen. Constance suchte den Arzt auf und gab ihm zu bedenken, daß sich der Vater nicht mehr in einen Kurbetrieb einordnete, zu lange schon beobachtete sie bei ihm so etwas wie Verwirrtheitszustände. Der Arzt war ärgerlich, weil sie seine gut gemeinten Anordnungen offensichtlich hintertreiben wollte. Sie mußte sich sagen lassen, sie sei wohl neidisch? Sie schluckte auch dies. Sie fuhr mit dem Vater nach Bad Kissingen. Bereits nach acht Tagen schrieb ihr die Kurverwaltung, sie möge den Vater wieder abholen, da er sich in den Kurbetrieb nicht einordne und verordnete ärztliche Maßnahmen einfach nicht durchführen lasse. Außerdem habe er eine so hohe Blutsenkungsziffer, es läge der Verdacht nahe, daß er eine innere Erkrankung habe, die nur bei ärztlicher Beobachtung in einem Krankenhaus festgestellt werden könne. Constance ließ von dem Brief eine Fotokopie machen und sandte sie kommentarlos dem Hausarzt des Vaters zu

Constance holte den Vater und brachte ihn ins örtliche Krankenhaus. Auch dort tat er nicht gut! Der Stationsarzt ließ Constance rufen und erklärte ihr, er nähme einem Schwerkranken das Bett

weg, da er keinerlei Untersuchungen an sich machen lasse, vielmehr die Schwestern etliche Male damit geschockt habe, daß er sich anzog und weggehen wollte. Constance nahm den Vater wieder nach Hause. Jetzt schrieb sie dem Bruder Walter und legte ihm nahe, ihr zu helfen, den Vater in ein Altersheim zu bringen. Es war ihr auch klar geworden, daß sie wieder selbst für ihren Unterhalt sorgen mußte. So ging es jedenfalls nicht weiter. Walter reagierte nicht. Sie wiederholte ihre Bitte, mit dem gleichen Mißerfolg. Nun wandte sie sich an den Direktor seiner Schule! Und nun endlich bequemte er sich, der Schwester zu helfen.
Es gelang ihnen, den Vater im Kloster Banz, in der Nähe von Coburg, unterzubringen. Das Kloster war zum Altenheim umfunktioniert worden, und es war sicher ein glücklicher Umstand, daß dort Ordensschwestern aus ihrer böhmischen Heimat die alten Menschen betreuten.
Constance wollte es wieder in ihrem Beruf als Kindergärtnerin versuchen; die schmerzliche Erfahrung mit dem Münchner Pfarrer hatte die Güte des Kardinals wieder gemildert. Sie schrieb auf ein Inserat eines Pfarrers in Mannheim und wurde aufgefordert, sich vorzustellen. In Mannheim lebte eine Tochter ihrer verstorbenen Tante Anna, einer Schwester des Vaters, mit ihrer Familie. Sie hätte dort vielleicht etwas Rückhalt, so hoffte sie. Sie bekam die Stelle. Der Kindergarten war ein neuerbautes, häßliches Steingebilde. Unwillkürlich erinnerte sich Constance an den Kindergarten in Hennersdorf, wie traulich, wie wohnlich und wie familiär war der doch gewesen.
Hier war alles auf Nützlichkeit ausgerichtet! Alle Räume waren genau kalkuliert. Constance fröstelte und hatte Mühe, dem sie begleitenden Pfarrer ihre Enttäuschung zu verbergen. Auch mit den Kindern hatte sie einige Schwierigkeiten. Vielleicht war sie einfach zu lange schon aus dem Beruf heraus. Sie fand keinen rechten Zugang mehr zu den Kindern, worüber sie tief unglücklich war. Es waren andere Kinder, Großstadtkinder, und andere Eltern. Diese Eltern forderten, waren kritisch, begegneten ihr wie einer von ihnen bezahlten Angestellten.

Auch ihre kleine Wohnung war in einem solchen Armeleutehaus. Die Küche war feucht und der Blick ging auf Häuserruinen. Bad war keines da, dafür ein klitzekleiner Flur. Da sie noch keine Möbel hatte, mußte sie sich zunächst die nötigsten Möbel kaufen, was ihre bescheidenen Mittel sehr dezimierte.

Es gibt Zeiten, wo einen alle Hoffnung verläßt. Constance war jetzt in einer ihr fremden Stadt, allein auf sich gestellt und fühlte sich hundeelend! Sie machte sich auf den Weg zu ihren Verwandten. Dort wurde sie sehr herzlich aufgenommen. Wenzel, Annas Mann, kam und weißelte ihr die kleine Wohnung aus, montierte ihr die Lampen und machte sich überall nützlich. Constance begann, wieder Mut zu fassen! Ein Gedicht von ihr wurde in der Tageszeitung von Mannheim veröffentlicht. »Mütter sterben nicht«.

Es fiel auch dem Pfarrer in die Hände. »Von dieser Begabung haben sie mir ja gar nichts gesagt, Fräulein Fink«, meinte er, und in hohem Maße unmusisch, wie er war, fügte er hinzu: »Sie werden doch ihre Arbeit im Kindergarten darüber nicht vernachlässigen?«

Constance war irritiert. »Aber nein, natürlich nicht!« stotterte sie, »übrigens: die Muse küßt mich nur nachts!« Der Schalk saß ihr im Nacken.

»Nachts sollten sie schlafen!« war sein knapper Kommentar.

Eines abends, als sie aus dem Kindergarten heimkam, fand sie einen Brief der Redaktion in ihrem Briefkasten. Der Redakteur, den sie inzwischen persönlich kennengelernt hatte, schrieb ihr, ihr Gedicht habe dem Publikum offenbar sehr gefallen, sie möge ihm öfter etwas anbieten. Constance war über diesen Bescheid sehr glücklich.

Aber es sollte nicht die einzige Reaktion bleiben. An einem schönen Maientag, kurz vor Dienstschluß, meldete sich bei ihr ein älterer Herr.

»Sie sind doch Fräulein Fink, die Kindergartenleiterin?« wollte er wissen. Er kam ihr höchst ungelegen. So unmittelbar vor Schluß gab es alle Hände voll zu tun. Sie hatte nur eine Hilfskraft und die meisten der kleinen Leute brauchten noch Hilfe beim Anziehen. Sie führte den Herrn in ihr Büro und bat ihn, zu warten. Was wollte er wohl von ihr? Er sah nicht wie der Vater eines ihrer Kinder aus, eher schon wie ein netter Opa. Dennoch hatte er bei ihr einen tiefen Eindruck hinterlassen. Endlich konnte sie sich freimachen.

»Stefan Körner« stellte er sich vor. Sie lächelte ihn an und fragte nach seinen Wünschen.

Als hätte er ihre Gedanken erraten, sagte er: »Ich bin kein Großvater eines Ihrer Schützlinge!« Dabei lächelte er sie an und wenn er lächelte, wirkte er unwahrscheinlich jung.

»Ich habe Ihr Gedicht »Mütter sterben nicht« in der Zeitung gelesen, es hat mich tief beeindruckt!«

Nun war es an Constance, zu lächeln. »Ich freue mich!« antwortete sie spontan, »es ist so selten, daß Leser sich die Mühe machen, dem Autor ein gutes Wort zu geben! Unsere Zeit ist zu schnellebig!«

»Wem sagen Sie das!« entfuhr es ihm. »Ich würde Sie gerne näher kennenlernen, verehrtes Fräulein Fink ...«

Sie sah ihn überrascht an. Jetzt erst wurde ihr bewußt, wie gut er aussah! Ein Mittfünfziger, vielleicht Sechzig? Ein Herr, kein Mann! »Woher haben Sie meine Adresse?« fragte sie neugierig.

»Von Herrn Felbing, dem Redakteur! Wie sonst hätte ich Sie finden sollen?«

Die Helferin reichte ihr die Schlüssel herein und verabschiedete sich.

»Haben Sie jetzt Feierabend?« fragte Herr Körner. Sie nickte.

»Darf ich Sie zum Abendessen einladen?« Sie sah ihn überrascht an. »Mein Wagen wartet draußen!«

Sie fühlte sich zwar etwas überrumpelt, aber sie willigte ein. Eigentlich bestand kein Grund, ihm diese Bitte abzuschlagen. Constance war absolut verwirrt. Sie hatte wenig oder keine Erfahrung mit Männern. Immer war sie in Pflichten eingespannt gewesen, nie hatte sie an sich selbst denken dürfen!

»Aber ich bin ja gar nicht zum Ausgehen angezogen«, protestierte

sie schwach, während sie zu ihm ins Auto stieg. Er streifte sie mit einem Blick, der sie noch mehr verwirrte.
»Ich finde Sie durchaus gut angezogen, das blaue Kleid steht Ihnen ausgezeichnet!« Und als sie nichts erwiderte: »Sie sollten immer blau tragen! Zu Ihrem goldenen Haar ist es die Farbe!«
Er fuhr über die Rheinbrücke nach Ludwigshafen. Das alles war für sie neu! Woher hätte sie die Zeit nehmen sollen, ihre nähere Umgebung kennenzulernen? Der Beruf forderte sie ganz. Er hielt in der Nähe des Theaters und führte sie in ein sehr gemütliches rustikales Weinlokal. Es war noch früh am Abend und noch wenig besetzt. Für Constance war alles neu! Sie kam sich vor, wie die Prinzessin im Märchen: verzaubert! Mit einem Herrn auszugehen war für sie absolut neu, und sie genoß es aus ganzem Herzen.
»Gefällt es Ihnen hier?« fragte sie ihr Begleiter. Er hatte längst ihre strahlenden Augen bemerkt und dachte bei sich: sie ist reizend. Wie ein Kind, zu Weihnachten! Sie nickte heftig und spürte dabei, daß sie rot wurde. Er mußte sie für ein Gänschen halten! Die Kellnerin kam mit der Weinkarte.
»Bitte die Speisekarte, wir wollen zuerst etwas essen.« Constance fand sich auf der Speisekarte nicht zurecht. Das Angebot war zu groß und die vielen pfälzischen Spezialitäten flößten ihr Angst ein.
»Darf ich für Sie wählen?« fragte ihr Begleiter. »Die Bratwürste sind hier besonders gut und das Sauerkraut ...«
»Ich verlasse mich da ganz auf Sie!« stotterte sie. Er bestellte dazu einen Wein, der ihr köstlich mundete. Herr Körner freute sich zu sehen, wie es ihr schmeckte. Er hätte ja viel lieber einen Braten bestellt, aber er wollte sie erst von ihrer großen Schüchternheit befreien und dazu schien ihm ein kleines Essen glücklicher.
»Trinken Sie den Wein nicht zu schnell«, mahnte er leise, »Sie sind ihn wohl nicht gewöhnt! Unsere pfälzischen Weine haben es in sich!« Nachdem die Kellnerin abgeräumt hatte, kamen sie ins Plaudern.
»Was hat Sie eigentlich nach Mannheim geführt?« wollte Herr

Körner wissen. Und so erzählte sie ihm von dem schweren Leben an der Seite des verkalkten Vaters ... Es fiel ihr nicht schwer und der Wein tat ein übriges!
»... und Sie leben ganz allein hier?«
»Nun, an den Wochenenden gehe ich manchmal zu meinen Verwandten. Es ist da immer sehr gemütlich! Aber manchmal komme ich mir auch recht verloren vor!«
»Haben sie nicht in Bamberg Freunde zurückgelassen?« wollte der Mann wissen. Er konnte sich nur schwer vorstellen, daß eine so hübsche junge Frau nicht einen festen Freund hatte.
»Freunde?« Sie zögerte mit der Antwort. »Ich konnte doch wegen Papa nirgends hingehen. Er war schon so verwirrt, ich wagte nicht, ihn allein zu lassen.«
Er lächelte wieder dieses kleine bezaubernde Lächeln, daß ihr das Herz dabei aufging. Mein Gott, dachte sie, ich werde mich doch nicht etwa verlieben? Weiß Gott, er gefällt mir über alle Maßen ...
»Ich bin auch allein!« Er sagte es leise, »meine Frau starb vor einem Jahr an Krebs.« Er sagte es so, daß sie merkte, er mußte viel gelitten haben. »Ich habe sie bis zuletzt gepflegt, die Ärzte hatten sie schon aufgegeben: Brustkrebs.«
»Mein Gott ...« stammelte sie. Was auch hätte sie sonst dazu sagen können?
»Darum auch hat mich ihr so schönes Gedicht so tief angerührt; sie war ja auch eine Mutter.«
»Sie haben ... Kinder?«
»Einen Sohn, er ist Arzt.« Es war unschwer zu erkennen, wie stolz er auf den Sohn war. »Lebt er nicht bei Ihnen?«
»Er lebt mit seiner Familie in Berlin!«
»Dann sehen Sie sich ja nicht oft.«
Sie sollten noch öfter zusammen ausgehen! Herr Körner holte sie regelmäßig vom Kindergarten ab. Es sah aus, als fürchte er sie zu verlieren, wenn er sie nur einen Tag aus den Augen verlor. Für Constance hatte sich die Welt verändert. Das Gefühl, daß da ein Mensch war, dem ihr Schicksal nicht gleichgültig war, ein

Mensch, der ihr mit großer Wertschätzung, ja Zuneigung begegnete, war für sie so neu und so berauschend, daß sie immerzu zu träumen meinte. Mit ihr war eine Wandlung vor sich gegangen, die ihr selbst nicht bewußt war: sie blühte auf und es fiel ihr leicht, gegen alle Menschen gut und freundlich zu sein! Der Pfarrer ließ sie rufen. Offenbar war ihm zugetragen worden, daß seine neue Kindergärtnerin so häufig Herrenbesuch empfing!
»Ihr Probehalbjahr geht mit Jahresschluß zu Ende, Fräulein Fink!« sagte er. Als sie nichts erwiderte, fuhr er fort: »Es wäre mir schon wichtig zu wissen, ob sie bleiben, oder ob ich mich um eine neue Kraft umsehen muß. So gerne habe ich den Wechsel nicht! Für die Kinder ist es auch ganz schlecht, sich immer wieder an eine neue »Tante« gewöhnen zu müssen!«
Constance bat sich Bedenkzeit aus. Sie wußte selbst nicht, warum sie ihm nicht spontan zusagte. Am Abend erzählte sie es Herrn Körner, sie hatten inzwischen das freundschaftliche »Du« getauscht. Sie saßen bei einem Glas Wein und zwischen ihnen war jene Vertrautheit, die für das Mädchen neu war und sie immer wieder mit großem Glück erfüllte. »Was soll ich tun? Ich kann ihn nicht so lange hinhalten!«
»Wieviel Zeit hat er dir gegeben?«
»Vierzehn Tage!«
»Sag ihm nein! Sag ihm, so lange will mein Bräutigam nicht mehr warten!«
Sie sah ihn entgeistert an!
»...aber Stefan ... das war kein guter Witz!«
»Es war auch nicht als Witz gedacht, Conny!« Er nahm ihre Hand und küßte sie.
An diesem Abend fuhren sie das erste Mal zu ihm. Er besaß eine wunderschöne Villa am Stadtrand von Ludwigshafen. Dazu einen großen alten Garten, voll alter Bäume und Rosenrabatten. Sie war sich klar, worauf sie sich eingelassen hatte, so weltfremd war sie nicht mehr! Als sie in die Diele traten, fiel ihr Blick als erstes auf ein kleines Bild im Goldrahmen: das Selbstbildnis Rembrands! Und sie dachte glücklich, er ist also doch nicht

unmusisch, trotz des Ingenieurs! Er führte sie ins Wohnzimmer und zeigte ihr alle anderen Räume. Es war eine große wunderschöne Wohnung, mit viel Geschmack eingerichtet und so sauber, wie man es bei der Wohnung eines Mannes ohne weibliche Unterstützung nicht meinen wollte.

Er schien ihre Gedanken zu erraten. »Einmal in der Woche kommt eine Zugehfrau. Sie kam schon, als Emma noch lebte. Sie war ja zuletzt so krank, ich hätte nicht erlaubt, daß sie noch etwas tut.«

»Natürlich.«

»Aber ... willst du dich nicht setzen?« Er verschwand in der Küche und kam schon bald mit einer Wurstplatte zurück, die er vor sie hinstellte. »Lauter pfälzische Spezialitäten!« lachte er vergnügt. »Ich bin glücklich, dich heute als meinen Gast bei mir zu haben.«

Sie lächelte ihn dankbar an. Sie stand beim Fenster und blickte in den wundervollen Garten. Er konnte ja nicht wissen, daß jeder Garten sie an den Garten ihrer Kindheit erinnerte! Gärten sind voller Geheimnisse und ihr stiller Zauber teilt sich nur jenen Menschen mit, die dafür empfänglich sind. Constance war es in hohem Maße!

»Gefällt es dir bei mir?«

Sie nickte und lächelte. War sie endlich heimgekommen? Oder was sonst erfüllte sie mit solchem Glück? Er beugte sich zu ihr und küßte sie.

»Seit ich dich zum ersten Mal sah, wünschte ich es mir, Constance. Willst du meine Frau werden?«

Als Antwort küßte sie ihn auf den Mund. Es war das erste Mal, daß sie ihn küßte. Der Abend verging wie im Fluge. Soviel hatten sie sich zu erzählen. Und immer wieder waren sie aufs Neue überrascht, wieviel sie gemeinsam hatten. An diesem Abend sprach sie das erste Mal von dem schlimmen Erlebnis auf der Flucht. Sie erzählte es und verbarg dabei ihr Gesicht in seiner Armbeuge und an seinem Hals.

Stefan Körner begriff sofort. Das also war wohl der tiefere Grund, zu ihrem so schwer zu begreifenden »Alleingang«.

»Es ist sehr spät geworden«, sagte er endlich, »morgen ist Sonntag, du mußt also nicht unbedingt heute noch nach Hause?«
Sie sah ihn irritiert an.
»Fällt es denn jemandem auf, wenn du einmal nachts wegbleibst?«
»Niemand!« sagte sie leise, aber er sah die Angst in ihren Augen und deutete sie richtig.
»Du kannst hier auf der Couch im Wohnzimmer schlafen«, lachte er ihre Angst fort. »Ich hole dir gleich das Bettzeug.«
»... und du bist mir nicht böse?«
»Warum sollte ich dir böse sein? Wir haben, so Gott will, noch viele Nächte für uns.«
Am nächsten Morgen stand sie früh auf und ging sehr leise ins Bad. Als er ins Wohnzimmer trat, hatte sie schon das Bettzeug zusammengelegt und war gerade dabei, den Frühstückstisch zu decken. Sie sah die Freude darüber in seinen Augen, als er sie zärtlich in die Arme nahm.
»Aber den Kaffee mache ich, darin bin ich Experte«, lachte er und verschwand in der Küche. »Im Kühlschrank ist der Kuchen, bitte nimm ihn, Schatzile, und verteile ihn am besten gleich auf die Teller.«
»Mach ich«, rief sie vergnügt, und dann saßen sie zum ersten Mal gemeinsam am Frühstückstisch, und beiden erschien es, als wäre es nie anders gewesen!
Glück ist ein absolut undefinierbarer Zustand! Man ist glücklich, oder man ist es nicht! Wenn aber Glück zugleich auch Geborgenheit bedeutet, dann war Constance, die so lange Geborgenheit entbehrt hatte, überaus glücklich.
»Du kannst deinem Pfarrer sagen, daß wir uns verlobt haben und daß wir noch in diesem Monat heiraten werden!«
»Es sei denn, daß du es dir noch anders überlegst!« setzte er vorsichtig hinzu.
Sie schüttelte den Kopf. »Aber Stefan, warum wohl?«
»Nun, vielleicht bin ich dir zu alt?«
Als Antwort kramte sie ein Stück Papier aus ihrer Handtasche.

Es war ein Gedicht, das sie mangels anderen Papiers auf eine Serviette geschrieben hatte und reichte es ihm. Er las:

Mein Glück in Deiner Hand,
Mein Herz an Deinem Herzen!
Die Zeit hält den Atem an
Und die Uhren ihren Stundenschlag ...

Ich blättere zurück
Im Kalender meines Lebens
Und siehe:
DU BIST MEIN ERSTER TAG!

»Constance! Das hast du heute nacht und für mich geschrieben?« Er küßte sie, bis ihr der Atem wegblieb.
»Wenn du mich vorher mit Küssen erstickst, wird es keine Hochzeit geben«, lachte sie und schob ihn sanft von sich.
Die darauf folgende Woche gingen sie einkaufen. Sie hatte noch ein paar Urlaubstage gut, die ihr der Pfarrer gewährte. Das wenige, das sie bisher verdient hatte, mußte sie für die notwendigsten Möbel ausgeben, dabei war die Garderobe auf der Strecke geblieben. Jetzt war es vordringlicher, daß sich Stefan mit ihr sehen lassen konnte. Constance wäre keine Frau gewesen, wenn ihr diese »Einkleidung« nicht den größten Spaß gemacht hätte! Stefan wiederum war glücklich über die Art, wie sie wählte und probierte: wie ein Kind zu Weihnachten! Constance, die ein Leben lang soviel entbehrt hatte, konnte sich noch freuen, eine Fähigkeit, die den meisten Menschen ihres Alters schon verloren gegangen war.
Als sie wieder einmal beisammen saßen, sagte sie: »Es ist mir so bitter, weil du eine arme Frau heiratest! Ich konnte doch in all den Jahren, neben Papa und seiner bitterlich kleinen Rente, nichts zurücklegen!«
»Was brauchst du Geld, Geld habe ja ich«, antwortete er ihr. Immer wieder staunte sie über seine Gabe, jeder Situation etwas

Gutes abzugewinnen! Er war der geborene Optimist. Sorgen machte sie sich auch, wie sie die Familie ihres künftigen Mannes aufnehmen würde! Bisher hatte sie noch nicht gewagt, dieses Thema anzuschlagen.
Als erriete er ihre Gedanken, sagte er: »Heinz kommt am Samstag! Da kann ich euch ja endlich bekannt machen!« Als er ihr verschrecktes Gesicht sah, lachte er. »Wovor hast du Angst? Mein Sohn ist ein guter Junge, er wird dir gefallen ... und du erst!«
Als er sie am Samstag abends aus ihrer Wohnung abholte, sie hatte sich sehr sorgfältig angezogen, kam er allein. »Du bist allein?«
»Heinz konnte nicht länger warten, er wurde dringend in Berlin gebraucht! Ärzte sind eben nie Herr über ihre Zeit!« Er sagte es, vermied aber, sie dabei anzusehen. Sie kannte ihn schon so gut, daß sie diese Version des Hergangs bezweifelte; im Lügen war er nicht geübt!
Als sie wieder in Ludwigshafen, in ihrem Stammlokal, beisammen saßen, fragte sie ihn: »Warum verschweigst du mir den wahren Hergang, Stefan? Wollten wir nicht immer und zu jeder Zeit aufrichtig zueinander sein?«
Derart in die Enge getrieben, gestand er: »Ich habe dir etwas verschwiegen!« Es fiel ihm sichtlich schwer zu reden. »Heinz wußte von dir noch nichts, telefonisch kann man so etwas schlecht sagen, nicht wahr? Und so hatte ich mir vorgenommen, es ihm heute zu sagen, bevor ich euch bekannt mache!«
»... und?« unterbrach sie ihn.
»Er sah dein Bild auf meinem Schreibtisch und fragte sofort: »Wer ist die Frau, Vadder?« »Da antwortete ich ihm: das ist die Frau, die ich demnächst heiraten werde!« Er schwieg, als falle es ihm schwer, weiterzusprechen. Er sagte: »Du bist verrückt, Vadder, sie könnte deine Tochter sein.« Wieder schwieg er. »Er warf mir dann vor, seine Mutter so schnell zu vergessen! Das schmerzte, denn ich war meiner Frau immer treu und ihre schwere Pflege hat mich viel Kraft gekostet. Heinz kam alle Wochen mit einem Blumenstrauß und ich machte die Schwerst-

arbeit: ich mußte sie heben und saubermachen und allein schon der Anblick dieses zunehmenden Verfalls war schrecklich. Man sollte ihr ja Hoffnung machen, aber sie las in meinen Augen ihr Todesurteil, ich konnte es nicht hindern.«

»Du hast dich durchaus richtig verhalten, Stefan, niemand, auch nicht dein Sohn, kann dich daran hindern, dein eigenes Leben zu leben.«

Zum erstenmal ging Constance so etwas wie eine Ahnung auf, was da auf sie zukam. Ein weiterer Schatten fiel auf ihr junges Glück! Das Heim in Franken, wo sie und Walter den immer schwieriger werdenden Vater untergebracht hatten, schrieb sie an. Der alte Mann wurde zusehends ein Pflegefall. Da er noch gut zu Fuß war, das war er ja immer gewesen, lief er aus dem Bereich des Heimes weg und fand dann nicht mehr zurück. Eine Nacht hatte er im nahen Walde campiert!

»Was soll ich machen, Stefan? Ich bin doch immer die Einzige gewesen, die sich um ihn gekümmert hat, er hat ja im Grunde nur mich.«

Und sie erzählte ihm andeutungsweise, wie kalt und ablehnend sich ihre Geschwister gegen sie verhielten – Florian ausgenommen, der aber im Ausland lebte! Die Sorge um den älter und zunehmend hilfloser werdenden Vater hatte man stets ihr überlassen! Stefan schlug vor, ihn zu besuchen und sich an Ort und Stelle mit der Heimleitung zu besprechen. Bei dieser Gelegenheit konnten sich die beiden Männer kennenlernen. Constance strahlte ihn dankbar an. Wie wunderbar war es doch, daß sie nicht mehr allein Entscheidungen treffen mußte, daß jetzt jemand da war, der ihr dabei half! Im Heim trafen sie den Vater fiebernd an. Der Waldspaziergang des nachts hatte ihm eine Lungenentzündung eingebracht.

»Wir müssen ihn ins Krankenhaus überweisen, für eine intensive Pflege, wie er sie jetzt braucht, ist unser Haus nicht eingerichtet!« sagte die Oberin.

Constance nickte. Sie war erschüttert über den Anblick des Kranken! Was war aus diesem starken, zornmütigen Mann

geworden. Angesichts seiner Hilflosigkeit vergaß sie alle ihr zugefügten Demütigungen und seine Gleichgültigkeit ihr gegenüber; sie hatte nur noch Erbarmen.
»Papa«, sagte sie leise und beugte sich zu ihm herunter, »dies ist Stefan!« Und sie zog ihren Begleiter ans Bett heran. »Wir wollen demnächst heiraten!«
»Vater!« sagte Stefan, »gib mir deine Tochter, ich liebe sie und sie soll es gut bei mir haben!« Der alte Mann sah ihn prüfend an, es war nicht auszumachen, ob er verstand, was man zu ihm sagte. Endlich, nach einer Pause, die den beiden Liebenden wie eine Ewigkeit vorkam, flüsterte er: »Ja, sie soll es gut haben! Bei mir hat sie es nicht immer gut gehabt!«
Constance konnte es nicht hindern, daß ihr bei diesen Worten des Vaters die Tränen aus den Augen stürzten. Er wußte also, was sie an seiner Seite gelitten hatte? Wußte er, daß er an dem lieblosen Verhalten der Geschwister nicht unschuldig war? Warum hatte er immer dann geschwiegen, wenn er hätte reden müssen! Warum hatte er Katrins Habgier nicht zurechtgewiesen, und Walters Gleichgültigkeit hatte ihm kein Wort des Tadels entlockt?!
Sie veranlaßten die Überweisung ins Coburger Krankenhaus und sprachen alles mit der Oberin ab. Hier tat Eile not, jedes Versäumnis konnte nur das Ende beschleunigen. Bedrückt schwieg Constance fast über den ganzen langen Weg zurück in die Pfalz.
Am nächsten Tag gingen sie zum zuständigen Pastor und bestellten das Aufgebot. Sie hatten vorher alles genau besprochen.
»Fällt sie dir sehr schwer, die Trauung durch die Konkurrenz?« fragte sie Stefan.
Sie schüttelte den Kopf. Hier war sie nicht ganz aufrichtig! Als überzeugte Katholikin war es ihr nicht gleichgültig, daß sie evangelisch getraut werden sollte. Aber sie hatte sich der Einsicht gebeugt, alles zu vermeiden, was ihre Lage gegenüber der Familie noch verschärfen konnte. Constance heiratete in eine strenggläubige evangelische Familie.

Stefan mußte jetzt an vieles gleichzeitig denken: das Drucken von Heiratsanzeigen für den Verwandten- und Freundeskreis, die Hochzeitstafel, den Brautstrauß, seinen schwarzen Anzug und alle die unzähligen kleinen Dinge, die einfach dazu gehörten; es war schon eine Weile her, als er dieses alles zum ersten Mal gemacht hatte.
Für die Hochzeit selbst hatte Constance ein schlichtes weißes Kleid mit dem dazu gehörenden Mantel gekauft. Ins Haar würde ihr die Friseuse eine weiße Blüte stecken. Das weiße Kleid konnte sie jederzeit als Sommerkleid tragen, desgleichen den Mantel.
»Natürlich werden wir die »Berliner« einladen«, sagte Stefan. »Ich bin sicher, sie werden kommen!«
Constance schwieg. Inzwischen war ihr klar geworden, daß ihr die Familie ihres Mannes keine freundschaftlichen Gefühle entgegenbrachte. Aber, das sollte sie wenig kümmern, nach der Hochzeit würde man sich wenig sehen, Berlin war weit!
An einem sonnigen Frühlingstag fuhr sie mit Stefan nach Heidelberg. Dort besuchten sie eine verwandte Familie, die Stefan als Trauzeugen ausgesucht hatte. Notar Gall und seine Frau, eine Cousine der ersten Frau, empfingen sie freundlich. Constance fühlte die plumpe Neugier hinter der zur Schau getragenen Freundlichkeit. Man sprach ab, daß man Constance aus ihrer Mannheimer Wohnung am Hochzeitsmorgen abholen und ihrem Bräutigam in Ludwigshafen zuführen wollte.
»Aber das ist doch selbstverständlich, lieber Onkel Stefan!«
Als sie aufbrachen, gingen die beiden Männer nebeneinander aus dem Hause, die beiden Frauen folgten in einigem Abstand. Cousine Bärbel, man duzte sich ja jetzt, stotterte ein wenig, als sie Constance auf die Seite zog und bat: »Sei nicht zu zärtlich zu deinem Mann in Gegenwart von Heinz, seinem Sohn!« Und als sie Constances verständnisloses Gesicht sah, setzte sie hinzu: »Es wird für ihn sehr schwer sein, er hat seine Mutter sehr geliebt!« Da sie inzwischen den beiden vorausgehenden Männern näher gekommen waren, wurde Constance einer Antwort zu diesem Ansinnen enthoben.

Auf einer kleinen Insel im Rhein hatten sie zusammen das Hochzeitsessen bestellt, zunächst für sechs Personen.
Constance hätte gern ihre Cousine Anna und deren Mann Wenzel eingeladen. Als sie mit ihnen sprach und diese guten, aber sehr einfachen Leute, zwar ihre Freude teilten, aber von einer Anwesenheit bei ihrer Hochzeit nichts wissen wollten: »Ne ne, neben einem Doktor, da wären wir wohl nicht am Platze«, meinte Wenzel, dessen Deutsch immer noch einen tschechischen Akzent hatte. »Aber in so vornehmer Gesellschaft würden wir uns sicher nicht wohlfühlen!« sagte Anna dazu.
Constance mußte ihnen insgeheim beipflichten. Eines freilich hatte sie Anna abgenommen: sie am Hochzeitsmorgen in ihrer Wohnung anzuziehen. Zu Anna, die ihre Mutter noch gekannt hatte und sie selbst als kleines Mädchen im Kinderwagen spazieren gefahren hatte, war ihr Verhältnis besonders herzlich.
Stefan hatte in einer bekannten Ludwigshafener Metzgerei eine Platte mit Appetithäppchen bestellt. Ein junger ehemaliger Kollege, der Verwandte im nahen Elsaß hatte, besorgte ihnen preiswert einen vorzüglichen Sekt! Stefan hatte wirklich an alles gedacht! Eine Schwägerin, mit der Stefan sie vorher noch bekannt gemacht hatte, würde im Hause bleiben und sie vor dem Weg zur Kirche bedienen, sie beide und die beiden Trauzeugen, das Ehepaar Gall.
»Kommen nun deine Kinder?« fragte Constance ihn.
»Ich bin sicher!« Aber Stefans Antwort klang nicht sehr überzeugend.
Mein Gott, dachte Constance, er wird das doch dem Vater nicht antun und von der Hochzeit wegbleiben! Am Hochzeitsmorgen erschien Anna, wie abgesprochen, in Connys Wohnung und half ihr beim Anziehen.
»Du bist so ruhig, gar nicht aufgeregt!« meinte sie.
»Ja, das ist merkwürdig, nicht wahr? Vielleicht liegt es daran, daß ich weiß, daß ich den richtigen Mann heirate!« und leise setzte sie hinzu: »Ich liebe Stefan!«
Anna, die Stefan schon kannte, sagte: »Er ist ein wirklich feiner

Mann, ich freue mich für dich.« Als Constance im weißen Kleid vor dem Spiegel stand, die weiße Seidenblüte im hochgesteckten roten Haar, schlug Anna die Hände über dem Kopf zusammen. »Mein Gott, wie schön du bist! Wenn dich so deine liebe Mutter sehen könnte, oder Papa!«
Das war der Augenblick, wo Constance gegen die aufsteigenden Tränen kämpfen mußte. Ihre Mutter. Alles was ihr von dieser geblieben war, war ein Bildnis, das sie wie ein Kleinod hütete; sie hatte nur dieses! Und noch etwas, ein paar wenige Schmuckstücke, die sie, im Rocksaum eingenäht, vor den Augen der kontrollierenden Russen und Tschechen auf der Flucht hatte retten können.
Sie nahm aus einer kleinen Kassette ein goldenes Medaillion mit einem eingelegten schwarzen Kreuz.
»Bitte leg es mir um, Anna, es ist noch von Mutter.«
Nun war es an Anna, zu weinen.
»Und nun, liebe Anna, bitte mach mir ein Kreuz auf die Stirn, ja? Du weißt, daß das bei uns zu Hause die Mutter ihrer Tochter am Hochzeitstag mit auf den Weg gibt.«
Anna zitterte die Hand ein wenig, als sie es tat und sie küßte Constance. Pünktlich zur festgesetzten Stunde läutete Bärbel, die Trauzeugin aus Heidelberg, um sie abzuholen. Als Constance ins Auto stieg, dachte sie: ein ganz schmuckloses Auto, nirgendwo ein Myrthenzweiglein oder ein weißes Schleifchen. Sie machte Anna mit Bärbel bekannt. Wenzel wollten sie unterwegs an einer vorher festgesetzten Stelle mitnehmen, ebenso den Notar, Bärbels Mann, den zweiten Trauzeugen.
Vor dem Hause stand Stefan, schon im dunklen Anzug, und hieß sie willkommen! Es war ein feierlicher Augenblick, als er sie an der Haustür in die Arme schloß! Nun konnten sie sich offen zueinander bekennen.
Anna verschwand in der Küche, wo Stefan alles vorbereitet hatte. Im Wohnzimmer war dann ein kleiner Stehimbiß und Anna machte alles sehr geschickt, nachdem die erste Scheu sich bei ihr gelegt hatte. Constance entging nicht, daß Stefan immer wieder

ans Fenster trat und die Haustür offen geblieben war. Aber niemand kam mehr! Als es endlich Zeit zum Standesamt war, legte Stefan mit einem zärtlichen Lächeln Constance den Brautstrauß in die Arme. Es waren weiße Fresien und rote Rosen. Sie gingen, von herzlichen Glückwünschen von Anna und Wenzel begleitet.

Die Nachbarn, wie konnte es anders sein, hingen in den Fenstern. Herr Körner war das, was man eine »gute Partie« nennt, manche ältere Witwe aus der Nachbarschaft sah ihre Felle davonschwimmen.

»So ein junges Ding!« raunten sie sich zu, »und dazu noch eine Zugreiste, als ob die Palz net aa scheene Mädele hätt!«

Am Standesamt ging alles ziemlich schnell: die erste Unterschrift der Braut mit ihrem neuen Namen, die Glückwünsche des Standesbeamten und der beiden Trauzeugen und deren Unterschrift! Gleich neben dem Gemeindeamt war die Kirche, sie war gut gefüllt. Constance hatte sich das Lied gewünscht: »So nimm denn meine Hände und führe mich ...« das nun die Orgel anstimmte.

So eingesponnen war sie in ihr großes Glück, daß sie niemanden sah. Geradewegs ging sie auf die Altarstufen zu und kniete sich auf das vorbereitete Kniebänkchen. Sie hatte nur Augen für Stefan. Beim Ringwechsel strahlte sie ihren Bräutigam so an, daß sie ihm um ein Haar den Ring an den falschen Finger gesteckt hätte; er half mit einem kleinen Lächeln nach! Nach dem schwerwiegenden »Ja« schritten sie gemeinsam die Altarstufen herunter und da sah sie ihn! Das konnte nur Heinz sein, der sich ihr jetzt näherte und ihr war, als hätte ihr jemand ganz unversehens einen Kübel kaltes Wasser über den Kopf geschüttet! Er sah sie an, nein, er musterte sie, anders konnte man diese Art von Anschauen nicht nennen. Sie war wie erstarrt, ergriff die dargereichte Hand sehr flüchtig und dankte leise für den Glückwunsch! Eine kleine mollige Frau, wohl seine Frau, trat ebenfalls heran und gratulierte ihnen. Es war alles sehr sehr förmlich, Herzlichkeit kam keine auf.

An den Kirchenstufen wurden ein paar Aufnahmen gemacht. Vater und Sohn hatten sich inzwischen begrüßt. Stefan war sichtlich erleichtert, weil der Sohn und die Schwiegertochter doch noch gekommen waren. Er hatte Constance nichts davon gesagt, daß ihre Einladung ohne Antwort geblieben war, so daß er bis zuletzt nicht wußte, ob er mit ihnen rechnen konnte.
Diesmal saßen Braut und Bräutigam im Auto des Sohnes und so fuhr man ins Essenslokal. Die Trauzeugen, Bärbel mit ihrem Notar-Ehemann, folgten in ihrem eigenen Auto.
Stefan und Constance hatten das Festtagsessen sehr sorgfältig schon lange vor dem geplanten Termin mit dem Wirt abgesprochen, auch die Reihenfolge der Getränke! Wenn dieses Hochzeitsessen dennoch ein nur mäßiger Erfolg war, war das mit Sicherheit nicht Schuld der Küche, die als vortrefflich bekannt war. Man hatte sich so gesetzt, daß Sohn Heinz neben seiner Lieblingscousine Bärbel und dessen Mann neben Stefans Schwiegertochter zu sitzen kamen. So war es leichter, immer wieder dieselben Gesprächspartner zu haben; das Brautpaar, in der Mitte, war dadurch gleichsam ausgeklammert.
Wäre Constance nicht so glücklich gewesen, es wäre ihr dieser stumme Boykott sicher nicht entgangen! Härter traf es den Bräutigam. Er hatte so sehr gehofft, der Charme seiner reizenden Braut würde das Eis der Ablehnung schmelzen, aber die Eiseskälte, die über der kleinen Gesellschaft schwebte, teilte sich schließlich auch ihm mit.
In seiner Not nahm er Zuflucht zu einer kleinen Story, die Constance geschrieben und die ihm ganz besonders gefallen hatte. Vergeblich, sie fiel unter den Tisch! Man mußte schon sehr humorlos sein, um dabei nicht einmal zu lächeln.
Endlich löste sich die kleine Gesellschaft auf. Die Gäste hatten es doch tatsächlich fertiggebracht, kein einziges »Hoch!« auf das Brautpaar auszubringen und die Anrede der Schwiegertochter Constance gegenüber erschöpfte sich im Zureichen der Schüsseln: »Hier, bitte!«
Nachdem man also aufgestanden war, versuchte es Stefan noch

einmal mit seinem Charme, der dem seiner jungen Frau in nichts nachstand. Er sprach seine Schwiegertochter darauf an: »Wollt ihr euch nicht duzen? Ihr seid doch jetzt miteinander verwandt!« Sie zuckte die Achseln. »Ach Gott, wir kennen uns ja gar nicht!« war ihre wenig liebenswürdige Antwort. Wobei sie Constances Hand, die diese ihr entgegenstreckte, geflissentlich übersah.
Nicht viel anders verhielt sich der akademisch gebildete Sohn. Immer noch sah er in dieser Heirat nichts als einen Affront. War der Vater noch zu retten? Eine Frau wie diese konnte doch nur des Vaters Geld meinen! Und sein Erbe! In dieser verrückten Eheschließung konnten noch Kinder kommen; nicht auszudenken!
Man fuhr – nach vorheriger Absprache – zurück ins »neue Heim« des Brautpaares, mit dem Auto des Sohnes. Die beiden Trauzeugen wollten zurück nach Heidelberg, dringende Arbeiten vorschützend.
Am Hause angekommen, hielt der Wagen, aber die jungen Leute machten keine Anstalten auszusteigen.
»Aber ihr geht doch noch für ein Glas Sekt mit ins Haus?« bat Stefan und Constance schloß sich seiner Bitte an. »Nein, Vadder«, erwiderte der Sohn, mit einer Stimme, die offensichtlich keinen Widerspruch vertrug, »ich hab es dir gesagt: ins Haus geh ich nicht mit herein.«
Constance drückte leicht die Hand ihres Mannes und bat ihn mit den Augen, nichts mehr zu sagen. So stiegen die Brautleute aus und das Auto setzte sich wieder in Bewegung. Es war kein Dankeschön für Speisen und Getränke zu hören und auch kein »Auf Wiedersehen und alles Gute!«
Im Hause wandte sich Stefan, ganz blaß und verstört an seine Herzallerliebste. »Oh Gott, Conny, verzeih mir! Das konnte ich nicht voraussehen, und so kenne ich meinen Jungen auch nicht!«
»Laß nur«, sagte sie, »sie müssen sich wohl erst an den Gedanken gewöhnen, daß du jetzt eine neue Frau an deiner Seite hast! Wenn sie mich erst besser kennen, werden sie vielleicht ihre Meinung ändern!«
Aber – sie selbst glaubte nicht daran! Sie hatte zu oft und zu viel

Ablehnung in ihrem Leben erfahren, grundlose, böswillige, durch nichts zu begründende Ablehnung! Es schien ihr ganz besonderes Schicksal zu sein. Sie begrüßten Anna und Wenzel, die geduldig gewartet hatten und mit diesen einfachen treuen Seelen tranken sie noch ein Glas Sekt. Und diese beiden brachten ein »Hoch« auf das Brautpaar aus!
Der Wonnemond ihrer Ehe war in mancher Hinsicht getrübt. Was Conny nicht gewußt hatte, was ihr gleichsam als PS. serviert wurde, war der Umstand, daß sie nicht allein im Hause wohnten. Die Wohnung im ersten Stock gehörte dem Sohn Heinz, der sie wiederum einem jungen Künstlerehepaar vermietet hatte. Die Wohnung bestand aus drei Zimmern und einem ausgebauten Dachgeschoß.
»Den Müllers muß ich dich auch noch vorstellen«, meinte Stefan. Sie sah ihn fragend an. »Du hast sie schon erwähnt, aber ich habe sie noch nicht gesehen!«
»Oh, ich glaube, sie haben auch schon Blumen abgegeben!« Stefan ging in die Küche und kam mit einem großen Strauß lila Chrysanthemen wieder.
Constance erblaßte: Chrysanthemen! In ihrer Heimat waren es Totenblumen. Niemand wäre es eingefallen, sie einem Brautpaar zu schenken! Ihr Gatte bemerkte ihr Zögern und sah sie fragend an: »Ist etwas?«
Sie schüttelte den Kopf und zwang sich zu einem Lächeln. Aber ein ungutes Gefühl blieb bei ihr zurück, eine böse Ahnung kommenden Unheils.
Die Hochzeitsreise machten sie in den Schwarzwald. Da der Ehemann nicht mehr im Beruf war, wegen eines Herzleidens, konnten die beiden frei über ihre Zeit verfügen.
»In Baden-Baden lebt auch eine Nichte von Emma, die wir besuchen wollen.«
Die bisherigen Erfahrungen mit Stefans Familie hatten Constance vorsichtig gemacht.
»Muß das sein?« fragte sie deshalb.
»Vor was hast du Angst, Liebling?«

»Vor neuer Ablehnung.« »Die mußt du nicht haben. Das will ich doch mal sehen, schließlich haben wir nichts Unrechtes getan, oder?«
»Offenbar denken manche Leute anders darüber.«
Der Besuch bei ihren Mitmietern fiel ziemlich kühl aus. Es mochte den jungen Leuten nicht verborgen geblieben sein, welchen Stellenwert diese neue Ehe bei dessen Familie, ihrem Vermieter, hatte. Herr Müller war ein ziemlich arroganter Typ. Er empfing die neue Hausgenossin mit den Händen in den Hosentaschen.
»Mit ihrer Vorgängerin, der verstorbenen Frau Körner, haben wir ein sehr gutes Verhältnis gehabt, ich hoffe, es bleibt so«, nuschelte er. Sie hatte an jeder Hand ein Kleinkind und es war offensichtlich, daß sie nicht viel zu sagen hatte: eine Null in Kleinformat!
Die Fahrt in den Schwarzwald entzückte die so wenig verwöhnte Constance sehr. Sie sang den ganzen langen Weg als Beifahrerin, und Stefan, der sie liebevoll und überrascht ansah, murmelte: »Singen kann das Mensch auch!«
Daraufhin hörte sie auf und schmollte!
»Was ist los, warum singst du nicht weiter?«
»Warum hast du das gesagt?«
»Was habe ich gesagt?« fragte er zurück.
»Nun, das mit »dem Mensch«! Weißt du, daß diese Bezeichnung in meiner Heimat eine ganz üble Beschimpfung ist?«
»Um Gotteswillen, Conny, das wußte ich nicht, bei uns in der Pfalz denkt man sich nichts dabei, es ist eine Redensart, mehr nicht!«
Constance sollte noch öfter erfahren, daß vieles in der neuen Heimat eine andere Bedeutung hatte, als zu Hause! Diese Erkenntnis machte das Leben nicht unbedingt leichter!
In dem kleinen Ort südlich von Baden-Baden, wo sie für zwei Wochen ein Zimmer gemietet hatten, gefiel es ihnen sehr! Die Vermieter hatten eine gutgehende Bäckerei, was für den süßen Gaumen der jungen Frau Körner ein Plus mehr war! Das Zimmer gefiel ihnen sehr, es hatte zierliche Möbel und erinnerte Conny

an ein Puppenhaus, das sie einmal als kleines Mädchen zu Weihnachten bekam; alles war niedlich! In wenigen Minuten waren sie im Wald, und sie machten ausgedehnte Spaziergänge und waren schlicht glücklich! Natürlich fuhren sie auch nach Freudenstadt, wo Conny einen ausgedehnten Einkaufsbummel machte.
Stefan war es unerfindlich, was eine Frau alles braucht! Die Verwandten von Stefan hatten ein großes Delikatessengeschäft am Stadtrand von Baden-Baden. Es florierte gut, sie hatten viele Angestellte und ihr schöner Bungalow zeugte davon, daß man es nicht mit armen Leuten zu tun hatte.
»Onkel Stefan!« Die mollige Frau Marianne floß über vor Herzlichkeit und umarmte sie abwechselnd.
»Ich wollte euch meine junge Frau vorstellen!« lachte Stefan. Da es gerade Mittag war, ging man miteinander zu Tisch. Es gab frische Forellen, gebraten, und zarte junge Kartoffeln.
»Und was sagt Heinz dazu?« war die nicht eben taktvolle Frage der Hausfrau.
Stefan antwortete diplomatisch. »Er war natürlich überrascht, aber schließlich ist es mein Leben, nicht wahr?«
Als sich nach Tisch Stefan einmal kurz entfernte, druckste Frau Marianne etwas herum und sagte dann: »Du mußt wissen, liebe Conny, ein Onkel meines Mannes, nicht wahr, Emil, hat auch eine ganz junge Frau geheiratet! Inzwischen ist er schon wieder geschieden und sein Vermögen ist er auch los!«
Constance hielt es für besser, auf diese überaus taktlose Bemerkung nicht zu antworten, aber sie hatte verstanden! Hörte das denn niemals auf? Es war ein Glück, daß Stefan wieder auftauchte und sie jeder Antwort enthoben war. Die Sonne lockte sie auf die große Loggia, von wo aus sie einen wundervollen Blick auf die umliegenden Wiesen und Wälder hatten. Aber am meisten entzückt war Conny von der Katzenfamilie! Mindestens ein Dutzend junge Kätzchen mit verschiedenen Muttertieren tummelten sich auf der Terrasse, und Constance, die große Tierfreundin, lief wie ein Kind den Katzenbabys nach ...
»Ich fürchte, du wirst mindestens eins davon loswerden, anders

kriege ich Conny nicht von hier fort!« lachte Stefan. Von dieser Seite kannte er seine junge Frau noch nicht!
»Liebe Marianne, schenkst du mir eines?« bettelte Conny und hielt ihr auch schon ein perlgraues kuscheliges Kätzchen hin. »Dieses, ja? Ist es nicht allerliebst?«
»Aber sicher, wenn es dir soviel Spaß macht! Dies ist übrigens ein Katerchen, ein Perserkaterchen!«
Als sie am Abend heimkehrten, gingen sie mit dem Versprechen, daß das Katerchen vor der Heimreise aus dem Urlaub von ihnen abgeholt werden sollte. Conny war selig, und angesichts dieser Aussichten, konnte sie sogar über Mariannes Taktlosigkeiten hinwegsehen.
»Du glaubst doch nicht im Ernst«, sagte Marianne zu ihrem Mann, als die Gäste gegangen waren, »daß Heinz über diese zweite Ehe seines Vaters glücklich ist?«
»Dafür ist es Stefan umso mehr«, antwortete der Ehemann. »So jung ist mir Stefan noch nie erschienen! Was doch die Liebe ausmacht, hahaha.«
»Du weißt doch, wie sehr Heinz an seiner Mutter hing, sie ging ihm über alles! Und daß er ihr als Arzt nicht helfen konnte, war wohl besonders schlimm für ihn. Und jetzt das. So kurz nach dem Todesfall!«
»Nun, immerhin haben sie das Todesjahr respektiert, das kannst du nicht sagen!«
Der Mann war zu klug, seiner Frau zu zeigen, wie sehr ihm die neue Verwandte gefiel! Er hätte seinem Onkel Stefan gar nicht einen so guten Geschmack zugetraut! Immerhin war die verstorbene Tante Emma in einem Alter gewesen, wo sie leicht die Mutter der jungen Frau hätte sein können! Wenn man davon absah, daß er zu den ewig Gestrigen gehörte, die dem 1000-jährigen Reich nachtrauerten, war er ein ganz patenter Mann. »Leben und leben lassen!« war seine Devise!
»Wie wollen wir ihn nennen, Stefan?«
»Wen nennen?«
»Nun, das Katerchen!«

»Minki vielleicht?«
»Minki«, erwiderte Conny abschätzend, »so heißt doch kein Kater aus Baden-Baden!«
»Nun, ich bin sicher, du wirst einen passenden Namen für ihn finden!«
»Wie gefällt dir Pucki?«
»Nicht schlecht!«
»Oder Florian?«
»Aber ... heißt so nicht dein kleiner Bruder?«
»Der würde das bestimmt nicht übelnehmen. Florian hat sehr viel Humor, sehr im Gegensatz zu Walter!«
Stefan, der seinen jungen Schwager noch nicht kannte, hegte Zweifel. Aber war es nicht eben diese kindliche Seite seiner jungen Frau, die ihn immer wieder entzückte? Nach dem Urlaub, den sie sehr genossen hatten, kehrten sie mit dem neuen Hausgenossen »Florian« nach Ludwigshafen zurück.
Constance hatte sich verändert! Zum erstenmal war sie über alle Maßen glücklich! Dieser Wesenszug war durch die vielen Schicksalsschläge gar nicht bei ihr zum Durchbruch gekommen. Sie sang den ganzen Tag bei der Arbeit und hing immer wieder am Hals ihres Mannes, sehr zu dessen Freude!
»Hast du immer noch Angst vor der Liebe?« neckte sie dieser.
Sie legte ihren Finger an seinen Mund und wurde verlegen. Es hatte seiner ganzen Einfühlung und großer Geduld bedurft, sie davon zu überzeugen, daß die körperliche Liebe etwas sehr schönes sein konnte! Die schlimme erste Erfahrung bei ihr auszulöschen, war ihm gelungen!
Oft treffen mehrere Dinge zusammen, um eine Sache zu gefährden. Emma, Stefans erste Frau war, im Zusammenhang mit der sehr schweren Geburt ihres Sohnes, schwerhörig geworden. Diese Schwerhörigkeit war schließlich in völlige Taubheit übergegangen. Beim Bau des neuen Hauses hatte man diesem Umstand Rechnung getragen; überall waren Lichtknöpfe angebracht, die ihr die Hausglocke ersetzen mußten. Immer öfter kam es vor, daß Constance des nachts von einer von oben kommenden

Unruhe erwachte. Die Müllers schienen nicht eben zu den rücksichtsvollen Hausgenossen zu gehören. Durch ihr Schlafzimmer liefen Wasserrohre und wenn Herr Müller sich um Mitternacht noch duschte, dann lief das Wasser sehr geräuschvoll durch die Rohre, laut genug, die überaus hellhörige Constance zu wecken; Stefan schnarchte friedlich weiter! Das Haus, das einen so komfortablen Eindruck machte, schien nichts destoweniger äußerst hellhörig gebaut.

Eines nachts, als Herr Müller wieder einmal spät und sehr laut heimkam, weckte sie Stefan.

»So kann das nicht weitergehen, Liebling, ich werde nahezu jede Nacht von diesem Wüstling geweckt und habe dann Mühe, wieder einzuschlafen.«

»Ich werde ihn mir morgen vorknöpfen!« versprach der Liebling und war sofort wieder eingeschlafen.

Inzwischen hatten sie auch Nachricht vom Altersheim, wo Constances Vater lebte. Die Lungenentzündung hatte er gut überstanden, nun lag er mit Mumps zu Bett.

»Mumps? Ist das nicht eine Kinderkrankheit?« wunderte sich Stefan, als Conny es ihm erzählte.

»Eben! Merkwürdig!«

Ein paar Tage später rief der Heimarzt an und verlangte nach Conny.

»Sie wundern sich sicher, liebe gnädige Frau, daß Ihr Herr Vater jetzt mit Mumps zu Bett liegt? Nun, ich meine, Sie müssen die Wahrheit erfahren ...«, er zögerte.

»Bitte sprechen Sie weiter, Herr Doktor, ich muß die Wahrheit wissen.«

»Ihr Herr Vater hat Blutkrebs!«

»Blutkrebs?«

»Daher auch die Anfälligkeit des Kranken auf die kleinste Infektion! Die weißen Blutkörperchen sind im Gegensatz zu den roten in der Minderheit!«

»Und was heißt das in der Praxis?«

»Daß Ihr Herr Vater wohl immens anfällig gegen Infektionen

bleibt, daß er bei seinem hohen Alter vermutlich bettlägerig bleibt!«

»Können wir von hier aus etwas für ihn tun?« fragte Conny.

»Ja, Sie können für ihn beten!«

Stefan nahm seine Frau zärtlich in die Arme.

»Reg' dich nicht auf, du kannst wirklich nichts für ihn tun, als für ihn beten, und das tust du ja ohnehin! Dies ist der Lauf der Welt, es ist vielleicht kein Trost, aber der Alterskrebs ist nicht mehr sehr schmerzhaft!«

Conny war sehr betroffen, daß es dem Vater so schlecht ging. Alles deutete auf ein baldiges Ende hin. Sie wunderte sich, daß es sie so mitnahm! Nach allem, was sie an Gefühlskälte und Rücksichtslosigkeit von diesem Vater erfahren hatte, hatte sie eine andere Reaktion bei sich erwartet!

Sie ließ ihm über Fleurop Blumen schicken! Von ihrem Bruder Florian aus Australien hatte sie einen wunderschönen und sehr herzlichen Glückwunsch zur Hochzeit bekommen. Er, der des Vaters besonderer Liebling war, bat sie jetzt, sich um ihn zu kümmern. Sie hatte ihm von seiner Erkrankung geschrieben und er machte sich große Sorgen.

»Der gute Flori!« sagte Constance, »Walter und Katrin, die beide vom Vater genommen hatten, als noch etwas zu holen war, jetzt, wo er auf den Tod darnieder lag, interessierte er sie nicht mehr!«

Berlin meldete sich weiterhin wöchentlich. Stefan war es gewohnt, daß Sohn oder Schwiegertochter regelmäßig anriefen. Für seine junge Frau freilich stellten sich diese wöchentlichen Anrufe etwas anders dar. Das Telefon läutete und Constance nahm ab.

»Hier Körner!« meldete sie sich ahnungslos.

Am anderen Ende der Leitung tönte es: »Hier auch Körner, kann ich bitte den Vater sprechen?«

»Aber gern!« sie rief nach Stefan. Die ersten Male dachte sie sich nichts dabei. Es fiel ihr nur auf, daß man nie das Gespräch mit ihr suchte, ja sie noch nicht einmal nach ihrem Ergehen fragte, eine reine Höflichkeitsform. Allmählich begann sie, sich darüber zu

kränken! Für Sohn und Schwiegertochter ihres Mannes war sie nur »das Telefonfräulein«!
Eines Tages reagierte sie so: »Hier ist nicht das Telefonfräulein des Herrn Ingenieur Körner, sondern seine Gattin!« und legte auf.
Indessen starb der Vater. Er schlief einfach ein! Constance ließ ihn überführen. Zur Beerdigung erschien der Bruder Walter mit einem billigen Kranz. Katrin erschien nicht! Wie hätte sie auch Constance begegnen wollen? Dazu fehlte ihr angesichts aller Gehässigkeiten, die sie von sich gegeben hatte, der Mut. Der Vater war tot, Tote zählen nicht!
Constance lud den Bruder nach der Beerdigung ein, ins Haus zu kommen, wenigstens auf einen Kaffee. Er lehnte ab, die Gründe waren mehr als dürftig.
Beim Abschied sagte er zu seiner Schwester:» Ich habe für Vater seit 1950 DM 35.000,- ausgegeben!«
Constance unterbrach ihn ganz ruhig, ja sie brachte sogar ein kleines Lächeln fertig.
»Soll ich dir meine Gegenrechnung aufstellen? Mich hat er »nur« drei Jahre meines Lebens gekostet, die Zeit der Not und des Darbens damals in Bamberg, wo ich jede Mark, die ich für ein Gedicht oder eine kleine Story erhielt, in den Kochtopf gesteckt habe!«
Stefan, der merkte, daß Conny litt, trat zu den beiden. Schützend legte er seinen Arm um ihre Schultern.
»Laß uns gehen! Man soll Reisende nicht aufhalten!« und er zog sie fort.
Walter hatte es eilig wegzukommen und stieg in seinen Wagen.
»Auf diesen Bruder kannst du verzichten, Conny, ihm steht die Gemütskälte im Gesicht geschrieben!«
Von Florian kam ein sehr herzlicher Brief. Er hatte Vater wirklich geliebt! Er dankte Conny für alles, was sie seinem Vater Gutes getan hatte; er sollte der Einzige von den Geschwistern bleiben, der diesen Anstand aufbrachte!
Als Constance die Hinterlassenschaft des Vaters vom Heim übersandt bekam, fehlten sämtliche Ringe!

»Aber er hat drei Eheringe gehabt, er war doch dreimal verheiratet.« »Halt«, verbesserte sie sich, »es müßten nur zwei gewesen sein, den von unserer Mutter, von Walters und meiner Mutter, habe ich auf das Betreiben der Stiefmutter Walter überlassen, der im Krieg geheiratet hat! Aber wo sind die anderen beiden?«
Sie schrieb an das Heim und erfuhr dabei, wie zufällig, vom Besuch ihrer Schwester Katrin beim kranken Vater! Nun brauchte sie nicht mehr weiter zu suchen ...
Im Hause selbst hatte sich einiges verändert. Familie Müller hörte man nun auch tagsüber! Die noch kleinen Kinder fuhren mit dem Dreirad und veranstalteten offensichtlich damit Wettrennen. Bei Körners wackelten die Lüster!
Stefan regte sich auf, weil er sah, daß Constance sich aufregte; es war ein Teufelskreis! Schließlich schrieb er ein paar Zeilen an die Obermieter und forderte sie auf, sich etwas ruhiger zu verhalten, denn »... meine zweite Frau ist nicht taub, zum Unterschied zur ersten!«
Zunächst blieb eine Reaktion aus und es änderte sich nichts! Daß Herr Müller inzwischen Berlin angerufen und dort Klage geführt hatte, konnten die beiden nicht wissen. Stefan rief seinerseits den Sohn an und führte Klage über die Mitbewohner. Des Sohnes lakonische Antwort war: sie müssen sich ja rühren dürfen und Kinder sind nun mal so!
Eines Tages hatte sich bei Körners Besuch angemeldet. Ein junger Neffe, den Constance noch nicht kannte, der Sohn eines Bruders von Stefan, der im Krieg geblieben war. Conny wollte einen guten Eindruck machen und ging ins Schlafzimmer, sich umzuziehen. Es fiel ihr auf, daß es lange vor der verabredeten Zeit läutete.
Stefan steckte den Kopf zur Tür herein und bedeutete ihr, sie möge kommen. Nun führte vom Schlafzimmer zum Wohnzimmer ein langer, mit einem roten Läufer ausgelegter Flur, auf dem man sehr leise und ungehört ins Wohnzimmer gelangen konnte, dies umso mehr, wenn dort ein lautes Gespräch geführt wurde. Als Constance sich der offenen Wohnzimmertür näherte, hörte

sie gerade noch, wie eine sehr zornige und laute Stimme rief: »Sie haben uns gar nichts zu sagen, unser Vermieter ist ihr Sohn.«
Sie trat ein und erkannte Herrn Müller, der, als sie so unvermutet eintrat, keineswegs aufstand, wie es die Höflichkeit gegenüber der Dame des Hauses gebot, vielmehr von ihr überhaupt keine Notiz nahm. Sie ging um den Tisch herum und stellte sich an die Seite ihres Mannes, der eben wieder zu sprechen begonnen hatte, als ihn der Besucher grob unterbrach.
»Jetzt rede ich«, schrie er und fuchtelte Herrn Körner mit seinem langen Zeigefinger vor der Nase herum.
Das war für Constance zuviel.
»Wollen sie meinen Mann nicht ausreden lassen, Herr Müller?« fragte sie diesen mit äußerster Selbstbeherrschung.
»Mit Ihnen rede ich nicht!« bekam sie zur Antwort. Sie trat nun hinter ihren Mann und legte ihm beruhigend ihren Arm um die Schultern. Sie spürte, wie er vor Erregung zitterte.
»Stefan«, sagte sie, ganz ruhig und freundlich, »siehst du nicht, daß Herr Müller sich verabschieden will?«
Stefan erhob sich und sagte: »Die Unterredung ist beendet!«
Müller schrie noch einmal: »Sie haben mir überhaupt nichts zu sagen, mein Vermieter ist ihr Sohn!« Der Frechling begriff sofort und erhob sich.
Constance war um einiges flinker und lief ihm voraus in die Diele, wo sie ihm die Wohnungstür öffnete. Bei der Gelegenheit fiel ihr Frau Müller vor die Füße, sie hatte an der Tür gelauscht!
An der Wohnungstür wandte sich der Mann nochmals zu ihr, er ging nicht freiwillig, weshalb sie ihn sanft zur Tür hinausschob.
Sie hatte ihn inzwischen richtig eingeschätzt, sie traute ihm durchaus zu, daß er gegen sie oder Stefan handgreiflich werden konnte, was sie unbedingt verhindern wollte.
»Mein Gott, wie konnte es denn dazu kommen?« fragte Constance, selbst am ganzen Leibe zitternd. Jetzt wo sie mit ihrem Manne wieder allein war, brauchte sie ja nicht mehr die starke Frau zu spielen, eine Rolle, die ihr überhaupt nicht lag!
»Nun, er sagte scheinheilig an der Tür, er müsse mich kurz

sprechen, aufgrund des Briefes, den ich ihm wegen der fortgesetzten Ruhestörung geschrieben hatte.«

»Möglicherweise nahm er an, du seiest allein?« Stefan zuckte hilflos die Achseln.

»Wenn du mir jetzt sagst, dieser Hundling hatte mit deiner Frau ein ausgezeichnetes Verhältnis, dann lache ich dich aus!«

»Das hatte er nicht! Es gab immer wieder Ärger wegen der Kinder, die z.B. Emmas Wäsche mit Sand bewarfen!«

»Dachte ich es mir doch! Und was sagte dein Sohn dazu? Immerhin war es seine Mutter!«

»Es gingen Briefe hin und her, und Emma, die ja sehr resolut war, sagte ihnen schon mal die Meinung, nur genutzt hat es nicht viel, wie du dir denken kannst!«

Ungefähr acht Tage später erhielt Constance ein amtliches Schreiben, aufgrund dessen sie sich als »Beklagte« fühlen durfte! Sie hatte – so das Schriftstück – Herrn Müller »beleidigt und körperlich verletzt«! Zunächst hätte man lachen können! Sie sollte dem jungen Mann in irgendeiner Weise zu nahe getreten sein, es war absurd, aber so stand es auf dem Papier!

Vom Hausarzt, der auch der Arzt der Müllers war, erfuhren sie – ungefragt – worin die »Körperverletzung« des Herrn Müller bestand. Er war mit einem »verletzten Ellenbogen« bei ihm aufgekreuzt und hatte behauptet, daß dieser von der Tür der Körners stamme, die Frau Körner kräftig an ihn hingeschlagen habe!

Von Berlin kam ein Anruf! »Das ist ja entsetzlich, Vadder«, sagte der Sohn, »was muß ich hören? Deine junge Frau wird handgreiflich?«

Stefan widersprach heftig und es war unausbleiblich, daß er sich bei der Unterredung furchtbar aufregte.

»Wie soll es weitergehen?« fragte der Sohn scheinheilg. »Zunächst hat deine Frau eine Klage am Hals!«

»Wir werden uns einen Anwalt nehmen, Heinz! Ich kann bezeugen, daß Conny nichts getan hat, als dem Kerl die Tür zu weisen! Nach seinem haarsträubenden Benehmen, wird jedes Gericht ihr rechtgeben!«

»Und du? Du willst vor Gericht gehen? Du mit deinem kranken Herzen? Außerdem bist du als Ehemann von vorneherein unglaubwürdig, du wirst als Zeuge gar nicht zugelassen!«
Constance kam dazu und merkte, wie schrecklich Stefan sich aufregte.
»Bitte gib mir den Hörer, Liebling!«
»Guten Tag, Herr Dr. Körner!« sagte sie.
Der Angeredete erwiderte ihren Gruß nicht. »Da haben sie ja etwas Schönes angerichtet. Wollen sie meinen herzkranken Vater den Aufregungen eines aussichtslosen Prozesses aussetzen? Das hätten Sie sich früher überlegen müssen!«
»Moment« unterbrach Constance seinen Redeschwall. »Zunächst scheint es mir wichtig, festzustellen, daß ich einen Prozeß nicht zu scheuen habe! Ich habe dem Frechling in aller Form die Tür gewiesen, weil er meinem Mann das Wort entzog und in unserer Wohnung unverschämt wurde!«
Er unterbrach sie. »Herr Müller hat es mir aber ganz anders erzählt!«
»Das kann ich mir denken, er wird sich doch nicht selbst belasten! Von einer Körperverletzung kann überhaupt keine Rede sein, ich mache mir doch an diesem Menschen nicht die Finger schmutzig!« Sie lachte. »Und«, fuhr sie fort, »my home is my castle«, sagt der Engländer! Es kann keine Beleidigung sein, jemandem, der unseren Hausfrieden stört, in aller Form die Tür zu weisen! Dazu brauche ich keine akademische Bildung, Herr Doktor, das sagt mir mein gesundes Rechtsempfinden!«
»Ich werde nicht zulassen, daß der Vadder ihretwegen den Aufregungen eines Prozesses ausgesetzt wird. Wußten sie nicht, daß er vor zwei Jahren einen schweren Herzinfarkt hatte?«
Sie konnte nichts erwidern, weil der Gesprächspartner aufgelegt hatte.
»Ist das wahr, Stefan?«
»Was?«
»Daß du vor zwei Jahren einen schweren Herzinfarkt hattest ... warum hast du mir kein Wort davon gesagt?«

Stefan war sichtlich verlegen. »Ich habe es dir nicht gesagt, weil sich die Ärzte damals nicht einig waren, ob es wirklich ein Infarkt war! Du kannst dir denken, daß man einen Privatpatienten nicht einfach heimschickt, nur weil die Diagnose nicht hundertprozentig einen Infarkt ausweist!« Er lächelte. »Geld stinkt nicht und ein Professor will auch leben!«

»Wie soll es weitergehen?« Constance fragte es bange.

»Zunächst gehen wir gleich morgen zu einem guten Anwalt und lassen uns beraten. Wir werden die Klage als haltlos und töricht zurückweisen. Wir müssen vermeiden, daß es zum Prozeß kommt, nicht weil wir im Unrecht sind, sondern weil hier Aussage gegen Aussage steht und dieser Mann alles versuchen wird, uns zu schaden!«

Der Anwalt der Körners schrieb der Gegenseite, er empfahl ihnen, die Klage wegen Geringfügigkeit zurückzunehmen. Außerdem widersprach er allen angeführten Klagepunkten! Er war ziemlich zuversichtlich, daß die Sache im Sande verlaufen würde! Ganz offensichtlich wollte sich ein als Gernegroß bekannter Zeitgenosse für die Zurechtweisung seitens des Herrn Körner rächen!

Constance, die sich überhaupt keiner Schuld bewußt war, weinte! Sie weinte aus Zorn und aus Verzweiflung, nicht aus Angst! Ihr Rechtsempfinden war so ausgeprägt, daß sie, die noch nie mit den Gerichten zu tun gehabt hatte, keinen Augenblick daran zweifelte, daß man ihre Handlungsweise verstehen und billigen würde!

Aber es war ihrem Stiefsohn gelungen, Schuldgefühle Stefan gegenüber, in ihr zu wecken!

Die Familie Müller lebte lange genug am Orte und war ihrerseits nicht untätig! Frau Müller ging von Haus zu Haus und machte Stimmung, gegen die »böse neue Frau Körner«! Nachbarn, die bisher freundlich gegrüßt hatten, schauten plötzlich weg, wenn Frau Körner vorüberging, hämische Blicke trafen sie! Wenn sie im Garten Wäsche aufhing, lagen die Nachbarinnen in den Fenstern.

Ein alter Mann, wohl Rentner, brachte für Stefans Zusatzversicherung Marken, die er monatlich für einen kleinen Betrag am Gartenzaun kassierte. Er, der bisher Conny gegenüber immer höflich gewesen war, wurde plötzlich frech! Sie hatte ihm nicht schnell genug das Wechselgeld zurückgegeben.
Von all diesen kleinen und größeren Bösartigkeiten im täglichen Leben, erzählte sie ihrem Manne nichts. Aber bei ihrer Dünnhäutigkeit litt sie umso mehr darunter!
»Etwas Neues?« fragte Conny, als sie Stefan über einem amtlichen Schreiben sah, während sie ihm eine zweite Tasse Kaffee einschenkte.
»Die Müllers haben die Klage zurückgenommen!« Er sagte es und legte das Papier aus der Hand.
»So plötzlich? Merkwürdig! Und mit welcher Begründung?«
Er reichte ihr das Schreiben des Amtsgerichts. Sie las es und wurde blaß! »Dein Sohn hat es gestoppt! Aber was hat er damit zu tun?«
»Conny.« Stefan legte den Arm um sie und zog sie an sich. »Heinz wollte um meinetwillen den Prozeß verhindern, sieh es doch von dieser Seite. Seiner Bitte, die Klage zurückzunehmen, konnte Müller schlecht mit »Nein« begegnen, schließlich hängt er von ihm ab!«
»Aber dann bleiben die Beschuldigungen unausgetragen auf mir liegen! Ein zurückgenommener Prozeß ist soviel wie ein Schuldeingeständnis!«
Was weder Stefan noch Constance zu diesem Zeitpunkt wußten, was sie sehr viel später durch einen Zufall erfuhren: Dr. Körner hatte dem Unhold 1.000 Mark geschenkt, um ihn dazu zu bringen, den Prozeß zu stornieren!
Über allen diesen Bitternissen ging das Leben weiter! Es war Sommer und die Kirschen reiften! Die Erdbeeren, die Stefan mit großer Liebe pflegte, waren schon geerntet und Conny hatte manchen leckeren Erdbeerkuchen auf den Tisch gebracht!
»Ich mag Sauerkirschen nicht!« sagte Constance, hielt aber wakker den Korb, in den Stefan, auf der Leiter stehend, sie pflückte.

»Mein süßes Goscherl!« lachte Stefan zärtlich! »Erst einmal als Saft in den Flaschen, mit viel Zucker, werden sie dir schon schmecken, oder als Gelee!«
»Brr!« machte Constance nur. Florian sprang über den Rasen, eine Maus zwischen den Zähnen!
»Guck mal, Flori hat eine Maus gefangen! Wie findest du das?«
»Richtig, er soll sich sein Futter nur erarbeiten!« lachte Stefan.
Das Leben war eine herrliche Sache! Es gab den Sommer darin, mit seinen leuchtenden Früchten, es gab Schwertlilien und junge Perserkater, die vor Vergnügen im Grase Purzelbäume schlugen und es gab Stefan!
Conny kochte so, wie er es liebte! Er lehrte sie geduldig die ihm wohlschmeckenden Pfälzer Gerichte. Sie kochte ihm »Kaiserschmarrn« und »Böhmische Knödl«, »Tafelspitz mit Kren«.
»Kren? Meerrettich heißt das!« korrigierte sie Stefan.
»Nix da Meerrettich, wir sind doch keine Preußen! Bei uns heißt das Kren.«
Mit glühenden Wangen und leuchtenden Augen saß Conny auf einem Küchenhocker und kernte die Kirschen aus. Stefan, der Ingenieur, bediente die Fruchtpresse. Man sah ihm an, daß er sich wohlfühlte! Am Abend schauten sie auf eine große Menge verkorkter Flaschen, die in Reih und Glied stehend, von ihrem Fleiß zeugten.
»Voriges Jahr«, sagte Stefan, »haben die Müllerschen auch immer vom Obst etwas abbekommen, aber jetzt, nach dieser Unverschämtheit, ist das nicht mehr drin!«
Zu Beginn ihres gemeinsamen Wohnens im eigenen Haus hatte Stefan voller Stolz die Nichtpfälzerin in seinen großen wunderschönen Weinkeller geführt. Es war der erste Weinkeller, den Constance sah, und sie sparte nicht mit »Ah's« und »Oh's«! Fein säuberlich lagen die verschiedenen Jahrgänge nach Lage und Namen getrennt. Es war ein herzerquickender Anblick!
Und Stefan strahlte vor Stolz und wuchs sichtlich um einige Zentimeter!
Eines nachts erwachte Stefan und seine Hand suchte sein Weibe-

le. Aber – er konnte es nicht finden. Erschrocken zündete er die Nachttischlampe an, das Bett war leer.
»Conny!« rief er erschrocken, »wo bist du? Was ist los?« Er kletterte aus dem Bett und suchte sie im Bad, aber auch da war sie nicht. Barfüßig ging er ins Wohnzimmer, da fiel ein Lichtschein durch den Türspalt. Sie saß vor ihrem Schreibtisch und schrieb. So vertieft war sie, daß sie ihn gar nicht kommen hörte.
»Mein Gott, was tust du hier, mitten in der Nacht? Du wirst dich erkälten.«
Erst jetzt sah sie ihn an. Ihr Blick schien von sehr weit her zu kommen! »Aber Stefan, Liebster, warum schläfst du nicht?«
»Das könnte ich dich fragen.«
Sie legte unwillkürlich die Hand über das Geschriebene.
»Ein neues Gedicht?«
Sie nickte, wie bei einer bösen Tat ertappt. »Ich wache auf und es ist da!« sagte sie leise, wie entschuldigend. »Wenn ich es nicht aufschreibe, kommt es so nicht wieder!«
»Darf ich es lesen?« Er nahm ihr das Blatt aus der Hand und las:

Du goldener Sommer,
Dem kein anderer gleicht,
In deinen Zweigen
Wiegst du lauter Liebe!
Gleich Weinlaub
Rankt sie schimmernd
Mir um's Haupt!
Du endlich heimgefundenes DU
Wie hab ich hoffnungslos
Mich wundgesehnt
Und nimmer mehr geglaubt
An Wunderbares!
Da kamst du, Sommer,
Wie ein Wanderer kommt,
Des Weges kommt
Und dir den Gruß entbietet ...

Und du, verwundert
Um den fremden Mann
Dankst lächelnd,
Bis du merkst: er kehrt dir ein!

Er legte das Blatt aus der Hand. Dann nahm er sie auf seine Arme und trug sie zurück ins Bett.
»Oh, Stefan! Du! Du!«
»Oh, Constance, du mein Alles!«
Die Nacht duftete nach Jasmin und Rosen ...

Es gibt Glück, das von außen nicht anfechtbar ist; die Liebenden befinden sich gleichsam wie in einer Glaskugel, ähnlich den Glaskugeln, die wir alle aus unserer Kindheit kennen: man schüttelt sie und es schneit oder es scheint die Sonne!
Constance war zum ersten Mal in ihrem Leben sie selbst ! Es gab niemanden, der an ihr herumnörgelte, niemand, der sie mit erhobenem Zeigefinger eines Besseren belehrte, wie sie es vom Vater kannte. Und sie blühte auf, wie eine Blume, wurde von Tag zu Tag schöner!
Nur ... die Schikanen der Müllerschen ließen nicht nach! Als sie eines Abends beim Fernsehen saßen, es ging gegen zweiundzwanzig Uhr, läutete es.
»Nanu!« sagte Stefan, »wer will denn um diese Stunde noch etwas von uns?« Er erhob sich und ging an die Wohnungstür. Vor der Tür standen zwei blutjunge Polizisten.
»Sind sie Herr Körner?« fragten sie im Polizeiton.
Conny war neben ihn getreten, der Ton gefiel ihr gar nicht.
»Um was geht es?« fragte sie.
»Herr Müller aus dem ersten Stock hat sich bei uns beschwert! Sie haben das Treppenlicht ausgemacht, so daß seine zu Besuch weilende Tante beinahe einen sehr unglücklichen Sturz getan hätte!«
Stefan trat an die Tafel mit den vielen Schaltern und Knöpfen, die seinerzeit für die taube Frau Körner eigens angebracht wurden.

Er bediente einen Schalter und das beanstandete Licht war wieder da!
»Man konnte auch herunterkommen und darauf hinweisen bzw. darum bitten, es ist fraglos aus Versehen passiert. Ist es ihre Aufgabe, sich um solche Kinkerlitzchen zu kümmern? Man möchte meinen, sie hätten Besseres zu tun?«
»Wir müssen jedem Hinweis auf ein Vergehen nachgehen!«
»Ein Vergehen!«
»Laß es gut sein, Stefan, die Männer tun nur ihre Pflicht!«
Sie schloß die Tür und nahm den zitternden Stefan in die Arme!
In dieser Nacht mußte Herr Körner des öfteren Herztropfen nehmen; Conny lag ebenfalls schlaflos! Die Böswilligkeit der Obermieter war kaum noch zu überbieten! Sie hatten sich offensichtlich vorgenommen, die beiden »fertigzumachen«! Und, was das Schlimmste war, sie durften der Unterstützung des Sohnes und seiner Frau gewiß sein!
Ein paar Tage später passierte Conny beim Metzger etwas ähnliches. Sie war an der Reihe, aber sie wurde nicht bedient!
»Frau Liegner, sie sind dran, nicht wahr?«
Und obgleich alle es gesehen hatten, die so angeredete Kundin wurde sogleich bedient, sie ließ man stehen! Sie tat das einzig Richtige, sie verließ stillschweigend den Laden, um ihn nie wieder zu betreten!
So weit also war die Hetze der Müllerschen schon gediehen! Und sie, die »Zugreiste«, die »Fremde«, konnte absolut nichts dagegen tun!
»Lies!« Stefan legte ihr einen Brief seines Sohnes hin. In dem Brief, der sehr sachlich gehalten war, nichts destoweniger aber sie, Constance, angriff, hieß es u.a.: »Mir wurde gesagt (von wem?) daß deine Frau an den Streitigkeiten in euerem Hause nicht ganz unschuldig ist!«
Hier stand eine Behauptung, die sie durch nichts entkräften konnte! Hier wurde ein bestehendes Vorurteil ganz systematisch untermauert! Von wem? Von den immer glaubwürdiger erscheinenden Mietern des Sohnes.

»... aber, das stimmt doch gar nicht!« Conny brach in Tränen aus!
»Ich werde es meinem Sohn schreiben, so kann das nicht weitergehen! Er soll die Müllerschen kündigen!«
»Wenn das so einfach geht! Ich könnte mir vorstellen, daß er das gar nicht will!«
»Dann werde ich das Haus verkaufen!«
»Das wolltest du tun!«
»Es bricht mir fast das Herz, aber hier werden wir unseres Lebens nicht mehr froh!«
»Gibt es nicht vielleicht noch einen anderen Ausweg, Stefan?«
»Ja, wenn ich so viel Geld hätte, Heinz seinen Anteil auszuzahlen, so daß das Haus allein mir bzw. uns gehörte! Aber soviel Geld habe ich nicht!«
Constance stieg ein bitteres Gefühl auf. Zum erstenmal begriff sie, sie die nie mit Geld umzugehen gelernt hatte, den Wert des Geldes! Geld machte frei, machte unabhängig! Warum auch war sie arm! Wenn sie reich wäre, könnte sie dem geliebten Mann jetzt helfen – und sich selbst!
Immer seltener kamen Anrufe aus Berlin und die wenigen, die kamen, regten Stefan jedesmal fürchterlich auf, denn seitens der Müllerschen wurde nur noch intrigiert und alles, was sie gegen ihn und seine Frau vorbrachten, konnte nur die Wahrheit sein! Constance erhielt nicht einmal die Möglichkeit, zu den Anwürfen Stellung zu beziehen, mit ihr redete man gar nicht!
Die Waschküche befand sich im Keller. Sie wurde von beiden Parteien im Turnus benützt. Eines Tages kam Constance hinunter und die Waschküche stand unter Wasser. Sofort rief sie nach ihrem Mann. Der drehte den Wasserhahn zu und nahm die Sicherungen heraus, um einen möglichen Unfall auszuschließen. Die Maschine war voll Wäsche der Familie Müller.
Am nächsten Tag bekamen sie ein Anwaltsschreiben, in dem die sofortige Herausgabe der weggenommenen Sicherungen gefordert wurde, unter Androhung einer Strafe!
Dr. Heinz Körner hatte einen »besten« Freund, einen evangelischen Pastor! Er wurde von Berlin aus »eingeschaltet«, und kam

»zu Besuch«, um – seine Worte – den Frieden zwischen den Parteien wieder herzustellen!
Was ihm Constance sagte, fiel gleichsam »unter den Tisch«, er behandelte sie, als wäre sie gar nicht vorhanden! Der Herr Pastor erreichte nichts! Er kam herunter von den Müllerschen und sagte: »Sie sagen genau das Gegenteil!«
»Was haben Sie denn erwartet?« fragte Stefan zurück.
»Ich bedauere das sehr! Als Ihre liebe Frau noch lebte, die ich ja gut kannte, wie Sie wissen, Herr Körner, gab es niemals dergleichen, im Gegenteil, die beiden Frauen verstanden sich bestens!«
»Hat man Ihnen das weisgemacht? Dann hat man Sie angelogen! In den letzten zwei Jahren war meine Frau mehr in Kliniken, als im eigenen Haus und da sie auch noch taub war, entging ihr vieles, zu ihrem Glück!«
Er gab noch ein paar salbungsvolle Worte von sich, und empfahl sich auffallend eilig! Constance hatte das deprimierende Gefühl, daß sie an diesem Mann keinen Freund gefunden hatte, seine Voreingenommenheit war mit Händen zu greifen gewesen!
Im Endeffekt verlief die Sache im Sande! Der Doktor-Sohn erklärte sich bereit, dem Vater die Waschmaschine durch Ankauf einer neuen zu ersetzen, die, nunmehr in den eigenen Räumen aufgestellt, keinen Anlaß mehr zu Differenzen bot. Er tat es in der ihm eigenen umständlichen Art: der Herr Pastor mußte beim Ankauf dabei sein und beide, sowohl Herr als auch Frau Körner, mußten einen vorbereiteten Schriftsatz unterzeichnen!
Was für eine »Vater-Sohn-Beziehung«!
»Wie soll es weitergehen, Stefan!« schluchzte Constance, als wieder einmal über ihnen die »wilde Jagd« tobte. Sie wußte, daß man Kleinkinder auch von Zeit zu Zeit ruhig halten konnte, wenn man es wollte! Die Kinder fuhren mit dem Roller und dem Dreirad, sie warfen Stühle um und taten so ziemlich alles, was Lärm machte!
»Ich werde hinaufgehen!« sagte Stefan.
»Das wirst du nicht!«
Constance stellte sich flehend vor ihn. »Er ist doch ein Rohling!

Wenn er dich die Treppe hinunterwirft? Ich traue es ihm zu!«
An einem schönen Morgen im August fragte Conny ihren Mann beim Frühstück: »Was hältst du davon, wenn wir für eine Weile verreisen?«
Stefan sah müde und mitgenommen aus, er hatte schlecht geschlafen. »Das wäre ja nur eine Notlösung, letzlich müssen wir doch wieder hierher zurück, hier in mein Haus, in dem ich nicht leben kann!«
Aber sie gingen noch am selben Tag in ein Reisebüro und holten sich Prospekte. Ihre Wahl fiel auf Kärnten. Am Wörthersee gab es noch sehr schöne Angebote, zumal so spät im Jahr. Die Vorfreude ließ sie die häusliche Misere vergessen.
Constance, die ja des Reisens völlig unkundig war, war kribbelig vor Freude und wusch und bügelte den ganzen Tag. Man mußte an so vieles denken, Stefan sollte nichts von seiner gewohnten Bequemlichkeit entbehren.
Der kleine Hausgenosse Florian wurde bei Freunden im nahen Neustadt untergebracht. Von ihm sich zu trennen, fiel beiden sehr schwer, zu sehr hatte sich der kuschelige Liebling schon in ihre Herzen hineingeschmust!
Und dann war der Reisetag da! Das Taxi wartete vor der Tür, um sie zum Bahnhof zu bringen. Frau Müller stand am Fenster, hinter dem Vorhang verborgen und zersprang vor Neugierde, zu gerne hätte sie gewußt, wohin die Reise ging.
Die Fahrt war angenehm und der Zug nicht überfüllt. Sie aßen im Speisewagen und Stefan blühte sichtlich auf.
»Es geht mir schon viel besser, das war doch eine gute Idee, Schatzile!« Er tätschelte ihr die Wange.
»Wir versäumen doch nichts, Liebster, für eine Weile können wir diesen Quälgeistern doch entfliehen!«
Sie schenkte ihm ihr zärtlichstes Lächeln! Sie hatte sich vorgenommen, in diesen drei kurzen Wochen das Haus in Ludwigshafen nicht zu erwähnen.
»Wir wollen so tun, als wären wir auf der Hochzeitsreise, was meinst du?«

»Nichts dagegen einzuwenden!« lachte Stefan zurück. Gottlob, er konnte wieder lachen!
Pörtschach empfing sie freundlich. Sie hatten mit ihrer Pension Glück gehabt, sie war nicht so groß, dafür sehr familiär geführt, und die Pensionsinhaberin war eine sehr gute Köchin, was beide zu schätzen wußten.
Sie machten lange Spaziergänge, hinunter zum See oder auch an den nahen Waldrand. Bald hatten sie, ganz in der Nähe ihrer Pension, ein altes Kirchlein entdeckt, eher eine kleine Kapelle, das sich inmitten von saftig grünen Wiesen wie ein verzaubertes Märchenschloß in die malerische Landschaft fügte. Auf der alten Bank davor saß es sich gut, wenn man einmal nicht so weit laufen wollte, und man hatte eine herrliche Aussicht auf die kleine Stadt.
»Wollen wir nicht einmal nach Klagenfurt fahren, Liebster? Ich habe mich erkundigt, es gehen Busse!«
»Du hast dich erkundigt?« Stefan lachte. »Wie machst du das eigentlich, ohne daß ich davon etwas mitbekomme?« »Nun, Frau Moser weiß doch alles, es liegen auch Fahrplane im Hause aus!«
Klagenfurt gefiel ihnen sehr! Stefan konnte Constance nur schwer von den Auslagen der Geschäfte wegziehen und es war ihm klar, daß es ohne eine Neuanschaffung, vielleicht eines der bildhübschen Dirndl, nicht abgehen würde, so weit kannte er nun seine Herzliebste schon! Staunend standen sie vor den wunderschönen alten Häusern, dem Lindwurm, als dem Wappentier der Stadt und dem großen Denkmal Maria Theresias, der Mutter Österreichs!
Schließlich wollte Stefan unbedingt den Wappensaal von innen sehen und seine Begeisterung war echt!
»Schau dir das an, Stefan!« Sie waren vor einem Modehaus stehengeblieben und Stefan konnte ein Schmunzeln nur schwer verbergen.
»Welches ist es denn?« fragte er lächelnd.
»Dies dort! Ein rosagrundierter Rock mit eingewebten Arabesken in Braun und Schwarz, dazu ein braunes Samtmieder.«
»Geschmack hast du, mein Schatz, das muß dir der Neid lassen!

Und einen kostbaren dazu!«
»Stefan! Stefan! Stefan?!«
Er hätte ein Herz aus Stein haben müssen, wäre er bei solchen Tönen nicht weich geworden!
»Schon gut, du kriegst es ja! Aber erst muß probiert werden! Bei dem Preis kaufe ich nicht die Katze im Sack!«
Es stand ihr ganz wunderbar und sie drehte sich immer wieder vor dem Spiegel.
»Ist es nicht wunderschön?«
»Es kleidet gnä Frau ausgezeichnet, wie für sie gemacht!« sagte die Verkäuferin.
Wie gut sie ihm darin gefiel, sah sie an Stefans Gesicht. Das Mieder war etwas tief ausgeschnitten, aber Constance konnte es tragen, sie hatte ein makelloses Dekolleté. Zudem stand ihr das warme Braun des Mieders wundervoll zu ihrem roten Haar.
Mit dem Dampfschiffchen machten sie Ausflüge auf die Insel »Maria Wörth«, besichtigten den alten sehr malerischen Friedhof mit den schönen alten schmiedeeisernen Grabkreuzen. An einem besonders schönen Spätsommertag stiegen sie auf die Burg Hochosterwitz und Stefan machte die nettesten Aufnahmen. Und Conny im neuen Dirndl, strahlend und jung und schön und ganz weich und warm, von Innen heraus!
Einmal, beim Frühstück, entdeckte sie in der Tageszeitung die Anschrift einer Dichterin, deren Namen sie an ihre Jugend erinnerte. Als Siebzehnjährige hatte sie – noch in der alten Heimat – »Das Singerlein« verschlungen, die Geschichte eines armen Jungen, der, mit seiner Geige unter dem Arm, über die staubigen Straßen von Kärnten wandert und in einem Kloster freundliche Aufnahme findet.
»Da muß ich hin, Stefan, es ist ganz in der Nähe von Klagenfurt!«
»Aber du kannst doch der Künstlerin nicht einfach so ohne Voranmeldung ins Haus schneien!« widersprach ihr Stefan.
»Frau Dolores Vieser-Aichbichler?« fragte die Wirtin. »Ja, das ist ja unsere große Kärntner Heimatdichterin! Die ist ja weit über Kärnten und Österreich hinaus bekannt!« »Hemma von Gurk,

Fürstin und Mutter Kärntens«, kennen sie des? Ein wundervoller Heimatroman!«
Constance kannte ihn, er gehörte zu den Büchern, die sie hatte zurücklassen müssen; bei fünfzig Kilo Gepäck konnte man nicht noch Bücher mitnehmen! Ein wehmütiges Gefühl schnürte ihr die Kehle zu: Erinnerung!
Schließlich aber sah sie ein, was Stefan vorbrachte. Eine Stippvisite war da wohl nicht angebracht? Aber sie nahm sich vor, ihr von daheim zu schreiben. Doch sie ließ es sich nicht nehmen, wenigstens den Dom von Gurk zu besuchen, eine Stiftung der Heiligen Hemma. Tief beeindruckt von der Schönheit des Gotteshauses selbst der evangelische Gatte! In der Krypta war ein großer seltsam runder Stein, von dem es hieß, wer sich darauf setze, habe einen Wunsch frei! Conny ließ es sich nicht nehmen und setzte sich darauf!
»Was hast du dir gewünscht, Schatzile?«
»Errätst du es nicht?«
»Natürlich!« Er ergriff ihre Hand und hielt sie lange fest.
Nichts und niemand konnte ihnen diese Gemeinschaft nehmen! Immer gab es zwischen Liebenden Gemeinsamkeiten, von denen der Außenstehende nichts wußte, nichts zu wissen brauchte.
Von Pörtschach in Richtung Klagenfurt lag noch eine große Sehenswürdigkeit, eine Touristenattraktion ganz besonderer Art: das Minimundus! Eine Anlage von europäischen Sehenswürdigkeiten in Kleinformat! Der Stefansdom von Wien, der Dom zu Gurk, der Arc de Triumpf aus Paris und der Eifelturm, das Brandenburger Tor, das Weiße Haus in Washington und vieles mehr!
Conny, die ehemalige Kindergärtnerin, an das Kleine gewöhnt, stieß kleine Entzückensrufe aus, über die sich Stefan köstlich amüsierte!
Der Aufenthalt in Kärnten neigte sich dem Ende zu. Beide dachten mit stillem Grauen an die Heimkehr in ihr so gestörtes Zuhause, aber keiner wollte es dem anderen eingestehen!
Aus Berlin kam ein Brief des Sohnes, er schrieb, es sei ein Käufer

für das Haus in Sicht, der Vater möge zurückkehren. Die Heimreise gestaltete sich etwas schwierig. Conny hatte zwar das sich selbst gegebene Versprechen gehalten und drei Wochen lang die Schwierigkeiten daheim mit keinem Wort erwähnt, jetzt aber hieß es, sich der schlimmen Wirklichkeit stellen!
»Wir können von dem Geld, das wir für das Ludwigshafener Haus erzielen, irgendwo, wo es uns gefällt, nochmals bauen, klein, nur für uns!« schwärmte Stefan.
Constance sah ihn etwas skeptisch an.
»Du kennst unser schönes Land noch nicht, Liebes, die Pfalz hat wunderhübsche Flecken. Wenn wir uns in irgendeinem kleinen Weindorf niederlassen ...«
Zunächst waren sie von der langen Reise sehr müde und schliefen tief und erholsam. Dann brachten die Freunde Florian wieder, der sich ganz verrückt in die Arme seines geliebten Herrchens kuschelte.
»Sieh dir den an!« sagte Conny, etwas enttäuscht, »und wo bleibe ich?«
»Wo ist denn Frauchen, Florian?« fragte Stefan und der Kater verstand, ging zu Conny und schmuste sich bei ihr ein.
»Dumm ist er nicht, er weiß, wer ihm sein Schüsselchen füllt!«
Constance erinnerte sich an eine Kollegin im Büro, wo sie einmal gearbeitet hatte.
»Rosemarie ist nach meinem Weggang aus der Firma ebenfalls von dort weggegangen und zwar zu einem Makler!«
»Was willst du damit sagen?«
»Daß ich über sie erfahren könnte, ob dieser uns nicht vielleicht ein bereits fertiges kleines Haus vermittelt?«
»Keine dumme Idee, manchmal, wenn man Glück hat, wird einem etwas Nettes angeboten und die Aufregungen eines Neubaues fielen weg!«
So rieten sie hin und her, schließlich rief Conny den Makler an und als der ein Geschäft witterte, war er auch gleich zur Stelle. Zu diesem Zeitpunkt wußten sie noch nicht, daß alles, was sie taten oder nicht taten, beobachtet und nach Berlin berichtet wurde!

Aus dem völlig unverbindlichen Besuch des stadtbekannten Maklers sollte man Conny später eine Intrige anhängen, nämlich daß sie versucht habe, mittels dieses Mannes Stefan um sein Vermögen zu bringen!
Zunächst erfuhren sie etwas, was sie mit großer Erleichterung zur Kenntnis nahmen! Der Sohn hatte den Müllers zu einem nahen Zeitpunkt gekündigt!
»Mir fällt ein Felsbrocken vom Herzen!« sagte Constance.
»Und mir erst!« konterte Stefan. Aber ... noch war es nicht so weit.
Conny putzte die Fenster des Speisezimmers, die hinaus auf den Garten gingen. Man konnte von dort bis hin zur Garage blicken, die eine Doppelgarage war, denn auch das Müllersche Auto stand dort.
Und da sah sie Frau Müller, die immerzu die Hand hob, ohne daß Conny sogleich begriff! Wie sollte sie auch auf so etwas kommen! Frau Müller zeigte ihr ganz unmißverständlich den Vogel!
Ein anderesmal trafen sie die Frau mit einem Kleinkind am Arm, als sie beide, von der Garage kommend, ins Haus strebten. Es fiel beiden auf, daß sich das Kind, beim Anblick von Constance sichtbar voll großer Angst in die Arme seiner Mutter verkroch.
»Hast du das gesehen?« fragte Conny, als sie in ihrer Wohnung ankamen.
»Ein Kind, das sich vor mir fürchtet!« Sie konnte es nicht verhindern, daß sie in Tränen ausbrach! »Immer haben mich die Kinder geliebt, dieses Alter habe ich viele Jahre, die besten Jahre meines Lebens, betreut!«
Stefan nahm sie in seine Arme: »Aber Liebling, einem Kind in diesem zarten Alter kann man doch Angst suggerieren! Das weißt du doch!« Und als sie nicht aufhörte zu weinen, »Liebes, es gehört nicht viel dazu, als Mutter dem Kind zu sagen: wenn du nicht brav bist, wird Frau Körner dich schlagen! Wie primitiv!«
»Woher dieser abgrundtiefe Haß?« fragte Conny immer wieder.
Stefan drehte die Briefkarte immer und immer wieder um.
»Merkwürdig, ein alter Schulkamerad meldet seinen Besuch an! Wie findest du das?«

»Ist doch einmal eine nette Abwechslung, freue dich doch darüber. Wann will er denn kommen? Er bleibt doch zum Essen? Und was soll ich kochen?« Sie war ganz kleine Hausfrau!
Kurt Hartmann war ein gut aussehender Mann, mit guten Manieren. Er überreichte Constance einen wunderschönen Herbstblumenstrauß.
»Danke! Ich werde gleich eine passende Vase suchen!«
Sie eilte davon.
»Hm, gratuliere, das ist ja eine reizende Person!« Er lachte den Schulkameraden an und drohte lachend mit dem Finger. Stefan errötete vor Besitzerstolz!
»Nimm doch Platz, Kurt, wir haben uns lange nicht mehr gesehen!«
Sie plauderten über vergangene Zeiten und Stefan, der Conny zuliebe nur noch schriftdeutsch sprach, verfiel sehr schnell in das vertraute pfälzisch. Nach dem Essen blieben die Herren noch bei einem Glas Wein sitzen, während Conny sich in die Küche begab. Sie wollte den beiden die Gelegenheit geben, unter sich zu sein und alte Erinnerungen auszugraben.
»Deine zweite Ehe hat viel Staub aufgewirbelt?« fragte der Freund.
»Nun ja, du kennst das ja! Heinz war immer schwierig und ein verzogenes Muttersöhnchen! In Wirklichkeit geht es um ganz andere Dinge!«
»Um das Erbe?!«
»Du sagst es!«
»Ich komme auch noch aus einem anderen Grund, Stefan! Hüte dich vor den Müllerschen über euch, sie machen überall gegen euch Stimmung, vor allem gegen deine Frau! Und den Grund kennst du nicht?«
»Nein, wie sollte ich!«
»Aus glaubwürdiger Quelle weiß ich, daß der Müller mit deinem Sohn ein Vorkaufsrecht auf euer Haus abgeschlossen hat! Wußtest du das?«
»Heinz?« Stefan wurde blaß. Sollte ihm sein Sohn derart in den

Rücken gefallen sein? »Den, der es mir sagte, kann ich dir nicht nennen, aber er ist absolut glaubwürdig und weiß es aus erster Hand!«

»Demnach hat Heinz von Anfang an die Absicht gehabt, nach dem Tod seiner Mutter das Haus hier zu verkaufen, ohne meine Meinung dazu zu hören! Schließlich bin ich Mitbesitzer! Ohne mich kann er gar nicht verkaufen!«

»Man sagt, er wollte dich nach Berlin nehmen!«

»Wollte er das? Er verfügt also über meinen Kopf hinweg, wo ich zu leben habe! Autoritär war er ja schon immer, das beklagen ja auch seine Patienten!«

Der Besuch seines alten Schulkameraden hatte eines gezeitigt: Stefan sah jetzt klarer! Daher also hatten die Haßtiraden der Müllers ihre Wurzeln bezogen! Diese abermalige Ehe kam ihnen äußerst ungelegen! Wenn er wieder heiratete, hatte er auch nicht vor wegzuziehen, würde sein Haus, dieses wunderschöne komfortable Haus, nie freiwillig aufgeben! Alle Felle waren ihnen davongeschwommen!

Stefan erzählte seiner Frau, was der Freund ihm anvertraut hatte.

»Jetzt sehe ich alles aus einem ganz anderen Blickwinkel!« antwortete sie ihm.

»Ich auch!« Sie saßen noch lange, Hand in Hand, an jenem Abend und das Herz war ihnen schwer!

»Aber eines werde ich zu verhindern wissen: der Müller bekommt unser Haus nicht! Nur unter dieser Zusicherung werde ich meine Zustimmung zum Verkauf des Hauses geben!«

Und so geschah es! Was freilich den durchtriebenen Burschen nicht daran hinderte, mit einem Strohmann aufzuwarten! Aber Stefan hatte noch Freunde, die es ihm hinterbrachten, so daß er noch rechtzeitig einen Riegel vorschieben konnte.

Der Herbst kam in diesem Jahr rauh und mit viel Regen und Nebel. Ein Käufer für das Haus konnte nicht ohne weiteres gefunden werden! Beide, sowohl der Vater, als auch der Sohn, hatten eine bestimmte Summe im Auge, nicht eben gering: eine Viertelmillion!

Es fand sich endlich doch eine Familie, die nach Ludwigshafen zuzog und bereit war, die gewünschte Summe zu zahlen. Man traf sich beim Notar, um den Kaufvertrag aufzusetzen. Vorher rief Heinz aus Berlin an und verlangte, Constance möge bei der Zeremonie des Hausverkaufes fernbleiben, schließlich sei sie ja nicht beteiligt.
»Kommt deine Frau auch mit?« fragte Stefan und als der Sohn bejahte, »dann sehe ich keinen Grund, meine Frau nicht ebenfalls dabei zu haben!«
Die Müllers hatten die Abwesenheit Stefans und seiner Frau benutzt, auszuziehen. Die »Heimkehrer« hatten es mit großer Genugtuung aufgenommen. Zum Notar hatte Constance ein schlichtes dunkelblaues Kleid angezogen. Sie sah erholt aus und ließ sich nicht anmerken, wie sehr das schlechte Benehmen ihrer Verwandtschaft sie verletzte. Man gab ihr weder die Hand zur Begrüßung, noch richtete man das Wort an sie. Constance war so erhaben über diese Haßgefühle, daß sie es sogar vermochte, ihrem Mann immer wieder freundlich und aufmunternd zuzulächeln!
Wahrscheinlich wußte sie allein, was ihn der Verkauf des Hauses, das er für sein Alter gebaut hatte, kostete. Die Käufer des Hauses, ein Direktor der großen Chemiefirma BASF, begegneten Constance mit derselben Liebenswürdigkeit, wie den anderen, obgleich ihnen das Verhalten des Sohnes und dessen Frau nicht entgangen sein konnte. Man einigte sich darauf, daß Stefan und seine Frau so lange in ihrem ehemaligen Haus wohnen konnten, bis sie etwas ihnen zusagendes gefunden hatten; zweifellos ein nobles Angebot.
»Für die obere Wohnung haben wir schon einen Interessenten!« sagte Herr K., aber sie werden – so hoffe ich – angenehme Mitbewohner sein!«
Man trennte sich vor dem Haus des Notars, jeder stieg in sein Auto.
»Willst du nicht zu einer Tasse Kaffee mitkommen?« fragte Stefan den Sohn und die Schwiegertochter. Man schützte Eile vor und

empfahl sich. »Er hat dir nicht einmal zum Abschied die Hand gegeben!« knirschte Stefan wütend. Es war ihm nicht entgangen, wie demütigend man seine Frau behandelt hatte.
»Aber das ist doch gar nicht wichtig, Stefan, man kann Sympathie nicht erzwingen! Du siehst, ich habe es überlebt.«
Sie versuchte zu lächeln, aber es mißlang. In Wahrheit litt sie sehr, ihm, Stefan, wollte sie es aber nicht eingestehen! Sie war sich keiner Schuld bewußt, es sei denn, ihre Liebe zu seinem Vater sah er als solche an.
Ein Sohn, der immer die erste Geige in der Familie gespielt hatte, der ihr nun die Liebe des Vaters neidete, Neid? Ja, was sonst konnte es sein? Ungefähr einen Monat später zog ein junges Paar über ihnen ein. Beide waren berufstätig, und von dem unvermeidbaren Umzugslärm abgesehen, verhielten sie sich ruhig und höflich.
An Allerheiligen besuchten sie die Gräber, das der ersten Frau und das von Constances Vater. Sie zündeten jedem ein Licht an und versorgten die Gräber mit frischen Blumen, so wie es Conny von zu Hause nicht anders kannte. Als sie an diesem Tag beim Abendessen saßen, passierte es dann: gerade, als sie Stefan noch ein Stück kalten Braten vorlegen wollte, erhob er sich plötzlich.
»Was ist los?« fragte Constance irritiert.
Er war totenblaß, bekam plötzlich eine spitze Nase und wankte.
»Um Gotteswillen, Stefan, was ist mit dir?«
Er hielt seine Hände an den Leib und als sie an ihm vorbei ans Telefon laufen wollte, bekam er, der sich inzwischen auf die Couch gesetzt hatte, sie zwischen seine Knie und stammelte: »Oh, mein Herz, daß ich dich jetzt schon verlassen soll«.
»Sag' so etwas nicht, Liebster, laß mich den Arzt rufen.«
Sie entwand sich ihm sanft und stürzte ans Telefon, das auf Stefans Schreibtisch im Wohnzimmer stand. Sie wählte die Nummer des Hausarztes, aber ... das Telefon war tot! Ohne sich zu besinnen, lief sie hinauf zu den neuen Mietern und bat darum, telefonieren zu dürfen, aber auch deren Telefon gab keinen Laut von sich. Da setzte sich der junge Mann ins Auto und versprach,

Hilfe zu holen. In der Zwischenzeit packte Constance ein kleines Köfferchen mit den wichtigsten Sachen: Pyjama, Zahnbürste, alle seine Medikamente. Dann ging sie wieder zu ihrem Mann und sprach ihm tröstend zu.
»Es wird sofort ein Krankenwagen kommen, du mußt schnellstens in ärztliche Hände.«
Er war völlig teilnahmslos, hielt nur ihre Hand umklammert.
»Du kommst doch mit?«
»Natürlich komme ich mit, mein Schäfchen.«
Da waren auch schon zwei Helfer des Roten Kreuzes mit einer Bahre da, auf die sie ihn vorsichtig betteten, während Constance seine Oberbekleidung auf den Arm nahm und schnell in ihren Mantel schlüpfte. Sie löschte alle Lichter, beruhigte den Kater Florian und schloß die Türen ab. Sie fuhren mit Rotlicht und Notrufhupe ins Krankenhaus. Die ganze Zeit über saß sie neben ihm und sprach ihm Mut zu.
»Nur Mut, mein Herz, es wird dir bald besser gehen!«
Constance hätte später nicht sagen können, wie alles weiterlief. Die beiden Träger brachten Stefan sofort auf die Intensivstation und sie blieb in einem klitzekleinen Raum, einer Art Wartezimmer, allein zuruck. Später kam noch eine ältere Frau dazu, wohl in derselben Situation. Ihre Nähe und daß sie ein paar Worte austauschen konnten, half der völlig verzweifelten Constance über diese verzweifelte Lage hinweg. Sie hörte ein Geräusch vor der Tür und öffnete. Da sah sie, wie man Stefan aus der Intensivstation herausrollte. Sie sah, daß er offenbar etwas gegen die schlimmsten Schmerzen bekommen hatte. Er lag ganz friedlich da und als er sie erkannte, huschte ein glückliches Lächeln über sein blasses Gesicht. Sie wollte sich ihm nähern, wurde aber von einem der Träger weggescheucht. Ein Arzt lief ihr in die Arme. Sie sprach ihn an und bat, ihr zu sagen, wie es ihm gehe.
»Es geht ihm den Umständen entsprechend, gnädige Frau, es ist ein Herzinfarkt, ein Glück, daß er so schnell zu uns gebracht wurde! Sie können jetzt nichts mehr für ihn tun, fahren sie nach Hause! Morgen können sie uns anrufen, dann wissen wir mehr.«

Er eilte weiter ... Auf einmal überfiel sie eine entsetzliche Müdigkeit, ihre Knie wurden seltsam weich! Sie kam an einem kleinen Kabinett vorbei, dort setzte sie sich auf einen Stuhl und auf einmal weinte sie!

In dieser Situation traf sie der Krankenhausseelsorger, der gerade vorüberging. Er tröstete sie freundlich und geleitete sie ans Tor. Dort rief man ihr eine Taxe, die sie nach Hause brachte.

Automatisch machte sie – es war inzwischen Mitternacht vorbei – die Handgriffe, die sie brauchte, um ins Bett zu kommen. Da lag sie nun schlaflos und voll schrecklicher Angst um den einzigen Menschen, den sie hatte und der sie je geliebt hatte.

»Bitte, lieber Gott, laß ihn nicht sterben, wir haben uns so lange gesucht und endlich gefunden, Erbarmen, Herr.«

Weinend vor Erschöpfung, schlief sie ein. Am nächsten Tag rief sie sofort das Krankenhaus an und erfuhr, daß Stefan die Nacht gut überstanden hatte. Sehen freilich könne sie ihn erst in ca. drei Tagen. Constance machte sich klar, daß sie den Sohn verständigen mußte, immerhin war der Vater in Lebensgefahr. Um allen Unfreundlichkeiten am Telefon vorzubeugen, telegraphierte sie.

Am dritten Tag ging sie ins Krankenhaus. Man hatte ihn inzwischen aus der Intensivstation in ein Zweierzimmer gelegt. Unterwegs nahm sie ihm ein kleines Alpenveilchen mit. Auch eine Flasche von dem selbstgebrauten Johannesbeersaft hatte sie vorsorglich mitgenommen, den durfte er sicher schon trinken.

Ein Leuchten ging über sein Gesicht, als sie eintrat.

»Stefan!« Sie schloß ihn in die Arme. »Wie fühlst du dich, mein armer Liebling?«

Er hatte Mühe, ihr zu antworten, seine Stimme war so leise, als komme sie von weit her.

»Sprich nicht, wenn es dich anstrengst, es genügt, wenn du nickst.«

»Jetzt geht es mir sehr gut ... weil du bei mir bist. Bitte rufe Heinz an, er muß es ja wissen.«

»Schon geschehen, Liebster, ich habe ihm gestern telegraphiert! Hat er sich noch nicht gemeldet?«

Die Stationsschwester machte sie darauf aufmerksam, daß sie diesen ersten Besuch nicht zu lange ausdehnen möchte. Sie nickte und erhob sich. Als sie am nächsten Tag wiederkam, erfuhr sie von der Schwester, daß »der Herr Doktor aus Berlin« dagewesen sei.

»Heinz war da, wie schön!« Stefan nickte.»Er will morgen wiederkommen! Er ist bei meinem Bruder in Mundenheim abgestiegen.«

Sie dachte bitter: warum nicht im Elternhaus, sie hatte es ihm nie verwehrt. Aber ... dann hätte er ja mit ihr sprechen müssen, das ging wohl nicht an.

Dr. Heinz Körner hatte es einzurichten gewußt, daß seine Besuche am Vormittag möglich waren, um jeden Preis wollte er ein Zusammentreffen mit der verhaßten »Stiefmutter« vermeiden. Darüberhinaus hatte er dem Chefarzt gegenüber noch einige Andeutungen verloren, nur Andeutungen, Konkretes zu sagen, war er viel zu vorsichtig, es genügte völlig, gegen die Frau Mißtrauen zu säen; man hatte da so seine Methoden ... alter Mann und junge Frau. Der Herzinfarkt kam ja nicht von ungefähr.

Stefans Wiedergenesung machte nur sehr kleine Fortschritte. Einmal traf sie am Krankenbett mit dem Schwager Eduard und dessen Frau zusammen, die sie nur ganz flüchtig kannte. Er war ein »Spätgeborener« und sehr viel jünger als Stefan.

Seit ein paar Tagen schneite es, man war immerhin im November. Weiße Weihnachten waren in diesem Landstrich absolut selten. Constance, die aus dem schneereichen Riesengebirge kam, freute sich! Sie war mit Schnee aufgewachsen. Sie sprach mit dem Stationsarzt, der zufällig um die Wege war.

»Er wird doch Weihnachten heimdürfen, Herr Doktor?«

»Das kann man jetzt noch nicht sagen, wenn es irgend geht, natürlich!«

Sie nickte. Es ergab sich so, daß sie mit dem Arzt noch ein paar Schritte gemeinsam hatte.

»Das alles war wohl zuviel für ihn! Sein Sohn sagte mir, daß mit dieser zweiten Ehe eine Menge Aufregungen auf ihn zukamen, bei seinem bereits angeschlagenen Herzen war das natürlich ganz verkehrt.«

Constance sah ihn entgeistert an, was sollte diese Bemerkung? Sie erkannte sofort den Einfluß des »Berliner Kollegen«.

»Was wollen Sie damit sagen, Herr Doktor, ich kann Ihnen da nicht ganz folgen.«

»Nun ja«, es war dem jungen Stationsarzt sichtlich unangenehm, »immerhin hat Herr Dr. Körner recht, wenn er sagt: wir wissen ja gar nicht, woher die Frau kommt«.

Der ererbte Jähzorn ihres Vaters stieg plötzlich in ihr hoch. Also war es Heinz gelungen, auch hier bereits Stimmung gegen sie zu machen, das war ja ungeheuerlich.

»Nun, wenn der Herr Dr. Körner nicht weiß, daß Böhmen ein altes Kulturland ist, dann hat er in der Schule nicht aufgepaßt!« sagte es, und ließ den verdutzt dreinschauenden Arzt stehen.

An dem Tag, an dem sich der Bruder ihres Mannes und sie am Krankenbett trafen, war besonders böses Wetter. Stefan, nicht sie, bat den Bruder: »Kannst du Conny nicht mitnehmen, sie hat bei diesem schlechten Wetter einen so weiten Heimweg.«

Da Constance eine Ablehnung voraussah, fiel sie Stefan ins Wort: »Danke, lieber Schwager, ich habe noch ein paar Besorgungen zu machen, es würde mir jetzt noch gar nicht passen.«

So kam sie einer Absage zuvor, die Herta, seiner Frau, schon auf der Zunge lag. Von der Schwester erfuhr sie, daß Stefan so gut wie gar nichts zu sich nahm. Also brachte sie ihm jeden Tag eine Flasche von dem selbstgebrauten Johannisbeersaft mit, den sie ihm selbst einflößte und den er aus ihren Händen mit Appetit trank.

»Wer hätte das gedacht, Liebster, daß uns der selbstgebraute Saft so nützlich sein würde, gell?«

Ein Lächeln blühte auf auf dem Gesicht des Kranken. Oh, wie sie dieses Lächeln glücklich machte.

»Du mußt aber auch etwas essen, mein Herzblatt, sonst kannst du an Weihnachten nicht heim! Stell dir vor, dein Weibele müßte

an Weihnachten allein sein, ich würde mir die Augen aus dem Kopf weinen, das willst du doch nicht?«
Als er nicht antwortete, nur leise seufzte, sagte sie: »Könntest du nicht mir zuliebe eine Kleinigkeit essen? Du denkst an mich und daß ich an Weihnachten auf dich warte und daß du nur heimdarfst, wenn du etwas gekräftigt bist. Versprich es mir.«
Sie hielt ihm die Hand hin und er ergriff sie mit sanftem Druck.
Eines abends rief sie der Stiefsohn aus Berlin an: »Nun sehen Sie, wohin diese Streitereien mit den Müllers geführt haben. Wenn dem Vater was zustößt, wie wollen Sie das verantworten?«
»Ihr Vorwurf trifft mich nicht. Wenn Ihre Partei bei Ihnen soviel glaubwürdiger war, als wir, mich sollten sie dazu noch das erste Mal hören, so ist das Ihre Sache. Mit der schweren Erkrankung Ihres Vaters habe ich mit Sicherheit am wenigsten zu tun! Ich kann nur für ihn beten! Und ... für Sie.«
Damit hängte sie auf. Es kam Weihnachten, ihr erstes gemeinsames Weihnachten und am 18. Dezember durfte Stefan das Krankenhaus verlassen. Constance hatte das gemeinsame Heim so liebevoll wie möglich weihnachtlich geschmückt, überall standen Vasen mit Tannengrün. Den Baum hatte sie beim Gärtner bestellt, es konnte gar nichts mehr schiefgehen.
Bereits am ersten Tag , den er wieder zu Hause verbrachte, erhielt Stefan einen Anruf seines Sohnes aus Berlin. »Ich habe mit dem Professor gesprochen, Vadder, du mußt sofort auf Erholung in ein Herzbad!«
Constance stand daneben und hörte mit. Sie nahm ihrem Mann den Hörer aus der Hand. »Guten Tag!« sagte sie freundlich: »Ich bin so froh und Ihr lieber Vater ist es mit mir, daß er wieder zu Hause ist. Wir werden jetzt erst einmal ein ruhiges und friedliches Weihnachtsfest feiern!«
Der Teilnehmer am anderen Ende der Leitung widersprach heftig. »Vadder muß sofort in ärztliche Betreuung, immerhin war er schwer krank.«
Da mischte sich Stefan ein und sagte so energisch, wie sie es ihm gar nicht zugetraut hätte: »Meine Frau hat recht, jetzt bin ich erst

einmal daheim und wir werden unser erstes gemeinsames Weihnachtsfest in unserem gemütlichen Heim feiern, alles andere hat Zeit bis nach den Feiertagen!«
Ehe der Sohn Einspruch erheben konnte, hatte er aufgelegt. Constance konnte sich des Eindrucks nicht erwehren, daß der Sohn immer aufs Neue sich in ihr gemeinsames Leben drängte. Offenbar wollte er die für ihn so ärgerliche neue Bindung um jeden Preis stören.
»Ich werde morgen versuchen, mit dem Professor persönlich zu sprechen. Wenn er derselben Auffassung ist, was ich nicht glaube, können wir immer noch unmittelbar nach den Festtagen einen solchen Badeurlaub ins Auge fassen.«
»Tu das, Schatzile, aber glaube mir, ich bin es so leid, immer wieder von dir getrennt zu werden. Ich würde eine Kur im Frühjahr, zusammen mit dir, für viel sinnvoller halten!«
Es war sehr schwierig, den viel beschäftigten Professor, so unmittelbar vor dem Fest, zu einem Gespräch zu bekommen. Aber es gelang Constance und sie erhielt von diesem die Zusicherung, daß sie ganz richtig handle, wenn sie den Rekonvaleszenten zunächst die Ruhe und den Frieden des eigenen Heimes genießen lasse.
»Für eine Kur in einem Herzbad, empfehle ich Ihnen, liebe gnädige Frau, das Frühjahr.«
»Danke vielmals, Herr Professor, Sie verstehen sicher, wie schwer mein Standpunkt ist, da mein Herr Stiefsohn, der ja auch Mediziner ist, mich in dem Glauben ließ, Sie, Herr Professor, hätten dies angeordnet.«
»Davon kann überhaupt keine Rede sein. Ich bin sicher, der Herr Gemahl befindet sich bei Ihnen, verehrte gnädige Frau, in den allerbesten Händen.«
Tiefbefriedigt fuhr Constance heim. Sie hatte sich für alle Fälle Rückendeckung besorgt. Stefan hatte sehr abgenommen. Sein kleines Bäuchlein, über das sie manchmal liebevoll gewitzelt hatte, war gänzlich fort.
»Du wirst manches nicht mehr tun dürfen, was dir bisher so

wichtig war, z.B. deine Zigarren!« Er seufzte. »Aber meinen Wein...?«
»In Maßen, mein Pfälzer Bub!« lachte Constance. »Nur werde ich anders kochen müssen! Vieles, was du gerne gegessen hast, wird vom Speisezettel gestrichen.«
Und als sie sein trauriges Gesicht sah, tröstete sie ihn: »Keine Bange, es gibt eine Menge Diätgerichte, die ganz ordentlich schmecken.«
Zum Fest hatte sie ihn mit einer altrosa Doppelbettdecke überrascht. Sie waren ja noch nicht vollständig eingerichtet und sie hatte vor Krankenbesuchen zu gar nichts Zeit erübrigt. Das Schlafzimmer hatten sie neu gekauft. Es war ein Stilschlafzimmer in Nußbaumholz und sie hatte es mit altrosa Übergardinen ausgestattet. Auch die Tapete, die Stefan selbst angebracht hatte, trug auf beigem Grund kleine altrosa Schleifchen und altroso waren die Lampenschirmchen über den Nachtkästchen.
Am Vorabend des Heiligabend, schmückten sie zusammen den Baum. Stefans Wangen glühten, vor freudiger Begeisterung! Constance sorgte dafür, daß er Pausen einlegte und sich immer wieder ein bißchen hinsetzte. Dabei half ihm Florian, der Perserkater, der nicht mehr von seiner Seite wich. Unter den Baum stellte Conny ihre selbstgebastelte Krippe.
»Die hast du tatsächlich selbst gebastelt, Liebes?« staunte der Gatte.
»Es ist Laubsägearbeit, darin war ich ziemlich gut!« antwortete sie stolz.
Florian schien sie auch zu gefallen. Er streckte sich in seiner ganzen Länge – und er war inzwischen ein ausgewachsener Kater – daneben hin.
»Guck dir den an«, lachte Constance, »er ist ganz schön frech. Neben die Krippe.«
»Laß ihn doch, ich finde, er macht sich recht gut daneben.«
Am Heiligabend gab es Karpfen blau und Wiener Apfelstrudel, der Conny wunderbar gelungen war. Sie mußte Stefan bremsen. Vor dem Weihnachtsbaum und den brennenden Lichtern nahm

Stefan seine Frau zärtlich in die Arme: »Laß uns singen, ja?« Und sie sangen gemeinsam das ewig alte, ewig neue »Stille Nacht, Heilige Nacht«.
»Ich habe gar nichts für dich besorgen können, mein Schatzile!« sagte Stefan traurig, »wir holen es nach dem Fest nach.«
»Das macht doch gar nichts. Was glaubst du, wie ich gebetet habe, daß du mir erhalten bleibst! Mein schönstes Weihnachtsgeschenk bist du.«
Zärtlich schloß sie ihn in ihre Arme.
Nach den Feiertagen wollte Stefan in die Stadt. Conny, die seine Eile nicht recht verstand, begleitete ihn.
»Was hast du vor?«
»Du brauchst doch einen neuen Wintermantel, hab ich recht?«
Erst gingen sie zur Bank, wo Stefan eine größere Summe abhob. Dann gingen sie in ein Pelzgegchäft.
»Stefan, du bist von Sinnen.«
»Laß mich nur machen, ich weiß schon, was ich tue.«
Sie mußte probieren und als sich die erste Verwirrung bei ihr gelegt hatte, begann sie sich zu freuen. In einem Nerz, der mit seinem sanften glänzenden Braun wundervoll zu ihrem kupfernen Haar paßte, sah sie aus, wie die Prinzessin im Märchen!
»Es ist genau ihre Größe, gnädige Frau, sie sehen darin bezaubernd aus!« flötete der Verkäufer. Sie sah sich in den Augen ihres Mannes, der keinen Blick von ihr wenden konnte.
»Wir nehmen ihn.«
»Aber Stefan, der Preis.«
Aber da hatte der Verkäufer ihn ihr schon diskret abgenommen und sie stand da wie die Goldmarie aus dem Märchen, am Grabe der Mutter. Sie hatten das Auto dabei und so verstaute der Verkäufer das kostbare Stück auf der Hinterbank des Wagens. Erst daheim hatte Constance Gelegenheit, ihrem Stefan um den Hals zu fallen.
»Freust du dich?«
»Welch eine Frage, ich bin sprachlos.«
»Nun, das ist mitunter auch nicht schlecht!« lachte der Gatte.

»So viel Geld!«
»Das bist du mir wert!«
Aber Constance hätte keine Frau sein dürfen, wenn sie über ein solches Geschenk nicht hoch erfreut gewesen wäre!
Nun, da die böswillig Unruhe stiftenden Müllers nicht mehr im Hause waren, lebten sie beide sichtlich auf. Constance bestand darauf, daß sich Stefan nach Tisch immer ein Stündchen hinlegte. Sie umsorgte ihn liebevoll und er blühte unter ihrer Fürsorge sichtlich auf.
Trotzdem blieben die Realitäten bestehen, das Wissen, daß sie in ihrem nun nicht mehr ihnen gehörenden Hause nur geduldete Gäste waren. Der Sohn ließ nicht locker. Immer wieder rief er den Vater an und drängte auf eine Kur in irgendeinem Herzbad.
Sie wählten Bad N., das ihnen empfohlen worden war.
Wieder mußte ein Plätzchen für Kater Florian gefunden werden, diesmal nahm ihn eine Freundin von Conny in Mannheim. Vorher freilich fuhren sie, sich eine Wohnung anzusehen, denn sie hatten in beiden Tageszeitungen inseriert und eine Menge Zuschriften erhalten.
Ein Angebot kam aus Neustadt a. d. Weinstraße, ein ganz besonders reizvolles Städtchen in der an malerischen Orten so reichen Pfalz.
Es ist etwas eigenes um Ahnungen und erste Eindrücke! Constance, die Übersensible, hatte damit ihre eigenen Erfahrungen. Als sie nach dem Hause fragten, war es ein langes, dürres, vertrocknetes Männlein, das vor dem wunderschönen Haus die Straße kehrte. Es war ein hartes primitives Gesicht, das sich ihnen zuwandte.
Ja, sie wären schon richtig, er wäre der Pirmin Lehr und dies wäre sein Haus und Anwesen.
Als sie sich vorstellten, wußte er, weshalb sie gekommen waren und reichte ihnen die Hand.
Constance hätte am liebsten ihren Stefan um die Mitte genommen und wäre mit ihm davongelaufen! Sie hatte den sehr ausgeprägten Eindruck unmittelbarer Gefahr. Die ältere Frau,

die in der Küche werkelte, war überfreundlich, putzte sich die Hände an der Schürze ab und beide führten sie dann ihre Besucher in das obere Stockwerk. Die Zimmer waren schön, nicht zu groß. Das Wohnzimmer, das das größte der Räume war, konnte man abteilen, das Schlafzimmer ging nach dem Hof. Constance warf einen Blick durchs Fenster und sah als erstes die lagernden dicken Betonrohre.

»Aber – das ist doch ein Baugeschäft!« wandte sie sich an den Mann. Und ehe dieser antworten konnte, sagte sie zu Stefan: »Aber – das kann doch nicht ruhig sein, Stefan, ich halte das für ausgeschlossen!«

Der Mann sah seine Frau an und diese überfiel die beiden mit einem Schwall von Worten, wobei sie sich mit wenig Glück darin versuchte, hochdeutsch zu reden.

»Wir haben das Baugeschäft aufgegeben, unser ältester Sohn hat es übernommen. Hier lagern nur die verschiedenen Sachen, die er braucht. Ihm gehört das schöne Anwesen gegenüber. Mit ihm haben sie aber gar nichts zu tun.«

Die Wohnung gefiel ihnen. Das Treppenhaus konnte man notfalls zumachen, natürlich auf eigene Kosten, damit man nicht von unten gestört wurde.

»Aber wir sind doch allein! Zwei ältere Ehepaare, zwei oben, zwei unten.«

Die Frau versuchte zu scherzen. Ihr gefielen die Leute, mit denen würde sie keine Schwierigkeiten wegen der Miete haben, die sahen nach Geld aus!

»Wir werden es uns überlegen!« sagte Stefan vorsichtig. Constance hatte ihm einen beschwörenden Blick nach dem anderen zugeworfen.

Auf dem Heimweg beschwor sie ihn: »Nichts für uns, Stefan, ich bitte dich! Wenn der Alte die Bauelemente im Hof lagert, wird der Sohn sie dort wegholen! Unser Schlafzimmer ist direkt über dem Hof!«

»Du siehst zu schwarz, etwas wird überall sein, was uns nicht gefällt! Du hast ja gehört, er hat das Geschäft nicht mehr!«

Mit sehr gemischten Gefühlen fuhren sie heim und Constance war voller Ablehnung.
Aber zunächst fuhr man zur Kur! Bad N. in Hessen, das sie beide noch nicht kannten, gefiel ihnen sehr. Sie hatten eine sehr schöne Pension gefunden, in der sie auch einmal am Tag eine warme Mahlzeit einnehmen konnten und zwar am Abend. Das war sehr angenehm, weil sie dann nach den verschiedenen Heilanwendungen nicht mehr aus dem Haus brauchten.
Es war noch früh im Jahr und in der Mitte des März hatte Stefan seinen sechzigsten Geburtstag.
»Ist es schlimm für dich, diesmal den Geburtstag, und noch dazu einen »runden«, nicht zu Hause zu feiern?« erkundigte sich Constance.
»Ach wo, wenn du bei mir bist, fühle ich mich überall zu Hause!«
»Ob Heinz wohl kommen wird?«
»Wenn er von seiner Klinik weg kann, sicher.«
Constance lächelte. Der Bruch zwischen Vater und Sohn, dessen unschuldige Ursache sie war, ging ihr sehr nahe. Sie sah, wie Stefan darunter litt. Der Frühling zeigte sich schon hier und da, vor allem im Kurpark, in dem sie täglich spazieren gingen, sobald Stefan seine Bäder und Massagen hinter sich gebracht hatte. Auch den Sprudel durfte man nicht vergessen und nicht das Kurkonzert, darauf achtete schon Frau Körner.
Acht Tage vor dem Geburtstag bekam Constance einen höflichen bittenden Brief des Sohnes. Sie möge doch um den Speiseplan des Vaters besorgt sein, er wolle ihn am Geburtstag besuchen. Alles selbstverständlich auf seine Rechnung, sie möge nur das beste Hotel aussuchen.
Constance freute sich über den Brief, der freilich jede Herzlichkeit vermissen ließ. Sie hatte einen Auftrag bekommen und sie würde ihn ausführen, nicht mehr und nicht weniger!
Um die Überraschung nicht in Frage zu stellen, sprach sie zu Stefan nicht über den Brief, arrangierte aber alles mit dem Küchenchef des Hauses, sie wußte ja, was Stefan gerne aß und was er essen durfte!

Angesichts des Geburtstages ließ sich die Küche dazu herab, einmal statt am Abend, das Essen schon zu Mittag zu servieren, so war man unter sich.
Der Pensionsinhaber, der zugleich auch der Wirt war, hatte den Tisch festlich gedeckt, und Stefan ging umher, wie ein Kind an Weihnachten.
»Freust du dich, Geburtstagskind?« lachte Conny und bediente ihn beim Frühstück mit ganz besonderer Aufmerksamkeit. Sie hatte für ihn ein besonderes Herrenparfüm ausgesucht, einen Duft, der auch ihr gefiel, und da sie ja jetzt noch mit ihm allein war, überreichte sie es ihm schon beim Frühstück.
Das »Geburtstagsbussi« war schon unmittelbar nach dem Aufstehen auf dem Programm, auf diese süßen Zugaben legte er großen Wert!
Sie erinnerte sich der vorausgegangenen Nacht und ein tiefes Glücksgefühl erfüllte sie. Sie war von einem Geräusch erwacht, das sie nicht definieren konnte. Noch ganz schlaftrunken, faßte sie nach Stefans Bett, es war leer. Jetzt wurde sie mit einem Male ganz wach!
»Stefan!« da sah sie ihn. Er marschierte um die Betten herum, mit dem kleinen schelmischen Knabenlächeln, das sie an ihm so liebte! Er hatte nur die Pyamajacke an. Sie lüftete ihr Deckbett und er schlüpfte zu ihr, kuschelte sich wie ein Kind in dieBeuge ihres Armes und war sofort wieder eingeschlafen.
Immer hatte sie dies an ihm beobachtet: er drehte sich nicht einfach zu ihr herüber, er kam um die Betten herum, gleichsam als klopfe er erst an!
Sie wagte nicht sich zu rühren, um dieses erwachsene Kind in ihren Armen nicht zu wecken. Und mit einem Male überfiel sie ein unendliches Glücksgefühl! Nicht anders mochte einer Mutter zumute sein, die ihr Kind im Arm hielt! Sie begriff: sie war ihm alles: Geliebte, Gattin und Mutter!
Und sie erinnerte sich, was er im Elternhaus erfahren hatte! Der kleine Stefan, noch kaum auf seinen Beinchen stehend, der die Arme nach der Mutter ausstreckte und hochgenommen werden

wollte, und die Antwort der Mutter, auf den Säugling in ihren Armen weisend: »Du bist der Groß!« Wie gut verstand sie ihn. Als der Vater sie – dreijährig – und den Bruder, zur Großmutter in das ferne Dorf brachte, die Kinder sollten nicht bei der Beerdigung der Mutter dabei sein, soll sie, wieder zu Hause, immer wieder nach der Mutter rufend, durch die große Wohnung gelaufen sein. Wir verstehen immer nur das, was uns selbst geschieht!

Constance hatte für den Geburtstag alle Behandlungen abgeblasen. Sie wußte ja, daß Heinz kam, und hielt darum das Geburtstagskind am Fenster.

»Da ist er!« rief Stefan und rannte die Treppe hinunter. Die Begrüßung war herzlich! Der Sohn überreichte dem Vater einen großen Strauß Frühlingsblumen und – welche Überraschung – auch für Conny fiel ein kleines Sträußchen ab.

Das Mittagessen fiel besonders feierlich aus. Zuerst nahm man gemeinsam einen gespritzten Campari als Aperitif, dann eine echte Schildkrötensuppe, Kalbslendchen mit Sauce Chorron, mit verschiedenen Gemüsen garniert, Kopfsalat mit Zitrone, Patna-Reis, Kartoffelkroketten. Als Nachtisch servierte man herrliche Früchtebecher mit Sahne. Als Wein hatte Heinz einen Morio-Muskat ausgesucht, in den Pfälzer Weinen wußte er Bescheid!

Nach dem Essen legte sich Stefan noch für eine schwache Stunde aufs Ohr. In dieser Zeit bedankte sich Heinz für das »wirklich delikate Essen«, das sie ausgesucht hatte. Sie freute sich über das Lob, denn von dieser Seite hatte sie nur mit Kritik gerechnet. Gemeinsam ging man dann im Kurpark spazieren. Während der ganzen Zeit wurde nicht von der »neuen Wohnung« und nicht vom »Hausverkauf« gesprochen. Constance war Heinz insgeheim dankbar, daß er wenigstens an diesem Festtag des Vaters Gespräche vermied, die ihn aufregen konnten.

Es trat etwas ein, was niemand voraussehen konnte, was alle Zukunftspläne von Stefan und Constance über den Haufen warf: der neue Besitzer mußte früher einziehen, als ursprünglich ge-

plant. Nun mußte man das einzige Wohnungsangebot, das man noch hatte, die Wohnung in Neustadt, nehmen, ungeachtet aller Befürchtungen.
Am ersten April zogen sie ein, die Vorbereitungen hatten Connys Kraft erschöpft, denn noch konnte ihr Stefan keine große Hilfe sein. Er hatte sich, zur Freude von Constance, in Bad N. sehr gut erholt und es mußte alles vermieden werden, diesen Fortschritt seiner Gesundung wieder in Frage zu stellen.
Aus dem großen langen Wohnzimmer machten sie zwei Räume, indem sie den großen Bücherschrank des Herrenzimmers quer stellten und dadurch ein kleines Herrenzimmer mit dem großen Schreibtisch des Hausherrn und den kleinen runden Frühstückstisch zauberten. Es sah gut aus, wenn man sich erst einmal an den Anblick gewöhnt hatte.
Immer wieder war Conny, die so oft Entscheidungen hatte allein treffen müssen, glücklich, zu erleben, wie sicher er seine Anordnungen traf und wie er sich buchstäblich in jeder Situation zu helfen wußte!
Die Wohnung hatte keine Türschwellen.
»Es wäre für dich doch sehr angenehm, Liebste, wenn wir so ein Rolltischchen kauften, so daß du die Speisen ins Wohnzimmer aus der Küche hereinrollen könntest, meinst du nicht auch?«
Sie lachte und freute sich. Immer war er darauf bedacht, ihr möglichst alle hausfraulichen Arbeiten zu erleichtern.
»Am besten, du stellst mich in den Glasschrank, dann kannst du mich immer ansehen und es passiert mir gar nichts!«
»Das möchtest du doch selbst nicht, oder?«
»Was?«
»Daß dir gar nichts passiert!«
Nun lachten sie beide und das war das Zeichen, daß es für heute genug war.
»Ich mache uns jetzt das Abendessen!«
Conny lief in die Küche und man hörte sie bald dort hantieren, während sie ein Liedchen vor sich hin trällerte. Stefan kam in die Küche.

»Wenn du so munter bist, wird man uns bald für Flitterwöchner halten!«
»Sind wir es nicht auch noch?« gab sie zurück.
Er schmunzelte.
»Sind eigentlich noch viele Koffer im Keller?« fragte Stefan.
»Na ja, etliche schon noch, aber du hast sie ja alle numeriert, da wird schon keiner verlorengehen!«
Es stellte sich aber am Ende heraus, daß dennoch zwei Koffer fehlten, Koffer mit Bettzeug.
»Ich kann mir das gar nicht erklären!«
»Hast du denn den Keller nicht abgeschlossen?«
»Nein, abgeschlossen hatte ich ihn nicht, wir wollten ja an diesem Abend noch weiterarbeiten, aber du warst dann doch zu müde ...« sagte Stefan in ihren Gedankengang.
»Aber ... du glaubst doch nicht?«
Stefan zuckte die Achseln.
»Trau, schau, wem!«
»Das mit dem nicht abgesperrten Keller war sicher keine gute Idee!«
Stefan schrieb die Spedition an, die den Umzug durchgeführt hatte, aber der Zeitpunkt, an dem man reklamieren konnte, war verstrichen. Es wurde keine Reklamation mehr anerkannt.
Am ersten Morgen in der neuen Wohnung wurden sie um sechs Uhr durch lautes Schreien und Poltern unter ihrem Schlafzimmerfenster geweckt.
»Nein, das darf doch nicht wahr sein.« Constance lief ans Fenster.
»Genau, wie ich es vorausgeahnt habe.«
»Aber ... so hat man uns ganz bewußt getäuscht.«
»Da sieh her, ein Lastauto unter unserem Fenster, man wirft Rohre darauf und Bausteine... diese Schelme!«
Am nächsten Tag sprach Stefan mit dem Vermieter und erzählte das morgendliche Erlebnis.
»Ja, das haben Sie doch g'wußt! Ich hab ihnen doch g'sagt, daß mein Sohn das Baugeschäft weiterführt und dazu gehört auch, daß er aufläd t.«

Sie suchten einen befreundeten Rechtsanwalt auf und klagten ihm ihr Leid.
»Das ist ohne Frage der Tatbestand einer arglistigen Täuschung!« sagte dieser, »aber – beweisen sie es erst einmal. Er wird dagegen aussagen, daß er Ihnen das gesagt hat, dann steht Aussage gegen Aussage und zu einem solchen Prozeß kann ich Ihnen nicht mit gutem Gewissen raten!«
Constance, die ja besonders lärmempfindlich war, ertappte sich dabei, daß sie von einer bestimmten Morgenstunde an nicht mehr schlief, bzw. so früh aufwachte, daß sie den Lärm in voller Lautstärke mitbekam. Ja, wäre es dann wenigstens tagsüber ruhig gewesen, dann konnte man den so früh abgebrochenen Schlaf durch ein längeres Mittagsschläfchen wieder aufholen. Aber es stellte sich heraus, daß die beiden alten Leute noch mehr Kinder hatten, und einen Stall voll Enkel im Kinderalter, es war also immer laut, denn die Enkel sausten im Erdgeschoß der beiden Großeltern umher und spielten »Hasch mich, ich fang dich.« Wirklich ruhig war es äußerst selten. So entschloß man sich, das Obergeschoß durch eine geschlossene Trennwand mit separater Eingangstür gegen den Lärm etwas abzusichern. Die Hilfe stand in keinem Verhältnis zu den anfallenden Kosten! Überhaupt kam, jetzt wo man eingezogen war, die Freundlichkeit der Vermieter zum erlahmen. Man war auch keineswegs willens, sich, was die Ruhe anging, etwas Zwang aufzuerlegen.
»Ich wundere mich gar nicht über den Lärm«, sagte Constance, »ich war eben unten nach Post sehen. Die ganze Familie ist um den Fernseher versammelt und zwar in dem kleinen Zimmer unter unserer Küche. Sie haben gar nicht alle Platz, der Raum ist ja nur klein. Also sitzen sie dicht an dicht und müssen dabei natürlich die Türen offen lassen.«
Stefan ging hinunter, es war ungefähr neunzehn Uhr. Er war entschlossen, dem Spektakel ein Ende zu machen. Er ging nicht ins Fernsehzimmer, sondern in die große Küche, in der er die Frau vermutete. Sie stand am Herd. Der Blick, mit dem sie ihn empfing, war nicht gerade freundlich. »Ja? Was gibts?«

»Frau Lehr, so wird es nicht gehen! Wir brauchen unser eigenes Gerät nicht anmachen, weil wir bei Ihnen die Nachrichten mithören können.«
»Na, des is doch praktisch!«
Sie lachte hämisch.
»Aber davon war bei unserem Einzug nicht die Rede! Sie haben es gewußt, daß wir viel Ruhe suchen und brauchen. Ich habe erst einen Herzinfarkt hinter mir, so kann es nicht weitergehen!«
Plötzlich stand Herr Lehr im Türrahmen. Er hatte offensichtlich das Gespräch mit angehört.
»Wenn's ihnen net paßt, müssen's eben wieder ausziehen«, meinte er lakonisch.
Constance, Böses ahnend, war heruntergekommen und stand nun ebenfalls in der Küchentür.
»Aber so geht es doch nicht, das müssen Sie doch einsehen! Sie haben damals nicht davon gesprochen, daß alle ihre Kinder und Enkelkinder bei ihnen die Abende verbringen. Es war die Rede davon, daß sie unten und wir oben zu zweit sind.«
»Wir werden uns von ihnen nicht vorschreiben lassen, wann unsere Kinder und Enkelkinder bei uns sein dürfen, ja wie wär denn das?«
Sie lachten. Angelockt von dem heftigen Diskurs, kamen jetzt auch die erwachsenen Kinder hinzu und die Enkel drängten sich laut und neugierig dazu.
»Komm«, sagte Constance und nahm ihren Mann an der Hand.
»Hier muß ein Anwalt her.«
Ein böses Lachen begleitete sie auf ihrem Weg nach oben.
»Jetzt ist eingetreten, was ich nicht wollte, der offene Bruch«, sagte Stefan, als sie die Tür hinter sich zumachten. Er war leichenblaß und zitterte.
»Setz dich erstmal«, befahl Conny und konnte nur schwer verbergen, daß auch sie zitterte.
»Ich glaube einfach nicht, daß sie das dürfen«, sagte sie.
»Wir müssen uns wirklich über einen Anwalt Schutz holen, anders wird es nicht gehen.«

»Wir müssen ausziehen, so schnell wie möglich! Ich glaube nicht an Wunder und es wird jetzt wahrscheinlich noch schlimmer werden.«
Es wurde etwas besser, als der erste energische Anwaltsbrief bei den Vermietern einging. Sie hatten begriffen, daß sie das Maß überzogen hatten. So gab es z.B. Ruhezeiten, die vom Gesetzgeber geschützt waren, zwischen eins und drei Uhr mittags, wo Ruhe zu herrschen hatte. Trotzdem hatten sowohl Stefan als auch Conny nur einen Gedanken: heraus!
Stefan bekam immer häufiger Herzschmerzen und Constance sah verzweifelt zu, wie die in Bad N. gewonnene gesundheitliche Kräftigung infolge der vielen Aufregungen wieder in sich zusammenfiel.
Sie hörten von Freunden von einem Haus im Elmsteiner Tal, einer außerordentlich reizvollen Gegend der Pfalz. Das Haus lag zwar etwas am Berghang, aber es hatte keine unmittelbaren Nachbarn und war von einem kleinen Garten umgeben. Sie sahen es sich an und waren begeistert. Mit Rücksicht auf die unglücklichen Verhältnisse, in denen zu leben sie gezwungen waren, war es wie ein kleines Wunder, daß sie das Haus sofort beziehen konnten, auch der Preis war erschwinglich. Dem Anwalt gelang es, eine kurzfristige Kündigung durchzusetzen, im übrigen hatte der Vermieter ja unmißverständlich zu verstehen gegeben, daß man ja ausziehen könne! Bei dieser voreiligen Bemerkung hakte der Anwalt jetzt ein, der schlechte Gesundheitszustand des Herrn Körner tat ein übriges.
Der Sohn in Berlin stand Kopf! Wieso schon wieder umziehen? Vertrug sich diese Frau denn mit niemandem? Wer anders als sie hatte dies zu vertreten. Zwischen Vater und Sohn liefen Briefe hin und her, man kreuzte wieder einmal die Klingen! Trotzdem zogen sie Anfang Oktober in ihr neues Domizil ein, froh, diesem schrecklichen Geräuschpegel entronnen zu sein.
Das Haus lag malerisch am Waldrand und der Garten, meist Wiese, wirkte beruhigend auf die beiden erschöpften Kämpfer.
»Werden wir hier endlich Frieden finden?« Stefan fragte es, als sie

endlich wieder allein waren. »Wir werden! Hier sind wir wirklich ungestört, der nächste Nachbar ist doch so weit, daß wir ihm über den Zaun hinweg »Guten Tag« sagen können und dabei wollen wir es künftig auch bewenden lassen!« tröstete ihn Constance.

Vom Wohnzimmer gab es eine direkte Verbindung nach draußen. Neben dem Haus war ein kleines Beet, leer, aber einladend. Woher kommen uns die kleinen Eingebungen, die sich im nachhinein als richtig erweisen und denen man aus einem inneren Zwang nachgeben muß? Constance sah das Stückchen Boden und sah im Geiste darauf schon die Blüten des Frühjahrs kommen: Schneeglöckchen und Krokusse und die unvermeidlichen Osterglocken. Damit würde sie Stefan überraschen!

Schon beim nächsten Einkauf in der nahen Stadt würde sie Zwiebeln besorgen. Diese Pflanzen mußten im Herbst, eben jetzt, gesteckt werden. Sie tat es.

Das Haus war schnell eingerichtet und erwies sich als äußerst wohnlich. Die ganze Anlage war so hübsch, daß beide sichtlich wieder aufblühten. Hier waren nur die Geräusche zu hören, die man selbst machte. Die Küche ging mit einem großen Fenster nach hinten. Von dort konnte man noch ein Stück Rasen und den nahen Wald sehen. Jetzt freilich wurde der Blick durch üppig und wild wuchernden Ginster fast völlig verdeckt. Immer wieder versicherten sie sich gegenseitig, wie glücklich sie waren!

»Wenn wir weiter nichts tun, als Schmusen, wird die Arbeit liegen bleiben!«

»Die läuft uns ja nicht weg!« konterte Stefan, der keine Gelegenheit ausließ, Conny in die Arme zu schließen. Von der Arbeit abgesehen, die beide nicht scheuten, war es im Grunde etwas sehr Schönes, eine Wohnung zu einem gemütlichen Heim umzufunktionieren, und da hatte Constance zweifellos eine angeborene Begabung! Das helle große Wohnzimmer im Erdgeschoß hatte noch einen kleinen Durchgang zu einem kleineren Raum, den Stefan sofort als sein Herrenzimmer in Beschlag nahm.

»Weißt du was? Hier paßt auch der kleine runde Tisch als

Frühstückstisch gut herein, dann ist es beides: dein Arbeitszimmer und unser Frühstückszimmer, was sagst du dazu?«
»Ich bin ganz deiner Meinung«, lachte Stefan, der gerade seine Akten einräumte. Man sah es ihm an, daß er zufrieden war! Im Obergeschoß, das durch eine weit schwingende bequeme Treppe zu erreichen war, befanden sich das Bad und das Schlafzimmer und noch ein zusätzliches Zimmer.
»Dieses Zimmer könnten wir als Gästezimmer ausstatten, vielleicht kommt dein Bruder Florian doch einmal zu Besuch!«
»Die Australier?«
»Eben die! Ich habe aber noch eine Idee!«
»Laß hören, Liebling.«
»Das wäre auch ein schönes Arbeitszimmer für mich!«
»Hier am Fenster würde mein Damensekretär gut aussehen, meinst du nicht auch? Und wenn du mich nachts einmal vermißt, müßtest du nicht weit suchen!« lachte Conny.
Constance hatte – ungeachtet der mißlichen Wohnverhältnisse, weitergeschrieben. Sie arbeitete in der Zeit, die ihr vom Haushalt blieb, an einer Novelle, die ihr gut von der Hand ging. Stefan freilich, wußte nichts davon, ihn wollte sie damit überraschen. Natürlich war er sehr stolz auf sie, brachten doch immer mehr Tageszeitungen und auch Zeitschriften kleine Arbeiten von Conny, und dazwischen auch immer wieder ein Gedicht. Das Gedicht war zweifellos ihre Domäne.
»Ja, du mußt natürlich auch ein Arbeitszimmer haben!« sagte Stefan lachend. »Und du kriegst es auch.«
Flori, der Perserkater, strich dem Herrchen um die Beine. Er hatte bereits die Nachbargärten nach Artgenossen durchstöbert, das war seine Art, sich in der neuen Umgebung zurechtzufinden.
»Hast du heute schon dein Futter gehabt?« Stefan nahm ihn hoch und streichelte ihn. Zwischen den beiden bestand eine so tiefe Zuneigung, daß Conny nicht selten eiferte.
»Das Fraule hat dich heute vergessen«, sagte Stefan grollend und stieg mit ihm in die Küche hinunter, wo er ihm sein Schälchen füllte.

Connys Liebe zu dem bildhübschen, total verschmusten Kater, war anderer Art! Sie schrieb entzückende »Florian-Geschichten«, die beim Leserpublikum bestens ankamen. Ein kleines Problem tauchte auf: der alte Badeofen, der noch mit Holz geheizt wurde, von dem es ja hier genug gab. Es lag sozusagen vor der Haustür.
»Ich werde eine Lösung finden!« ereiferte sich der Ingenieursgatte. »Neuerdings gibt es Einsätze in solche Öfen, die mit Strom betrieben werden. Mal sehen. Laß mich nur machen.«
Ja, man mußte ihn machen lassen, es fiel ihm tatsächlich immer etwas brauchbares ein. In diesem Jahr kam der Winter früh ins Land! Es fiel sogar Schnee und das schon im November, er blieb freilich nicht liegen. In der Nacht klopfte die Heizung. Constance merkte es zuerst.
»Das gibt sich wieder«, tröstete sie ihr Mann. Die Heizkörper müssen erst richtig heißlaufen, dabei dehnen sie sich aus und das sind die Klopfgeräusche. Es kann auch Luft in den Rohren sein, da freilich, kann man erst im Frühjahr Abhilfe schaffen.«
Zum Glück waren die Geräusche nur beim Anlassen der Heizung da, je länger sie lief, umso schneller verflüchtigten sie sich wieder. Vor dem Hause, mit Blick zur tief unten liegenden Straße, gab es eine große herrliche Sonnenterasse. Dorthin stellte Stefan eine Stange mit einem großen Vogelhaus.
»Fein!« freute sich Conny, »so nah am Wald werden wir sicher viel Vogelbesuch bekommen.«
Und so war es auch! Wenn sie beim Frühstück saßen, kamen sie an: die flinken Dompfäffchen, die immer paarweise ankamen, die niedlichen Meisen, die in kleinen Grüppchen ankamen und ab und zu ein Eichelhäher, ein Vogel, der sich nur selten so nahe bei menschlichen Behausungen zeigt; hier war es der Wald, der so unmittelbar an das Grundstück stieß, der seine Scheu minderte. Eng umschlungen standen Stefan und Constance hinter dem Wohnzimmerfenster und freuten sich. Auch das hatten sie gemeinsam: die Liebe zu den Tieren.
Ein Brief kam aus Übersee! Florian, der »kleine« Bruder, schrieb. Seine Mutter, die im nahen Darmstadt lebte, hatte ihren fünf-

undsiebzigsten Geburtstag! Da man nicht wissen könne, wie lange sie noch lebte, sie sich aber so sehnlichst den Besuch ihres ältesten Sohnes wünschte, würden sie fliegen. Es würde sich sicher einrichten lassen, daß sie auf dem Heimweg auch die Schwester und den Schwager besuchten, wenn sie nicht ungelegen kamen!

»Natürlich kommen sie nicht ungelegen, so liebe Besucher kommen nie ungelegen! Versäume nicht, sie einzuladen, Schatzile. Wir sind ja so gut wie eingerichtet und ich wollte deinen Bruder Florian schon immer kennenlernen!« freute sich Stefan.

»Da können wir gleich das Gästezimmer einweihen, in der Garage stehen noch die alten Ehebetten, die können wir aufstellen und für die Kinder ist noch ein Klappbett da.«

Conny war schon wieder beim Einrichten! Der Gedanke, daß ihr Lieblingsbruder Florian kommen sollte, machte sie überglücklich. Die übrige Familie konnte sie sowieso vergessen. Wenn sie an Walter dachte, der ihr nie schrieb, ihre Post unbeantwortet ließ, und der keinen Zweifel aufkommen ließ, daß er keinen Wert auf geschwisterliche Beziehungen legte, kam große Bitterkeit in ihr hoch. Bei ihm hatte der Einfluß der Stiefmutter gegen sie, Früchte getragen. Sie hatte in unverantwortlicher Weise ein Gerücht in die Welt gesetzt: mit Constance könne man sich nicht verständigen, es wäre das beste, sie zu meiden.

Und die Australier kamen! Sie kamen in der letzten Novemberwoche: Vater, Mutter und zwei Kinder: Bub und Mädchen. Conny war selig und die beiden Schwäger verstanden sich auf Anhieb. Gleich am Morgen nach der Ankunft fuhr Stefan mit Florian in die nahe Kreisstadt um einen Dia-Projektor zu leihen, denn natürlich hatten die Gäste Bilder ihres Zuhause mitgebracht, Dias, die sie zeigen wollten. Das Mädchen Jaqueline und der Bruder Gregory durften ausnahmsweise länger aufbleiben und Stefan und Florian hatten im Wohnzimmer, an der größten Wand, ein Leintuch gespannt: das Heimkino war fertig!

Improvisieren mußte man können, dann war es kein Kunststück! Und improvisieren, das konnte Stefan aus dem FF! Eine ganz und

gar neue Welt war es, die sich den Zuschauern da auftat. Florians Garten in Melbourne war mit Palmen bestückt und der Swimmingpool war ein richtiges Prachtstück!
»Und das Haus ist eine Wucht!« bemerkte Conny begeistert.
»Fast zur Gänze von uns selbst gebaut, nicht wahr, Melanie?«
Seine Frau, eine Deutsche, lachte zustimmend. Constance war glücklich zu sehen, daß ihr Bruder offensichtlich mit dieser Gefährtin glücklich war. Die Kinder wurden müde und von ihrer Mutter zu Bett gebracht, auch Stefan zog sich zurück. Er wußte, die Geschwister hatten sich viele Jahre nicht gesehen.
»Du bist glücklich, Conny?« fragte Florian die Schwester, als sie allein waren.
»Wie ich es niemals vorher in meinem Leben war, Florian.«
»Stefan gefällt mir sehr«, antwortete ihr Florian. »Seine leise, beruhigende Art, ich glaube, das hat dir immer sehr gefehlt? Er ist die Woge, die dein oft aufbrausendes Temperament wieder glättet! Ist es nicht so, Schwesterherz?«
Conny nickte. »Seit ich Stefan begegnet bin, lebe ich! Vorher habe ich vegetiert.« Sie erhob sich und öffnete eine kleine Schublade im Sidebord. »Hier! Hör dir das an:

Mein Glück in deiner Hand,
Mein Herz an deinem Herzen!
Die Zeit hält den Atem an
Und die Uhren ihren Stundenschlag.

Ich blättere zurück
Im Kalender meines Lebens
Und siehe:
DU BIST MEIN ERSTER TAG!

»Kennt Stefan dieses Gedicht?«
»Ich habe es für ihn geschrieben, aber es fehlte mir bisher der Mut, es ihm zu zeigen.«
»Er würde sich sicher sehr darüber freuen!«

»Hier, noch eines, zwei Tage alt:
Umarme die Nacht,
sie verschweigt
Dem Tag deine Tränen ...

»Sie sind wunderschön und wären es wert, als Buch zu erscheinen, hast du daran noch nie gedacht?«

»Doch! Aber was so etwas kostet! Wir haben in der jüngsten Vergangenheit viel Geld verbraucht. Dieser abermalige Umzug, du verstehst? Ich muß immer daran denken, daß ich Stefan ja nichts eingebracht habe in diese Ehe. Und wenn mich daran auch keinerlei Schuld trifft, du weißt ja, wie mühselig das Leben mit Papas kleiner Rente war! Ohne deine gelegentliche Unterstützung hätten wir es gar nicht geschafft! Walters Almosen war ja nur ein Tropfen auf den heißen Stein!«

Florians Glas war leer, sie füllte es ihm wieder auf.

»Wenn ich dein Leben so betrachte«, sagte der Bruder, »warst du noch nie so schön! Meine Mutter, na ja, sie war nicht sehr gut zu dir, ich weiß. Sie hat ja auch Walter mir vorgezogen, das hat mich oft geschmerzt. Und Katja? Katja ist Walters Produkt: kalt wie Hundeschnauze und ein Typ, der über Leichen geht!«

»Sie schreibt mir nie, ich weiß nicht einmal, wo sie lebt.«

»Darüber solltest du dich nicht kränken, an ihr hast du nicht viel verloren! Ich sage das, obwohl sie doch meine eigene Schwester ist. Es ist wirklich so, daß man auf dem Unglück anderer nicht sein Glück aufbauen sollte, es ruht kein Segen darauf.«

»Dann ist es also wahr, was Papa mir erzählte, daß sie in eine Ehe eingebrochen ist?«

»Wenn nicht auch noch ein Kind dagewesen wäre! Jetzt hat sie an dem armen Wurm noch ein billiges Kindermädchen für die eigenen Kinder.« Nach einer Pause fügte er leise hinzu: »Vieles erinnerte mich an dich, Conny, an die Rolle, die du in unserer chaotischen Familie spieltest.«

»Als ich Stefans Frau wurde, war ich auch darum so glücklich, weil ich mich ein ganzes Leben lang nach einer intakten Familie gesehnt habe. Aber ... sie haben mich nicht angenommen!«

»Der Sohn?«
»Er vor allem! Daß er in dieser an sich einfachen Familie es bis zum Chefarzt eines großen Krankenhauses in Berlin gebracht hat, ist denen natürlich mächtig in die Knochen gefahren! Herr Professor hier und Herr Professor da! Hätte er mich als Stefans Frau akzeptiert, dann hätten sie alle mitgezogen. So aber bin ich gleichsam verfehmt, kein Gesprächsthema!«
»Bist du dir nicht selbst genug? Du bist doch jemand. Daß jemand wie Stefan dich liebt und achtet, ist dir das nicht Ehre genug? Und diese Begabung zu schreiben, von wem hast du die eigentlich? Du kannst doch deinen Kopf hoch tragen.«
»Heinz haßt mich! Ich darf ihn nicht einmal mit Vornamen anreden, er besteht auf allen seinen Titeln! Wenn es nicht so traurig wäre, könnte man darüber lachen.« Sie schwiegen lange.
»Was macht Walter?«
»Ich weiß es nicht, er schreibt mir nur sehr selten. Ihn hat Gott mit einer bösen Frau gestraft. Lilo hält ihn an sehr kurzer Leine! Und seine so heiß geliebte Tochter! Kurz vor ihrem Abitur der schreckliche Autounfall.«
»Davon wußte ich nichts!«
»Ich weiß es auch nur über Katrin!« »Was ist mit Walters Tochter?«
»Sie wird für den Rest ihres Lebens im Rollstuhl sitzen, querschnittgelähmt.«
»Mein Gott, das tut mir leid!«
»... und straft die Sünden der Väter bis ins siebte Glied!« murmelte Constance, tief erschüttert.
»Sagtest du etwas? Ich habe es nicht verstanden!« fragte Florian, »mein Gehör läßt seit ein paar Jahren merklich nach, liegt in der Familie! Du weißt ja, die Großmutter aus Südmähren!«
»Es ist nicht von Bedeutung, es fiel mir eben nur so ein, ein bekannter Satz aus der Bibel.«
»Bist du immer noch so fromm?«
»Jetzt mehr innerlich! Immerhin habe ich einen protestantischen Mann und ich richte es ein, daß ich ihn nicht vor den Kopf stoße!

Das wäre sicher nicht im Sinne der christlichen Liebe!«
Es war spät geworden.
»Komm, ich zeige dir, wo du dein müdes Haupt zur Ruhe legen kannst!«
Sie erhoben sich. Conny lag nach dieser Unterhaltung mit dem Bruder noch lange wach ...
Leider mußten sie schon am nächsten Morgen zum Flughafen nach Frankfurt, um ihre Maschine nicht zu versäumen.
»Weihnachten möchten wir doch daheim sein!« lachte Florian.
Die ersten Tage nach dem australischen Besuch waren sie beide ein bißchen traurig. Es war so schön gewesen, wieder einmal von alten Zeiten zu plaudern! Florian war ein »Papa-Fan« gewesen und Conny war erschüttert, wie sehr er dem Vater ähnelte, dem Vater, der ihn einmal als »von ihm nicht erzeugt« bezeichnet hatte. Die Tatsachen sprachen gegen ihn.
»Wir sollten uns etwas Gesellschaft ins Haus holen«, meinte Stefan, »das vertreibt die trüben Gedanken!«
Conny nickte.
»Was hältst du davon, wenn wir die Barons einladen?«
»Die Vermieter?«
»Ganz recht! Eigentlich ist eine solche Einladung bereits überfällig! Es gehört sich einfach. Damit sie sehen, daß sie sich keine Zigeuner eingemietet haben.«
»Na, aber ...« konterte Constance, »wie Zigeuner sehen wir ja wohl nicht aus.«
Herr und Frau Baron waren die Vermieter des Hauses, das sie immer schon als Renditeobjekt vermietet hatten. Es waren ältere Leute, ohne Kinder, die ihre kleine Wohnung im Tal, an die sie gewöhnt waren, dem komfortablen Hause vorzogen. Der große gutaussehende Mann war früher Vertreter für landwirtschaftliche Maschinen gewesen, was Constance ganz vertraut anmutete. Seine Frau war um vieles jünger als er, eine hübsche Blondine. Störend wirkten nur ihre etwas hervorstehenden Zähne, ein »Pferdegebiß« nannte Constance so etwas bei sich.
Sie kamen auch tatsächlich eines Nachmittags und man verplau-

derte zwei angenehme Stunden. Die beiden Männer waren derselbe Jahrgang, das verband. Die Frau war etwas einfältig, wußte es aber geschickt zu verbergen.
»Mit der Frau möchte ich im Bösen nichts zu tun haben!« meinte Stefan, als sie gegangen waren.
»Wieso? Findest du sie nicht nett?«
»Er gefällt mir entschieden besser! Aber du gefällst ihm auch!« lachte Stefan.
»Wie kommst du darauf?«
»Er hat dir andauernd schöne Augen gemacht.«
»Davon habe ich nichts bemerkt.«
Was immer man über Constance sagen mochte, kokett war sie nicht! »Im Frühjahr werde ich als erstes den Ginster hinter dem Hause abbrennen. Herr Baron ist derselben Meinung! Muß natürlich ein windstiller Tag sein, sonst besteht die Gefahr, daß das Feuer auf den nahen Wald übergreift! Gar nicht auszudenken, sowas!«
Conny, die dabei war, den Frühstückstisch zu decken, lachte.
»Aber so etwas passiert dir doch nicht.«
Inzwischen war, sehr zu Constances Freude, Schnee gefallen. Stefan nahm den Schieber und machte den Weg zur Treppe frei.
»Die Treppe machst du mir nicht!« gebot ihm seine Frau. »Das mache ich mit dem kleinen Handbesen. So lange der Schnee nicht klebt, geht das ganz gut.«
Und sie machte sich auch gleich an die Arbeit. Sie hatte Angst, es könne Stefan zuviel werden.
»Für diese Arbeit müßte doch jemand aus dem Dorf zu finden sein, Stefan, ich werde unsere Freunde, das Ehepaar Baron fragen.«
Und es fand sich auch ein Rentner, der sich für diese Arbeit gerne ein paar Mark für Tabak verdiente.
In den ersten Dezembertagen begann Constance zu backen. Bald duftete das ganze Haus nach Plätzchen und Stefan ging herum, stolz und glücklich, als sei er der Weihnachtsmann persönlich.
»Ich muß noch einmal in die Stadt«, verkündete die Hausfrau, »es

ist mir einiges ausgegangen! Für das »Früchtebrot« brauche ich noch kandierte Früchte und Rosinen und natürlich Nüsse!«
Das »Früchtebrot« war eine weihnachtliche Spezialität aus dem Finkschen Hause! Also fuhr man mit dem Auto, das unten in der Garage stand, in die nahe Kreisstadt. Jeder tat sehr geheimnisvoll! Schließlich war es die Zeit des Jahres, wo das Geheimnisvolle Vorrang hatte! Immer öfter trug Stefan kleine Päckchen und Pakete nach oben und Conny fragte, was er tue! Da wurde sie streng nach unten verwiesen! Am Mittagstisch erfuhr sie es dann.
»Ich muß morgen einmal eine längere Fahrt mit »Felix« machen!«
»Felix« hieß das kleine blaue Auto, ein Fiat-Sportkabriolet, das sie kurz vor ihrer Heirat gekauft hatten und auf das sie beide sehr stolz waren!
»Du fährst allein? Das gefällt mir gar nicht!«
»Aber ich kann dich dabei wirklich nicht brauchen, mein Herzchen, versteh das doch!«
Constance wußte, daß ihr Stefan sein Köpfchen hatte, wie sie das ihre! Wenn er etwas entschieden vertrat, war es schwer, ihm das auszureden!
»Ich werde mir schreckliche Sorgen machen, Stefan, wenn dir unterwegs etwas zustößt!« Und als er dazu schwieg: »Schließlich bist du noch immer Rekonvaleszent!«
»Wie lange noch?« knurrte Stefan unfreundlich. »Ich fühle mich bestens!«
Er fuhr also los und Conny konnte ihm nur ihre Gebete mit auf den Weg geben. Weinachten rückte immer näher und aus Berlin hörte man nichts! Ein paar Tage vor dem Fest läutete das Telefon. Stefan war näher und hob ab. Constance, die gerade den Frühstückstisch abdeckte, kriegte das Gespräch teilweise mit.
»Ja«, sagte Stefan in die Muschel. »Wir könnten unser Haus in Ludwigshafen noch haben, wenn mein Sohn und seine Frau sich anders verhalten hätten. Und du, Marianne, bist eine ganz unverschämte Person, deren Anrufe ich mir künftig verbiete.«
Er schmiß den Hörer auf die Gabel und Conny hatte Mühe, ihn wieder zu beruhigen. »Was war denn, um Gotteswillen, du

zitterst ja.« »Nichte Marianne aus Baden-Baden! Weißt du, was sie gesagt hat?«
»Ich will es gar nicht wissen, wenn es dich so aufregt!« antwortete ihm Conny.
»Sie tat erst ganz scheinheilig, ich freute mich zunächst über ihren Anruf, man hat so lange nichts von einander gehört, nicht wahr? Sie sagte: du könntest dein Haus in Ludwigshafen noch haben, Onkel Stefan, aber ... du hast die falsche Frau geheiratet!«
Constance schluckte. Immer wieder Anwürfe gegen sie! Warum nur? Bemühte sie sich nicht redlich, Stefan eine gute Frau zu sein?
»Woher hat sie wohl unsere Telefonnummer?«
»Woher wohl? Jetzt weißt du auch, warum deine Leute aus Berlin nicht mehr anrufen. Das machen die jetzt über Mittelsmänner bzw. -frauen.«
»Mein Gott ... und sie kennt mich doch kaum! Einmal sind wir bei ihnen abgestiegen, damals, als wir im Schwarzwald »flitterten!«
Sie lächelte in der Erinnerung! Die wenigstens konnte man ihnen nicht nehmen.
»Vergiß es!« sagte Constance, »sie ist es wirklich nicht wert, daß wir uns durch ihren Anruf, der eindeutig im Auftrag Dritter gemacht wurde, die Festtage verderben lassen.«
Und sie zog ihn an sich!
Das Fest kam und Conny, die zum ersten Mal wieder hoffnungsvoll gestimmt war, weil sie sich des vergangenen bitterbösen Festes erinnerte, wo der geliebte Mann, abgemagert und vom Tode gezeichnet, neben ihr war. Jetzt mußte alles wieder gut werden! Er war ja auf dem Wege der Besserung. Mit großer Sorgfalt hatte sie den Weihnachtsbraten vorbereitet und die beiden frischen Forellen würden am Heiligen Abend auch ein gutes und gesundes Festmenue abgeben. Den Cristbaum schmückten sie in diesem Jahr gemeinsam. Kater Florian nahm wieder seinen gewohnten Platz an der Krippe ein. Diesmal schalt sie nicht, wenn Stefan daran Spaß hatte, sollte er immerhin. Diesmal hatten sie eine hohe wunderschöne Silbertanne gekauft,

es war eine Freude, sie zu schmücken. Mit einer Engelsgeduld hatte Stefan mit ihr Abend für Abend die »Gutsel« aufgefädelt, auch ein paar gebackene Kringel, es war ein richtiger bunter Kinderbaum!
Und dann kam der Abend der Abende! Nach dem Nachtmahl las Constance die Weihnachtsbotschaft aus ihrem »Schott-Meß-Buch« vor, wie sie das von daheim gewöhnt war. Stefan hörte aufmerksam zu.
Dann trugen sie gemeinsam das Geschirr in die Küche. Stefan stieg in den Keller und holte eine besonders gute Flasche Pfälzerwein, eine Zeremonie, an der sich seine Frau nicht sattsehen konnte.
So, dachte sie, hätte ihn jetzt Heinz sehen sollen, dieser Sohn, der immer bezweifelte, daß der Vadder, mit ihr, der Nichtpfälzerin, glücklich sei! Dabei leuchtet ihm das Glück aus den Augen. Es gehörte schon viel böser Wille dazu, hier Zweifel anzumelden!
Die Hausfrau stellte noch einen großen bunten Teller auf den Tisch, mit duftenden Lebkuchen und selbstgebackenen Plätzchen, nicht zu vergessen, das wunderbare »Früchtebrot«. Dann zündete Stefan die Kerzen am Baum an und engumschlungen standen sie vor dem Baum und sangen »Stille Nacht, Heilige Nacht«.
Ja, und dann kam der Moment, wo Stefan seine Geschenke unter dem Baum entdeckte: ein neues Oberhemd, Socken und ein besonders farbenfroher Schal, dann ein Kuvert, groß und geheimnisvoll mit goldenen Sternen verschlossen. Er sah seine Frau an, aber die zuckte nur die Achseln.
»Aufmachen mußt du es schon selbst.«
Er tats und wurde rot vor Freude! Es waren wohl ein Dutzend Gedichte.
»Mein Gott, Schatzile, sind die etwa alle von dir?« Er zog sie an seine Brust und seine leuchtenden Augen waren ihr der schönste Dank.
»Freust du dich?«
»Und wie!« Dann nahm er sie bei der Hand und führte sie zu

ihren Geschenken. Er legte ein festlich verpacktes Etui in ihre Hände.
»Mein Gott, Stefan.« Sie öffnete es mit flatternden Händen und vor Glück strahlenden Augen.
»Perlen! Ein Perlencollier und dazu auch noch ein vierreihiges Perlenarmband.«
»Komm«, sagte Stefan und legte ihr das zweireihige Collier um den schönen Hals. »Jetzt weißt du, warum ich nach Pforzheim fahren mußte? Allein!«
Sie hielten sich lachend umschlungen und Constance dachte: wie hat Gott doch alles zum Guten gelenkt.
Wie hätte sie damals, in der freudlosen Zeit neben dem herrischen, gefühlskargen Mann, der ihr Vater war, je geglaubt, daß es noch so viel Glück für sie geben könnte! Sie setzten sich an den Tisch und Stefan goß die Gläser voll und prostete ihr zu! Dann öffnete er das Kuvert und nahm eines der Gedichte heraus. Er las:

Schling' deine Arme
Fest um mich
Und halt an deinem Herzen mich,
Geliebtes Leben!
Oh, selig Wechselspiel,
Im Nehmen und im Geben!

»Wann hast du das geschrieben?«
»Nachts! Wenn mein kleiner Schu-Schu friedlich schlief!«
Er wurde verlegen. Aus ihrer Zeit als Kindergärtnerin hatte sie die Gewohnheit beibehalten, ihn mit Kosenamen zu belegen! So lange sie das tat, wenn sie allein waren, mochte es angehen! Aber es passierte ihr auch schon mal, wenn Besuch da war.
Das Telefon läutete. »Das wird Heinz sein, laß mich ran!« Es war Berlin! Sohn und Schwiegertochter wünschten dem »Vadder« ein »Gesegnetes Weihnachtsfest« und ein »Gesundes neues Jahr!«
»Wartet, ich gebe euch Constance!« Stefan winkte seine Frau herbei. Sie nahm den Hörer in die Hand, aber der Teilnehmer

hatte schon aufgelegt. Sie sahen sich betreten an. Dann nahm Stefan seine Frau bei der Hand und führte sie zu den anderen Päckchen, die noch unter dem Baum lagen.

»Du hast ja noch gar nicht alles ausgepackt, mein Herz!«

Sie griff nach einem Buch, in Schweinsleder gebunden. »Die großen Dynastien Europas«! »Die Tudors und die Stuarts«. Das helle Schweinsleder war mit dem Wappen der beiden Herrscherhäuser – in Goldprägung – versehen. »Freust du dich? Habe ich es erraten?«

»Und wie! Aber woher kennst du meine große Vorliebe für geschichtliche Themen?« »Na, so schwer ist das doch wirklich nicht bei dir, mein Plappermäulchen.«

Die Vorliebe für geschichtliche Themen hatte sie vom Papa geerbt. Nicht zufällig war sie in der Schule immer die Beste in Geschichte gewesen, wobei es weniger Jahreszahlen waren, die sich ihr einprägten. Sie hatte vielmehr die Gabe, sich die geschichtlichen Zusammenhänge der einzelnen Ereignisse einzuprägen.

»Du weißt natürlich, daß dies eine Serie ist? Du bekommst noch – Monat für Monat – einen Band, immer ein anderes Herrscherhaus, ist das nicht fein?«

Sie umarmte ihn und busselte ihn tüchtig ab!

»Insgesamt sind es fünfzehn Bände.«

»Mein Gott, Stefan, du beschämst mich!«

Sie konnte sich vor Freude nicht fassen. Nun war es wunderschön, ihre Freude zu erleben. Sie war so ursprünglich und mitreißend, wie sie nur bei Menschen möglich ist, die vom Leben nicht eben verwöhnt worden waren, und zu diesen Menschen gehörte das Mädchen vom Elbeursprung. Der Abend klang so schön aus, wie er sich angelassen. Den Vorfall mit dem Gespräch aus Berlin erwähnten sie nicht. Dieses Fest sollte niemand stören! Wußten sie, wieviele ihnen vom Schicksal noch eingeräumt wurden? In der Nacht wurden sie vom Telefon geweckt. Es war zwei Uhr morgens und Conny nahm sich kaum Zeit, in ihre rosa Pantöffelchen zu schlüpfen, denn das Telefon stand unten in der

Diele und hörte nicht auf zu schrillen. Sie wollte vermeiden, daß Stefan aufwachte, aber da war es schon zu spät.
»Australien? Florian? Melanie? Ach, wie nett von euch, an uns zu denken.«
»Haben wir euch aus dem Schlaf gerissen? Bei uns ist es jetzt drei Uhr nachmittags des ersten Weihnachtsfeiertages«, lachte Florian, der alte Witzbold.
»Aber das ist doch nicht schlimm, wir freuen uns so über euere Glückwünsche! Warte mal, da kommt eben Stefan angetrabt!«
»Stefan, es sind die Australier! Melbourne läßt grüßen!«
Stefan strahlte über das ganze Gesicht, er war hellwach: »Hallo, Florian! Doch, bei uns ist Schnee«, rief er ins Telefon. »Du mußt uns einmal schreiben, wie ihr Weihnachten feiert, so ganz ohne Schnee und ohne Christbaum. Aber am Telefon geht das natürlich nicht, wer soll das bezahlen?«
Arm in Arm wanderten sie wieder ins Bett, an Schlafen war freilich nicht mehr zu denken, sie waren beide putzmunter. Aber am anderen Tag konnte man ja ein bißl länger liegenbleiben.
Am Nachmittag des zweiten Weihnachtsfeiertages hatten sich Freunde von Stefan angesagt, Freunde, die Conny noch nicht kannte. Es war ein junges Ehepaar aus der Tschechoslowakei, wie sie, nur – Tschechen. Auf sehr abenteuerliche Weise waren sie nach dem Westen gekommen. Der Mann war Ingenieur, wie Stefan, und hatte viele Jahre im Arbeitsteam von Stefan gearbeitet, so alt und erprobt war schon ihre Freundschaft.
»Herr Kutschera, ich freue mich sehr, und er schob Conny zart vor, »Ihnen beiden endlich meine Frau vorstellen zu können. Sie ist eine Landsmännin von Ihnen.«
Schon war das Eis gebrochen. Die beiden kamen aus Aussig an der Elbe, wo Conny das Kindergärtnerinnenseminar besucht hatte. Sie sprachen das harte akzentreiche Deutsch der Tschechen, das Conny so heimatlich anmutete. Ihr Schultschechisch war zu schwach, als daß sie es hätte wagen können, damit zu glänzen. Sie verbrachten einen wunderschönen Nachmittag und bedauerten, als sich die beiden wieder verabschiedeten. Man

versprach, sich so bald wie möglich wiederzusehen. Nun sollten Stefan und Constance ihnen erstmal einen Gegenbesuch machen. Sie hatten gebaut und waren noch fest am Einrichten. Das vierjährige Söhnchen hatten sie bei Freunden gelassen.
Die Tage vergingen wie im Fluge, Tage stillen Glücks haben das so an sich. Stefan, der so sehr an die Telefongespräche mit dem Sohn gewöhnt war, rief seinerseits Berlin an, aber die alte Herzlichkeit zwischen Vater und Sohn wollte sich nicht mehr einstellen; zuviel Porzellan war zerschlagen worden.
»Du mußt nichts erzwingen wollen, Stefan«, sagte seine Frau zu ihm, »manche Dinge müssen ihre Zeit haben, sich zu entwickeln. Wenn er erst erkennt, wie glücklich wir miteinander sind, wird er mich vielleicht doch noch an deiner Seite dulden!«
Sie lächelte und ihr Lächeln war nicht ohne Bitternis.
»Was heißt hie – dulden!« brauste Stefan auf. Seit seiner schweren Krankheit war er schnell erregt. »Du bist meine Frau und das wird er zur Kenntnis nehmen, ob er will oder nicht.«
»Man kann Liebe nicht erzwingen!«
»Er braucht dich nicht lieben, er soll dich nur respektieren, mehr verlange ich nicht!«
Constance wechselte das Thema, das angeschnittene taugte nichts. Aufregungen waren für Stefan sehr gefährlich, und für sie standen er und seine Gesundheit absolut im Vordergrund.
Der Frühling kam und eines morgens stand Stefan mit leuchtenden Augen vor seiner Liebsten.
»Komm mit, ich muß dir etwas zeigen.« Er nahm sie bei der Hand und führte sie zu dem kleinen Beet, neben dem Wohnzimmerfenster. Dort guckten die ersten Schneeglöckchen und Krokusse aus dem noch nicht ganz schneefreien Boden.
»Eine echte Frühlingsüberraschung, gell? Wohl noch vom Vorgänger.«
Constance lächelte glücklich. So war ihre kleine Überraschung gelungen! Wozu ihn aufklären, er freute sich über diese ersten Frühlingsblüher, und das war ja der Zweck ihrer Mühe gewesen.
»Im Sommer werde ich mich um die Rosen kümmern!« sagte

Stefan. »Hast du gesehen, unterhalb der großen Terrasse ist ein breites Rosenbeet angelegt, sie müssen wohl erst ausgeschnitten werden, alles ist ein bißl vernachlässigt.«
»Der Vormieter soll ein berufstätiger Mann gewesen sein und die junge Frau war wohl mit dem Haus und den Kindern voll ausgelastet!« warf Conny ein.
Constance hatte sich bei einer Fahrt in die Stadt in einen Hut vernarrt! Sie war ein Hutfan und konnte so ziemlich jeden Hut tragen. Sie hatte ihn gekauft und wollte nun ihren Herzallerliebsten damit überraschen. Geschickt hatte sie die Hutschachtel ins Haus geschmuggelt, hatte ihr neues Frühjahrskostüm angezogen und dazu den neuen Hut aufgesetzt. »Stefan!«
»Ja, was gibts?«
Sie stieg die Treppe hinunter und trat ins Wohnzimmer, wo Stefan über der Zeitung saß. Er schaute auf und erbleichte. Conny, die etwas anderes erwartet hatte, fragte sich erschrocken, was sie falsch gemacht hatte.
»Der neue Hut ... gefällt er dir nicht?«
»Warum schwarz?«
»Warum nicht schwarz? Schwarz steht mir!« Als sie aber sein verstörtes Gesicht sah, begriff sie und beeilte sich, sich wieder umzuziehen. Mein Gott, er wollte sie sich nicht als Witwe vorstellen, wie verständlich! Und wie dumm von ihr, daran nicht gedacht zu haben. Wußte sie nicht, daß er sie ja auch in anderen Sachen in schwarz nur sehr ungern sah!
»Entschuldige bitte, es war dumm von mir, ich hätte daran denken müssen, daß du schwarz an mir nicht leiden kannst, ich werde ihn umtauschen.«
Eine Einladung flatterte ins Haus, ein Klassentreffen für Stefans Jahrgang. Er war begeistert.
»Fein«, sagte Constance, »da mußt du natürlich hin.«
»Und du?« fragte er betreten.
»Ich muß zu Hause bleiben. Hier steht es schwarz auf weiß: Ehefrauen unerwünscht!«
»Blödsinn, warum eigentlich? Ich werde nicht ohne dich fahren!«

»Aber Schu-Schu, natürlich fährst du allein!«
»Du bist meine ärztlicherseits verordnete Begleitperson!« brummelte er.
»Ich mache dir einen Vorschlag zur Güte: wir fahren zusammen, essen vorher zusammen zu Mittag in dem Gasthof, wo ihr euch trefft und nach dem Essen verschwinde ich. Vielleicht ist es ein hübscher Ort und wir haben gutes Wetter, dann werde ich mir den Nachmittag schon um die Ohren schlagen.«
Und so geschah es dann auch! Vorher waren sie noch an den malerischen Ort – Rhodt an der Rietburg, gefahren, um alles erst einmal ins Auge zu fassen. Es war wirklich ein zauberhafter kleiner Weinort, einer der schönsten, die ihr Stefan bisher gezeigt hatte. Auf der Heimfahrt nahmen sie noch einen Klassenkameraden in ihrem Auto mit, der in Neustadt wohnte und da sie durch Neustadt mußten, konnte dies auch leicht geschehen. Herr Mönkmann bestand darauf, daß sie beide mit ihm gingen, er wollte Frau Körner – die zweite Frau Körner – seiner Frau vorstellen. Man ließ sich überreden. Constance fand es wenig passend, daß Frau Mönkmann unaufhörlich in den höchsten Tönen von ihrer verstorbenen Vorgängerin redete; Takt war offenbar nicht ihre Stärke.
»Aber Sie sind ja umso vieles jünger! Ja, ja, die Männer!« gackerte sie darauf los. »Etwas Junges ist halt etwas Junges!«
Sie lachte ein häßliches hämisches Lachen, sie selbst war nicht mehr die Jüngste!
Nun wurde es sogar dem geduldigen Stefan zuviel, und er drängte zum Aufbruch.
»Kein besonders angenehmes Frauenzimmer«, sagte Constance, als sie zu ihrem Mann ins Auto stieg.
»Sie war mit meiner ersten Frau eng befreundet, offenbar glaubte sie, ihr das dumme Geplapper schuldig zu sein!«
Einige Tage später saß Stefan an seinem Schreibtisch und ordnete seine Papiere.
»Was machst du da?« fragte seine Frau.
»Ich zähle unser Geld!« antwortete ihr Stefan, mit der Geduld

eines Engels; sie stellte immer dieselben Fragen! »Stell dir vor« sagte er, »wenn ich nicht so eifrig unser Geld zusammenzählte, wäre mir entgangen, daß sich der Notar in Ludwigshafen, der unsere Gelder nach dem Hausverkauf teilte, sich um »nur« DM 5.000.- zu meinem bzw. unserem Nachteil verrechnet hat!«
»Was.«
»Ja, du hast recht gehört. Weißt du, was mich so daran kränkt? Heinz muß das doch gemerkt haben, er ist ein guter Rechner, daß er nicht selbst darauf gekommen ist?«
Es gab wieder einen unerfreulichen Briefwechsel zwischen Vater und Sohn. Der Sohn stellte sich auf den Standpunkt: mein Name ist Hase, ich weiß von nichts. Nach einigen Wochen ging das Geld auf des Vaters Konto ein, ohne ein Wort der Entschuldigung weder von seiten des Sohnes, noch des Anwaltes. Ein Rechenfehler, wie er jedem unterlaufen kann, basta!
»Weißt du, Schatzile, warum es mir entgangen war? Ich lag damals todkrank auf der Intensivstation, du hättest diesen »Rechenfehler« nie bemerkt! Du weißt ja auch nicht, wieviel Geld ich in diesen Sohn im Laufe der Jahre investiert habe.«
Der Frühling kam und mit ihm die Reiselust!
»Weißt du was, wir sollten wieder einmal verreisen!« lachte Constance.
»Wie kommst du darauf? Wir haben es doch hier so schön, in keinem Hotel könnten wir es schöner haben.«
»Aber wenn wir erst beide am Stock gehen, können wir von der Schönheit der großen Welt nichts mehr sehen. Eine Luftveränderung würde dir auch gut tun.«
Also beschloß man, wieder die Koffer zu packen. Diesmal hatten sie sich Baden bei Wien ausgesucht. Das Klima war mild um diese Jahreszeit, Mai, und lud geradezu dazu ein, in diese herrliche Gegend zu reisen.
»Ich habe mir schon immer gewünscht, dir einmal Wien zu zeigen!« lachte Constance, ich habe auch schon an Herrn Dr. Seeliger geschrieben.«
»Wer ist Dr. Seeliger?« fragte Stefan etwas irritiert.

»Na aber, ich hab' dir noch nie von Dr. Seeliger erzählt? Das kann ich gar nicht glauben! Er ist mein großzügiger Förderer beim österreichischen Rundfunk gewesen. Ihm verdanke ich es, daß meine Gedichte und eine Prag-Erzählung ausgestrahlt wurden!«
»Und weshalb hast du ihm geschrieben?«
»Er hat uns doch so lieb zur Hochzeit gratuliert, erinnerst du dich wirklich nicht mehr? Ich wollte, daß er uns Wien zeigt, er ist doch Wiener.«
»Du kannst ihn doch nicht mit solchen Dingen belästigen! Mit jedem Baedeker können wir Wien durchstreifen.«
»Aber ... du stehst nicht im Baedeker. Er will dich doch kennenlernen!«
»Ach so.« Nun mußte auch er lachen.
»Ich dachte, du interessierst dich für die Leute, die deinem Schatzile so sehr geholfen haben, als ich noch nicht dein Schatzile war!«
Seine Erwiderung ging unter, weil es schellte.
Man fuhr also nach Baden bei Wien und stieg in einem sehr guten Hotel ab. Constance, die in ihre Ehefrauenrolle immer mehr hineinwuchs, blühte auf wie eine Pfingstrose; sie genoß es, nicht mehr allein zu sein. Ganz nahe bei ihrem Hotel gab es einen Park, in dem gerade die Rosen zu blühen begannen. Es war eine Pracht! Sie blühten in allen Farben und zum Unterschied zu dem wunderschönen Stadtpark, der etwas in Steilhanglage war, konnte Stefan den Doblhofpark ohne Anstrengung seines schwachen Herzens nehmen. Darüber hinaus gab es das berühmte »Helenental«, von dem das Lied singt: »Ich kenn' ein kleines Wegerl im Helenental, das ist für alte Ehepaare viel zu schmal, Verliebte aber müssen einghenkt geh'n und das ist schön, ja das ist schön!«
Das Wetter ließ nichts zu wünschen übrig und so spazierten sie Tag für Tag abwechselnd im Rosenpark oder durchs Helenental, machten öfters Pause und streckten sich auf einer Decke im Grase aus. Der Himmel über ihnen war blau, wie die viel besungene »Blaue Donau«. Käfer summten, Vögel zwitscherten in den Zweigen und außer dem leisen Gemurmel der Wien, die durch

das malerische Tal floß, war ringsum himmlische Ruhe.
»Weißt du, Liebster, daß ganz in unserer Nähe das berühmte Mayerling liegt?«
Stefan hatte von Mayerling noch nicht viel gehört. Constance dagegen war diesem schicksalsschweren Namen bereits im Elternhaus begegnet.
»Wir müssen es unbedingt ansehen, ja?«
»Aber wie kommen wir dahin?«
»Wir werden uns im Hotel erkundigen, es gibt sicher Busverbindungen.«
Aber sie lernten im Hotel ein Ehepaar aus Bochum kennen, zufällig auch ein Ingenieursehepaar, die ihren Wagen dabei hatten und sich im Gespräch bei Tisch sofort bereitfanden, sie dahin zu fahren. Auch sie hatten Mayerling in ihre Reisepläne einbezogen.
Constance, mit ihrer großen Liebe für historische Plätze, war tief beeindruckt von dem Kloster, das vor dem tragischen Tod des österreichischen Thronfolgers ein Jagdhaus gewesen war. Über dem Schlafzimmer hatte der alte Kaiser eine Kapelle bauen lassen.
»Du bist mit der Geschichte der Habsburger gut vertraut, nicht wahr?«
»Mama sprach immer wieder davon, sie war mit Leib und Seele Österreicherin, obgleich sie doch aus Mähren stammte. Ich kenne die ganze tragische Geschichte um den Tod des Erbprinzen, dessen Hintergründe nie ganz geklärt werden konnten.«
»Wenn du dich wohl genug fühlst, mein Liebling«, sagte Constance, »würde ich Herrn Dr. Seeliger anrufen und mit ihm einen Termin ausmachen. Wir wollten doch von ihm Schönbrunn gezeigt bekommen, was meinst du?«
Also rief sie eines abends vom Hotel aus an, und man vereinbarte einen Termin für den nächsten Tag. Um sich nicht zu verfehlen, erbot sich Dr. Seeliger, sie mit seinem Auto abzuholen. Dr. Seeliger war ein gut aussehender Mann in den Sechzigern. Constance kannte ihn seit vielen Jahren, wenn sich auch diese

Kenntnis hauptsächlich auf einen regen Briefwechsel beschränkte. Dafür war ihre erste Begegnung um so eindrucksvoller verlaufen. Die temperamentvolle Conny hatte sich gewissermaßen gewalttätig Eingang verschafft. Aber der lebenserfahrene Weltmann hatte diesen Überfall der hübschen jungen Frau mit Humor aufgenommen.
Ohne dieses Vorspiel wäre ihm die junge Autorin, die für seine Begriffe eine hervorragende Lyrikerin war, wohl nie aufgefallen. Er hatte sie dann – so lange er im Amt war – nach Kräften gefördert.
Sie fuhren als erstes nach Schönbrunn. Es war ein heißer Tag, Anfang Juni, und Conny machte sich Sorgen, wie Stefan die Besichtigung der vielen Prachträume des Schlosses bewältigen würde. Tatsächlich war er nicht sehr gesprächig und ging immer langsamer.
»Wir sollten vielleicht eine kleine Pause einlegen«, schlug Conny darum vor.
»Es ist sowieso bald Mittag, vielleicht könnten wir in dem kleinen Lokal am Eingang des Schlosses etwas essen?«
Sie brachen also die Besichtigung ab und fanden einen freien Tisch im Restaurant am Eingang des Schloßhofes. Dr. Seeliger versuchte immer wieder, Stefan in ein Gespräch zu ziehen, es gelang ihm nicht. Constance saß wie ein begossener Pudel da, sie kannte ihren sonst so umgänglichen und liebenswürdigen Mann nicht wieder. Was war los? Sie fand keine Erklärung für sein Verhalten und entschuldigte ihn bei Dr. Seeliger: »Ich glaube, Stefan fühlt sich nicht wohl, es war doch wohl zu viel für ihn.«
»Aber das verstehe ich doch, liebe gnädige Frau, wenn er erst kürzlich eine so schwere Krankheit überstanden hat!«
Ihr Reisebegleiter brachte sie zurück in ihr Hotel. Die Einladung von Constance, mit ihnen doch noch ein Glas Wein zu trinken, schlug er höflich aus.
»Ihr Herr Gemahl muß sich jetzt ein bißl hinlegen, wir holen es nach, wenn er sich wieder besser fühlt.«
Er küßte Constance die Hand und verabschiedete sich rasch aber

höflich. Kaum war er weg, überfiel Constance ihren Mann mit Vorwürfen.
»Wie konntest du dich so benehmen, ich habe mich für dich geschämt.«
Aber Stefan hüllte sich in Schweigen!
»Hat er dir nicht gefallen? Er ist ein so seelensguter Mensch und ich verdanke ihm so viel!« Sie weinte fast.
Stefan antwortete ihr nicht, er trug aber einen so gequälten Gesichtsausdruck zur Schau, daß sie schwieg, aus Angst, es gehe ihm wirklich nicht gut.
Stefan hatte eine Art, sein Unbehagen auszudrücken: er schwieg beharrlich, wie ein trotziges Kind.
Erleuchtungen, die uns kommen, sind nicht immer von der Zeit abhängig, in der sie uns kommen. Es sollte Jahre dauern, bis Constance begriff: der Ärmste war eifersüchtig!
Die Tage ihrer Ferien neigten sich ihrem Ende zu. Aber Stefan Wien nicht zu zeigen, den Prater und das Riesenrad, es wäre ihr wie eine Todsünde vorgekommen! Sie absolvierten alles langsam, jeden Tag sahen sie sich etwas anderes an. Das Hotel, in dem sie abgestiegen waren, war zwar vorzüglich geführt, hatte aber keine Atmosphäre. Es wirkte kalt und unpersönlich. Sie hatten Halbpension gebucht, zogen es aber vor, das Abendessen dort nicht einzunehmen. Durch die netten Bochumer waren sie darauf gebracht worden, abends zum Heurigen zu gehen. Und das genoß Stefan, der Weinkenner, aufs beste, hier fehlte ihm nichts zum Glück. Dazu kam, daß man ja immer auch eine Kleinigkeit zum Wein zu essen bekam: Aufschnitt, Hörndln, Brezen und alle Sorten feinsten Käse, kurzum das Problem Abendessen war aufs Beste gelöst. Und noch etwas spielte eine große Rolle: der Österreicher ist der geborene Wirt. Besonders dann, wenn er schon ein paar Weinderln intus hat. Für ihn waren die Fremden keine Fremden, sondern diejenigen, die Geld ins Land brachten; nicht zufällig lebt der Österreicher in erster Linie vom Tourismus. Und darum verstand es sich von selbst, daß man zu ihnen nett war, freundlich, entgegenkommend. An den ungedeckten Holz-

tischen, auf Holzbänken, kam man sich schnell näher. Es wurde gelacht und gescherzt und Stefan, ihr oft so deprimierter Stefan, war der Fröhlichste von allen.
»Gell, uns wird der Heurige fehlen, wenn wir wieder daheim sind«, fragte Conny ihn lachend, als sie an diesem Abend zu Bett gingen.
»Na und ob. Wir müssen einfach wiederkommen.«
Ja, das war's! Das Wiederkommen. Es wäre zu schön, dachte Conny. Nicht zufällig hatte sie in Österreich immer Heimweh, zuviel erinnerte sie an ihre böhmische Heimat. In Deutschland, zu dem sie aufgrund ihrer Sprache gehörte, hatte sie seelisch nie Wurzeln geschlagen.
»Du bist ja auch eine halbe Österreicherin!« sagte Stefan, als könne er ihre Gedanken lesen.
»Findest du?«
»Genau so dünnhäutig und so ... charmant!« Er nahm sie in die Arme. Und hier, in seinen Armen, war ihr wirkliches Zuhause.
Sie kehrten Mitte Juli heim. Der Garten war immer noch recht verwildert.
»Ich muß mich um die Rosen kümmern, gleich morgen werde ich sie ausschneiden, das sieht ja schlimm aus«, meinte Stefan.
»Und ich muß waschen. Hoffentlich hält das Wetter. Dann kannst du mir die Wäschespinne auf die Terrasse stellen. Es ist eine Freude, wie schnell alles trocknet. Der Sommer ist wirklich eine herrliche Zeit.«
Als sie in die Küche kamen, sahen sie sich irritiert an.
»Wieso ist es hier so düster, mitten im Sommer?« Als sie durchs Fenster sahen, wußten sie, warum.
»Weißt du's jetzt?« lächelte Constance.
»Der Ginster am oberen Hügel. Er muß weg. Er nimmt dir das Licht in der Küche. Er ist ja schrecklich gewachsen seit wir weg waren!«
Am nächsten Tag war Constance in der Waschküche, die im Keller untergebracht war.
»Ich werde zuerst den Ginster abbrennen, die Rosen können noch

einen Tag warten«, meinte Stefan und war schon in seiner geliebten »Schaffhose«, einer Hose, die er nur zur Arbeit im Garten anzog, die zu waschen sich Constance vergeblich bemühte. So ließ sie ihn in diesem historischen Aufzug und lächelte nur nachsichtig; Männer haben öfter Nachsicht nötig!
Es gibt Augenblicke im Leben, da führt uns unser guter Stern, oder auch der Schutzengel, zur rechten Zeit an den rechten Ort. Mitten während der Wäsche fiel Constance ein, daß sie ja auch die Küchenvorhänge hatte waschen wollen. Darum ließ sie alles liegen und lief in die Küche, um die Vorhänge zu holen. Aber ... um Himmelswillen, was war das? Der Hügel, wo ehedem der Ginster stand, stand in hellen Flammen!
»Stefan!« schrie sie, weil sie ihn nicht sah.
»Um Himmelswillen, was ist passiert? Wo bist du denn?« Sie lief ins Freie, aber da stand auch die andere Seite des Hanges in Flammen und Stefan, Stefan stand mitten drin!
Sie lief ans Telefon und rief die Feuerwehr. Als sie hinauslief, waren schon Leute von der Straße aufmerksam geworden und kamen zu Hilfe. Einige Männer schlugen die Flammen mit Stöcken und Säcken aus. Constance lief zu ihrem Mann. Er stand totenbleich zwischen den Flammen und rührte sich nicht. Sie nahm ihn an der Hand und führte ihn die kleine Steintreppe herunter, die zum Hause führte. Er war totenbleich und nicht ansprechbar.
Inzwischen war auch die Feuerwehr eingetroffen, sie hatte den Brand schnell unter Kontrolle. Es war aber auch höchste Zeit gewesen, wenig später hätten die Flammen auf den angrenzenden Wald übergegriffen.
Behutsam und liebevoll zog Conny Stefan aus und bettete ihn im Wohnzimmer auf die Couch. Dann lief sie in die Küche und brühte ihm eine Tasse Kamillentee auf, den sie ihm vorsichtig einflößte. Sie holte frische Wäsche und wusch ihm das verrußte Gesicht und die Hände. Immer noch sprach er kein Wort.
»Das Feuer ist gelöscht und die Feuerwehr ist wieder abgezogen. Wir haben Glück im Unglück gehabt, es hätte schlimmer kom-

men können!« Aber sie stellte keine Fragen und hütete sich wohl, ihm Vorwürfe deswegen zu machen. Abgesehen davon, daß Vorwürfe jetzt auch nichts mehr nützten, er stand so sehr unter Schock, daß sie daran dachte, die Ärztin zu rufen, die am Orte ihre Praxis hatte.

Viel später, nach etlichen Tagen, kam er von sich aus auf den Brand zu sprechen. »Weißt du, daß es ganz windstill war, als ich den Ginster abbrannte? Plötzlich kam Wind auf. Noch nie habe ich Flammen sich derart schnell verbreiten sehen! Ich habe ganz einfach die Kontrolle verloren!«

»Vergiß es, es ist ja noch einmal alles gut gegangen.«

Stefan, der in allen Dingen so überaus geschickt war – der geborene Ingenieur – schämte sich. Er schämte sich, weil ihn seine Geschicklichkeit diesesmal im Stich gelassen hatte. Sein Selbstvertrauen hatte eine arge Niederlage erlitten. Was die Vermieter, das Ehepaar Baron von diesem Vorfall dachten, wurde zum gegenwärtigem Zeitpunkt nicht offenbar. Immer noch traf man sich einmal im Monat bei ihnen oder auf dem »Heidelberg«, wie die Anhöhe hieß, die nun Constances und Stefans Zuhause war. Man traf sich bei Kaffee und Kuchen zu einem Plausch, mehr konnte es nicht sein, dazu waren die Interessen einfach zu verschieden.

»Meine Frau ist ein Wandervogel« sagte Herr Baron, zwischen einem neuen Stück Apfelkuchen und der dritten Tasse Kaffee, die Constance ihm eingoß.

»Vielleicht sollten wir einmal gemeinsam eine Wanderung unternehmen? Das Elmsteinertal ist voller wunderschöner Flecken.«

Man einigte sich beim Abschied für einen der nächsten Tage. Der Aufstieg durch den Wald war streng und bald zeigte es sich, daß weder Constance noch Stefan mit ihren Wandergesellen Schritt halten konnten; man ließ sie einfach zurück.

»Strenge dich nicht an, Liebling«, sagte Constance, »wir haben keine Wette abgeschlossen. Für uns ist das nichts!«

»Für uns ist das wirklich nichts«, erwiderte Stefan. »Die rennen spazieren, wir gehen spazieren.«

In Zukunft ließen sie sich von derartigen Vorschlägen nicht mehr becircen. An der Autostraße, wo sie sich wieder trafen, waren die beiden »Renner« voller Triumph. Stefan und Conny tauschten nur einen Blick und ließen sie triumphieren; man muß auch mit Anstand verlieren können.
Sohn Heinz feierte im August seinen vierzigsten Geburtstag. Er lud den Vater aus diesem Anlaß nach Berlin ein, versäumte es aber, Constance in seine Einladung einzubeziehen.
»Natürlich kommst du mit, das wäre ja noch schöner«, sagte Stefan und legte den Brief zur Seite. »Seit wann gehe ich ohne dich irgendwohin?«
»Aber Stefan, ich bin nicht eingeladen, bitte verlange das nicht von mir, ich habe auch meinen Stolz!«
»Gut, dann fahre ich auch nicht!« Sein Eigensinn war ohne Frage kindisch, aber nicht zu brechen. Er rief den Sohn an: »Du hast versäumt, Conny einzuladen, bitte hole das nach«, sagte er und reichte seiner Frau den Hörer mit der Bemerkung: »Heinz will dir etwas sagen.«
Conny, innerlich widerstrebend, nahm den Hörer und begrüßte den Stiefsohn: »Guten Tag, Herr Dr. Körner, ihr Vater sagte mir, Sie möchten mir etwas sagen?«
»Ich wüßte nicht, was ich Ihnen zu sagen hätte«, war seine ungezogene Antwort. Sie legte den Hörer aus der Hand.
»Das konntest du nicht machen, Stefan, so läßt er sich nicht bevormunden, er ist kein Knabe mehr. das vergißt du manchmal.«
Stefan knirschte mit den Zähnen vor Zorn. Der ungute Widerstand, den seine Familie seiner Frau entgegensetzte, reizte ihn zur Weißglut. Er schrieb seinem Sohn wörtlich: »Wo meine Frau nicht willkommen ist, habe auch ich nichts verloren.«
Der Geburtstag kam und Stefan erwähnte ihn mit keiner Silbe. Er schickte auch keinen Glückwunsch, obgleich ihn seine Frau immer wieder dazu aufforderte.
»Brich die Brücken zu ihm nicht gänzlich ab, er ist immerhin dein einziger Sohn. Begreife doch, daß ich über eueren Bruch

nicht froh sein kann, ich weiß doch, wie sehr du an ihm hängst, auch wenn du es abstreitest.«
Glücklicherweise gab es auch Erfreuliches in ihrem Alltag. Da war ein Lied, mit einem wundervollem Text und mit einer einschmeichelnden Melodie, die von keinem Geringeren als Franz Liszt komponiert war. »Es muß ein Wunderbares sein, um's Lieben zweier Seelen, sich schließen ganz einander ein, sich nie ein Wort verhehlen. Und Glück und Leid und Freud und Schmerz so miteinander tragen, vom ersten Kuß bis in den Tod sich nur von Liebe sagen.«
»Spiel' sie uns noch einmal, Schatzile, unsere Melodie«, bat Stefan und sie tat es nur zu gerne. Dies waren die stillen Stunden ihrer Liebe, die sie für alles entschädigten.
»Lies«, sagte Constance und reichte ihm ein Gedicht, »die Frucht einer Nacht«. »Nachts sollst du schlafen, oder mich in die Arme nehmen«, brummelte Stefan und las:

Wie ein Blitz der fällt,
War, was uns geschah.
Was die Nacht erhellt,
War zu wunderbar ...
Macht uns immerzu
Stumm vor lauter Glück,
Drin wir untertauchen
Jeden Augenblick ...
Wie ein Blitz, der fällt,
Brennst du mir im Blut,
Alles was uns trennt,
Stirbt in seiner Glut.

Was anderes konnte Stefan tun, als sie an sein Herz ziehen?
»Seit ich weiß, was Liebe ist«, sagte Constance leise, »verstehe ich die Sehnsucht der Frau nach einem Kind, einem Unterpfand dieser Liebe.«
Stefan schluckte. Diese Frage hatte kommen müssen, er hatte sie

seit langem erwartet. Behutsam versuchte er, ihr seinen Standpunkt klarzumachen.
»Wir sind beide nicht mehr jung, Liebste. Wenn mir etwas zustößt, bist du allein mit einem kleinen Kind, allen Angriffen ausgesetzt. Und ... auch du bist inzwischen keine junge Mutter mehr und die Gefahr, ein geistig behindertes Kind zur Welt zu bringen, ist in dieser Altersgruppe hoch. Möchtest du das? Ein behindertes Kind?«
»Natürlich nicht«, antwortete Constance leise und traurig. Damit war dieses Thema ein für allemal vom Tisch.
Der zweite Hochzeitstag näherte sich.
»Hast du einen speziellen Wunsch, mein Herz?« fragte Stefan seine Frau.
»Die Frau, die keinen speziellen Wunsch hat«, erwiderte Conny, »muß erst geboren werden!«
»Also laß' die Katze aus dem Sack, ich werd's schon überleben«, lachte Stefan.
»Unsere Weingläser bräuchten dringend eine Auffrischung, allmählich geniere ich mich, wenn Gäste kommen.«
Stefan stimmte ihr zu und schrieb eine bekannte Glas- und Porzellanfirma an. Kurz darauf erhielten sie den Besuch einer Dame, die ihnen Muster zeigte.
»Sind sie nicht wunderschön?« Constance hatte schnell ihre Wahl getroffen, sie besaß einen exklusiven Geschmack, einen teueren Geschmack, wie ihr Mann zu sagen pflegte. Es war Handschliff mit Goldrand, sie waren ohne Zweifel prächtig. Stefan gab die Bestellung auf, mit dem Vorbehalt, »nur, wenn sie bis zum Hochzeitstag geliefert werden!«
Und so geschah es dann auch. Der zweite Hochzeitstag selbst war ein erster Herbsttag mit kühlen Winden und wenig Sonne. Dennoch fuhren sie mit ihrem »Felix« nach Johanneskreuz, einem im Walde gelegenen Ausflugsziel, mit entsprechenden Restaurationen im Zentrum. Aber der Wildbraten, auf den sie sich gefreut hatten, schmeckte nicht mehr so gut, wie sie es von ihrem ersten Besuch in Erinnerung hatten. Der Wind, der

inzwischen aufkam, machte einen Waldspaziergang auch nicht zum reinen Vergnügen.
»Laß uns heimfahren, wir haben es ja zu Hause viel schöner«, sagte Conny und sprach damit auch Stefans Meinung aus. Kaum daheim angekommen, sagte Stefan: »Weißt du was, stell mir doch noch einmal die neuen Gläser heraus, ich möchte sie mir einfach noch einmal ansehen!«
Für einen Moment wollte sie widersprechen, immerhin hatte sie sie schon gewaschen und im Silberschrank sichtbar verstaut. Sie räumte den Tisch ab und stellte ihm die vierundzwanzig neuen Gläser, Weißwein- und Rotwein- und Wassergläser, auf den Tisch. Und Stefan, wie ein kleiner Junge zu Weihnachten, spazierte um den Tisch herum und freute sich. Diese intensive Freude hatten sie gemeinsam, wie sie ja überhaupt in ihrer Art, sich zu geben, vieles gemeinsam hatten. Viel später, als der kurze Traum vom Eheglück vorbei war, war Constance immer froh in der Erinnerung, daß sie damals nicht widersprochen hatte. Damals, als sie noch nicht wissen konnte, daß ihm nur noch wenige Tage an ihrer Seite gegönnt waren. Wie gut, daß das Unterbewußtsein oder ein geheimnisvolles Ahungsvermögen, uns in den entscheidenden Momenten doch das Rechte tun läßt.
Acht Tage später, an einem Tag wie jeder andere, passierte es dann. Sie hatten lange Fernsehen angeschaut, es war eine Sendung über eine neue Klinik in Berlin, an der Stefans Sohn Heinz auch maßgeblich beteiligt war, so daß es über Gebühr spät wurde.
»Ich kann nicht mehr«. Conny erhob sich und räumte die Weingläser weg. Die angebrochene Flasche stellte sie zurück in den Kühlschrank. Stefan erhob sich, sah noch einmal alle Türen und Fenster nach und meinte lakonisch: »Ich geh' schon immer rauf ins Bad.«
Als sie ihm kurz darauf folgte, war er schon im Bett, als sie aus dem Bade kam. »Häschen!« lachte sie ihm zu und schlüpfte neben ihn. Sie löschten das Licht und sie kuschelte sich in seine Arme.
»Bist du nicht heute dran mit dem Nachtgebet?«

»Ach, du kannst es doch viel besser!« schnurrte er. Sie beteten laut das »Vaterunser« und gaben sich den Gutenachtkuß. Constance konnte noch nicht einschlafen, obgleich sie todmüde war. Es war eine unerklärliche Unruhe in ihr, für die sie keine Erklärung hatte. Da kam er noch einmal zu ihr, sie hatte ihn schon schlafend gewähnt; es sollte das letztemal sein.

Wenig später dann ein fürchterlicher Krach! Es hörte sich an, als wäre ein Schrank umgestürzt. Conny erschrak fürchterlich. »Stefan!« rief sie, »warum machst du dir kein Licht, wenn du heraus mußt?«

Sie glaubte, er sei im Dunkeln irgendwo angestoßen, hatte vielleicht einen Stuhl umgeworfen, aber sie erhielt keine Antwort. Sie lag in der Mitte des breiten Bettes und arbeitete sich durch, auf die andere Seite, um die Nachttischlampe anzuzünden. Das Licht flammte auf.

Sie sah Stefan in halb sitzender Stellung am Fußende seines Bettes liegen. Fassungslos, noch immer nicht begreifend, lief sie zu ihm. Er lag da, mit gebrochenen Augen. Nein, schrie sie, nein! Oh mein Gott, nimm ihn mir noch nicht! Zitternd lief sie ins Bad, füllte einen Zahnbecher mit Wasser und schüttete es ihm ins Gesicht. Er reagierte nicht. Sie schüttelte ihn und rief immer und immer wieder seinen Namen. Schließlich zog sie ihm die Pyamajacke auseinander und legte ihr Ohr auf sein Herz, es blieb still. Wie erstarrt lief sie hinunter ans Telefon und rief die Ärztin an, die nur zwei Häuser von ihnen entfernt wohnte.

»Bitte kommen Sie sofort, Frau Doktor, mein Mann stirbt!«

Es dauerte für ihre Begriffe ziemlich lang, bis die Ärztin kam. Sie konnte nur bestätigen, was Constance bereits wußte: Stefan war tot. Sie stellte keinerlei Fragen, sie war ja seine behandelnde Ärztin gewesen; sie sprach aber auch der unglücklichen Frau kein Beileid aus. Als sie sich anschickte zu gehen, mit dem Bemerken: »Ich werde Ihnen unten den Totenschein ausstellen«, bat sie Constance: »Bitte wollen Sie mir nicht helfen, Stefan auf sein Bett zu legen? So rutscht er ja auf den Bettvorleger.«

Die Ärztin sah sie böse an: »Aber ich kann doch den schweren

Mann nicht heben!« war ihre Antwort. Constance begriff schlagartig. Die Frau, sie wußte es, hatte sie nie gemocht. Die überaus dünnhäutige Constance spürte so etwas. Sie wußte zwar keinen Grund dafür, aber daß es dazu keines Grundes bedurfte, das wußte sie aus bitterster Erfahrung!
»Aber ... Sie sollen ihn doch nicht allein heben, wir können es doch zu zweit tun!« Da erst bequemte sie sich, ihr zu helfen!
Unten im Wohnzimmer stellte ihr die Ärztin dann den Totenschein aus: »Herzinfarkt«. Also doch. Diesmal war er ohne Voranmeldung gekommen, heimlich, wie der Dieb in der Nacht. Als die Ärztin gegangen war, kehrte Constance ins Schlafzimmer zurück. Sie hatte eine Kerze mitgebracht und ihr Schottmeßbuch. Sie zündete die Kerze an, kniete sich neben das Sterbebett und betete die Totengebete ihrer Kirche. Sie glaubte, ihm das schuldig zu sein! Ihr kam kein Trost! Sie war in einer ihr selbst rätselhaften Gemütsverfassung. Wenn sie hätte weinen können, vielleicht hätte sich der Ring um ihr Herz gelöst. Aber sie blieb tränenlos! Die ganze Nacht irrte sie ruhelos durch das stille Haus. Vor dem Morgen konnte sie sich an niemanden wenden. Um sieben Uhr, so dachte sie, könnte sie es wagen, die Barons anzurufen. Sie waren ja die Einzigen, die sie hier am Ort kannte. Zu kurz war die Zeit, in der sie hier gelebt hatten, zu kurz, um schon Freunde zu haben!
Immer, wenn sie zu dem Toten zurückkehrte, tröstete sie ihn: »Du mußt dich nicht fürchten, ich bin ja da!« sagte sie zu ihm, wie man ein verängstigtes Kind tröstet. Da kam ihr der Gedanke, sich Papier und Kugelschreiber zu holen und Frau Vieser zu schreiben, jener Kärntner Schriftstellerin, mit der sie seit ihrer Reise an den Wörthersee so etwas wie eine Brieffreundschaft verband. Aber nicht unten, nein, neben Stefan wollte sie schreiben, sie wollte ihn nicht allein lassen. Sie räumte den Spiegeltisch ab und stellte eine Kerze hin, und im Lichte der Kerze, den geliebten Toten neben sich, schrieb sie: »Liebe Frau Vieser, ich habe eben mein Liebstes verloren!« Und auf einmal kamen ihr die Tränen ...

Am anderen Morgen, schwach und übernächtigt, rief sie die Barons an. Sie nahmen ihre Mitteilung merkwürdig gefaßt auf und versprachen, so schnell wie möglich zu ihr zu kommen und ihr nach Kräften beizustehen. Als sie kamen, brachten sie einen Prospekt für Särge mit. Es stellte sich heraus, daß in ihrer Straße ein Tischler seine Werkstatt hatte, der nicht nur Särge lieferte, der darüber hinaus den Angehörigen Verstorbener auch alle anfallenden Behördenwege abnahm.
Constance, die jetzt vom Bus abhängig war, empfand dies als sehr wohltuend und übertrug ihm alles. Die Barons telefonierten mit einer Schwester in der nahen Kreisstadt, die kam, den Toten zu waschen und anzukleiden. Niemals sollte die unglückliche Frau vergessen, wie die Träger den Toten sehr mühsam um die enge Biegung der Treppe trugen, um ihn in den bereitstehenden Sarg in der Diele zu legen. Dann trugen sie ihn die vielen Treppen hinab in den an der Straße wartenden Leichenwagen, um ihn in die Friedhofshalle zu bringen, wo er bis zur Beerdigung aufgebahrt blieb.
Die Barons empfahlen sich, Constance war wieder allein. Der Kater Florian strich um ihre Beine. In seinen wunderschönen bernsteinfarbenen Augen stand soviel Traurigkeit, als hätte das vernunftlose Tier verstanden, daß das geliebte Herrchen sie für immer verlassen hatte. Sie ging mit ihm in die Küche und füllte ihm sein Schüsselchen, sich selbst brühte sie eine Tasse Kaffee auf, den sie im Stehen trank. Der Zustand, wieder allein am Tisch zu sitzen, mußte erst allmählich wieder geübt sein ... so viel mußte sie jetzt denken und hätte sich doch viel lieber in eine Ecke verkrochen, um sich ihrem Schmerz hinzugeben, der sehr intensiv von ihrer ganzen Person Besitz ergriff.
Da war der Sohn zu verständigen. Um persönlichen Kontakt zu vermeiden, telegraphierte sie. Der Mann von der Gemeinde kam, und sie mußte eine Grabstelle am Friedhof aussuchen, Blumen und Kränze mußten bestellt werden und die Friedhofsgärtnerei wollte wissen, wie die Leichenhalle ausgeschmückt werden sollte. Alle diese Dinge, die im allgemeinen Angehörige tun, sie mußte

an alles allein denken. Auch an die Todesanzeigen in der Zeitung, die wegen des anfallenden Feiertages verspätet erschien.
Und dann kam der Sohn. Er kam ohne Voranmeldung und er kam in Begleitung einer ihr völlig fremden Dame, die er ihr als »Cousine« vorstellte. Es fiel ihr auf – nicht zum ersten Mal – daß er stets das Alleinsein mit ihr vermied. War das sein schlechtes Gewissen? Er drückte ihr sehr förmlich sein Beileid aus, die Fremde tat dasselbe. Später, als alles vorbei war, wunderte sie sich, weil der so befehlsgewohnte, dominierende Mann ihr nicht vorschrieb, wo der Vater beerdigt werden sollte, z.B. neben seiner ersten Frau in Ludwigshafen.
Es war nicht Großmut von ihm, der ihr das zugestand, der Gesetzgeber bestimmte, daß die Ehefrau entschied, wo der Gatte seine letzte Ruhe fand. Aber das erfuhr sie erst viel später und ganz zufällig.
Zu ihrer Standardgarderobe gehörte ein schwarzes Kostüm, das ihr zum Glück noch paßte. Jetzt konnte sie auch den schwarzen Hut aufsetzen, der seinerzeit bei Stefan so wenig Anklang gefunden hatte. Sie ließ sich von Frau Baron, die sich auf solche Dinge verstand, einen kurzen schwarzen Schleier darauf drapieren.
Wäre der Anlaß dazu nicht ein so trauriger gewesen, sie hätte mit ihrem Spiegelbild zufrieden sein können; sie war noch immer eine schöne Frau, trotz ihrer vierzig Jahre.
Mit den Barons hatte sie abgesprochen, daß diese sie, wenn es der Sohn und die Schwiegertochter versäumten, in die Mitte nehmen sollten, damit sie nicht allein hinter dem Sarge gehen mußte. Aber als es so weit war, nahmen sie der Sohn und dessen Frau in die Mitte, so, zu Dritt, gingen sie hinter dem Sarge die Treppe hinauf. Es war wenig Publikum da, man war einfach noch zu fremd am Orte, noch nicht einmal ein volles Jahr! Von den Verwandten war nur Stefans jüngster Bruder mit seiner Frau da, eben jener Frau, die sie bei ihrem letzten Besuch nicht hatte ins Haus hereinlassen wollen.
Entsetzt war sie, daß auch Marianne aus Baden Baden, die Stefan zu ihrem letzten Weihnachtsfest am Telefon so aufgeregt hatte,

sich nicht geniert hatte, hier die trauernde Nichte zu spielen; sie würdigte sie keines Blickes! Eine Abordnung der Burschenschaft, in vollem Wichs, gab Stefan die letzte Ehre, darüber freute sie sich.

Wieder zu Hause, nahm Constance die Schallplatte, mit »ihrem« Lied: »Es muß ein Wunderbares sein, ums Lieben zweier Seelen ...!«

Nun flossen die erlösenden Tränen. Sie hatte keine Ahnung, wie es weitergehen sollte und sagte zu Florian, der ihr auf den Schoß sprang: »Was wird nun werden Flori, ohne unser Herrchen?«

Zunächst flatterten Rechnungen ins Haus. Eine der ersten die der Ärztin, die ihr in jener schicksalhaften Nacht so ungut begegnet war.

An einem der darauffolgenden Tage ging sie auf die Gemeindeverwaltung der nahen Kreisstadt. Dort erfuhr sie, daß ihr drei volle Monatsrenten ihres Mannes als erste finanzielle Hilfe zustanden. Auch mit Stefans Krankenkasse, einer Privatkasse, mußte sie verhandeln. Jetzt, wo sie allein war, ließ man sich sehr viel Zeit mit der Rückerstattung der Rechnungen und Rezeptgebühren. Constance begriff, daß sie einen neuen gesellschaftlichen Status erworben hatte: sie war jetzt Witwe, eine unter Millionen. Eine plötzliche Witwenschaft ist ein Zustand, in den man erst hineinwachsen muß. Eines aber ist sicher, man hat sehr viel mehr zu bewältigen, als nur seinen Schmerz! Auf die Verwandtschaft konnte sie nicht zählen, sie hatte sich nach der Beerdigung empfohlen, nicht einmal die Hand zum Abschied war sie ihnen wert gewesen! Die Angst, dem Stiefsohn zu mißfallen, beherrschte sie alle!

Die Samstagnachmittagsbesuche bei den Barons blieben zunächst, Constance war froh und dankbar! Aber sie mußte schon bald begreifen: jetzt war sie allein! Hatte Herr Baron aus seiner Schwärmerei für sie schon zu Lebzeiten Stefans kein Hehl gemacht, jetzt wurde er zusehends deutlicher. Es begann mit dem angetragenen »Du«, das sie schlecht ausschlagen konnte, ohne die beiden zu kränken. Dann kam Herr Baron nach dem Garten

und nach der Heizung sehen, lauter »Liebesdienste«, für die er zu irgendeinem Zeitpunkt Rechnung stellen würde.
Eines Tages nahm sie zu den Barons ein kleines Notizbuch mit, in dem sie alle ihre Vermögensverhältnisse, diverse Sparkonten und Wertpapiere, eingetragen hatte. Sie hatte es mitgenommen,um ihre Freunde um Rat zu fragen, denn in Gelddingen war sie ziemlich unerfahren. Als sie von diesem Besuch heimkam, vermißte sie das kleine Notizbuch! Es sollte nie mehr auftauchen! Dafür wußten einige Leute im Ort ziemlich gut über ihre finanziellen Verhältnisse Bescheid.
Constance war sicher, daß sie es bei den Barons hatte liegenlassen, aber ihre vorsichtige Frage danach wurde verneint. Als sie das erste Mal einen Annäherungsversuch des Herrn Baron energisch abwehrte, hatte sie es endgültig mit ihm verdorben!
Das war vorauszusehen gewesen! Aber ... konnte sie es sich in ihrer Situation leisten, Freunde zu verlieren?
Und noch etwas geschah, etwas, was vorauszusehen war: Frau Baron sah in ihr jetzt die Rivalin! Wahrscheinlich kannte sie ihren Mann, aber sie war entschlossen, dieser Freundschaft ein Ende zu setzen! Sowieso würde die Frau allein in ihrem Hause nicht wohnen bleiben können!
Frau Baron war eine äußerst geschickte Intrigantin! Sie versuchte es auf die schmutzigste Art, Constance endgültig auszubooten. Als sie wieder einmal zu Besuch kam, fragte sie: »Da hat doch gestern, spät nachts, bei uns das Telefon geschrillt. Ich bin aufgestanden, wir waren schon zu Bett gegangen, weil es gar nicht mehr aufhörte. Eine Frauenstimme war dran, die sich nicht vorstellte, aber sie lachte fortwährend, war offensichtlich angetrunken!«
Constance hatte noch immer nichts begriffen!
»Was es doch für Leute gibt!« sagte sie arglos. Bis die Berichterstatterin fortfuhr: »Ich sagte zu meinem Mann: das war ganz die Stimme von Constance Körner!«
Erst jetzt fiel bei Constance der Groschen!
»Mein Gott, aber das kannst du doch nicht im Ernst angenom-

men haben!« fragte sie zurück, erhielt aber keine Antwort. Von diesem Tage an ging sie nicht mehr zu den Barons, sie wurde auch nicht mehr eingeladen!
An einem Tag, sie war so einsam, daß sie glaubte, sie müsse den Verstand verlieren, kam der evangelische Pastor, der Stefan eingesegnet hatte. Er war der Einzige, der sich schon bald nach dem Tode Stefans bei ihr hatte sehen lassen, obgleich ihm bekannt war, daß Constance eine gläubige Katholikin war. Er hatte eine feine zartfühlende Art, es fiel ihm nicht schwer, sie zum Reden zu bringen. Er war es auch, der sie auf den Gedanken brachte, sich um den Führerschein zu bemühen, einfach weil sie dann beweglicher war. Immerhin stand ihr Auto ungenutzt in der Garage. So meldete sie sich in einer Fahrschule im nahen Neustadt an. Schon bald saß sie hinter dem Steuer und war erstaunt, wieviel Spaß ihr das Fahren machte. Ja, sie wollte ihren »Felix« behalten, der Gedanke, das Auto zu verkaufen, war ihr schmerzlich, zuviel gemeinsame Erinnerungen waren damit verbunden. Ganz allmählich normalisierte sich ihr Leben. Die ersten Tage nach der Beerdigung hatte sie nicht essen können! Der Gedanke, sich allein zu Tisch zu setzen, war ihr fürchterlich! Im Stehen, neben dem Herd, nahm sie ein paar Bissen zu sich! Einzig Florian umgab sie mit etwas Wärme, indem er sich noch immer schmusend um die Beine seines Frauchens schlängelte. An den langen Abenden las sie Rilkes »Herbsttage«:

Herr, es ist Zeit.
Der Sommer war sehr groß.
Leg deinen Schatten
Auf die Sonnenuhren
Und auf den Fluren
Laß die Winde los.
Befehl den letzten
Früchten voll zu sein;
Gib ihnen noch zwei
Südlichere Tage

Dräng sie zur Vollendung
Hin und jage
Die letzte Süße
In den schweren Wein ...

Sie weinte dabei! Sie weinte sich in einen Schlaf, der leise war und unruhig. Aber wenn sie jäh erwachte, schrieb sie ihr eigenes Gedicht, das sie seltsam tröstete:

Wie hingebogen
Ist mein Herz an dich
Du dunkle Erde,
Die mein Liebstes birgt,
Du dunkle Erde,
Die Verwandlung wirkt,
Wie hingebogen
Ist mein Herz an dich ...

Noch immer konnte sie nicht im Schlafzimmer neben dem zweiten leeren Bett schlafen. Sie machte sich ihr Lager im Wohnzimmer auf der Couch. Der Kater Florian, der sie auf Schritt und Tritt begleitete, schlief auf einem Kissen ihr zu Füßen. Sie fürchtete sich in dem großen Haus allein, jetzt, wo die Tage schon kürzer wurden und erste Herbststürme um das freistehende Haus tobten. Das Telefon läutete so gut wie nie, wer auch sollte sie anrufen? Der Bruder Florian hatte ihr ein Telegramm geschickt und ihr rührend zum Tode Stefans sein Beileid ausgesprochen. Von Walter konnte sie nichts erwarten! Was auch war von einem Bruder zu erwarten, der sich ein Leben lang nicht um seine einzige eigene Schwester gekümmert hatte? Womöglich hatte er Angst, er müsse ihr etwas schenken? Dasselbe galt für Katrin, ihre Halbschwester, bei der die lieblose Erziehung von Walter jetzt ihre Früchte trug!
Am schlimmsten waren die Wochenenden, wo es nicht das Ausweichen in die Fahrstunde gab, wo man sich der Einsamkeit

zu stellen hatte, als einem grausamen Kerkermeister! Nun erwies es sich als falsch, daß sie nur für einander gelebt hatten, denn die Freunde von einst hatten sich zurückgezogen. Die Verwandten ihres Mannes hatten sich – wie auf eine geheime Absprache hin – völlig von ihr distanziert! Kein Anruf, kein Brief, nichts! Totale Funkstille! Mit dem oberflächlich gemurmelten »Mein Beileid«, hatte sich das Mitgefühl dieser gefühlskargen sogenannten »Verwandten« erschöpft! Heinz, der Stiefsohn, hatte ganze Arbeit geleistet!

Es geschah nun immer öfter, daß sie erst bei anbrechender Dunkelheit von ihrem Fahrlehrer heimgebracht wurde. Florian saß dann schon an der untersten Treppenstufe und begrüßte sie mit freudigem Miauen! Mit Schaudern stieg sie die vielen Treppen durch den dunklen Garten in das in völliger Finsternis liegende Haus. Angst und Traurigkeit schnürten ihr die Kehle zu. Und fester drückte sie den warmen Körper des Tieres an sich. Oben, nachdem sie alle Türen und Fenster geschlossen hatte, zündete sie alle Lichter an und erst allmählich fiel die innere Anspannung von ihr ab!

Es gibt eine geheimnisvolle Verbundenheit der Verstorbenen, die wir geliebt haben, mit den Zurückgebliebenen. Vielleicht war es Stefan, der ihr riet, zu schreiben! Es entstanden Gedichte, von einer tiefen Tragik und großer Einfühlsamkeit:

Ins Leere greif ich
Wenn die Hand sich tastet
Und jener Platz, der deine,
Er ist ... leer!
Wo ist der Trost,
Der meine Wunde heilt?
Wo ist, was ich verlor,
Wer sagt mir, wo er weilt?

Und wieder kam der kleine Pastor des Ortes zu ihr. Ihm zeigte sie die Gedichte. Er sah sie lange bewundernd an, dann sagte er:

»Warum sammeln Sie sie nicht zu einem Buch, das sie Ihrem Mann widmen? Es würde Ihnen sicher sehr helfen! Sie sind wunderschön und wenn sie gedruckt würden, könnten sie vielen Menschen, die ähnliches erfahren haben, Trost bringen!«

Zu dieser Zeit schrieb sie ein österreichischer Verlag an und bot ihr den Druck eines Gedichtbandes an. Er berief sich auf ihre ehemalige Lesung am Sender Wien. Alles klang passabel, einleuchtend und vor allem seriös! Allerdings tat er es nicht umsonst! Er forderte eine bestimmte Summe innerhalb einer bestimmten Zeit und bot sich an, »Bestellzettel« zu drucken und, sich mittels dieser Bestellzettel um Abnehmer für das geplante Buch zu bemühen.

Zum erstenmal stand Constance mit ihrer Entscheidung allein. Schließlich unterschrieb sie einen Vertrag, der für sie sofortige Zahlung vorsah, noch ehe der Verlag selbst tätig geworden war; das hätte sie eigentlich stutzig machen müssen!

Nun hatte sie wieder eine Aufgabe, die sie erfüllte und ihr Zeit ließ, ihren großen Schmerz zu bewältigen. Sie stellte die Gedichte zusammen, erhielt kurz darauf die sogenannten »Bestellscheine«, die sehr geschickt gemacht waren, da sie neben der Werbung für das Buch gleichzeitig den verbindlichen Kauf attestierten.

Sie stellte eine Liste auf, wem sie einen solchen Bestellzettel schicken konnte, und bereits zu diesem Zeitpunkt mußte sie feststellen, daß sie die geforderte Anzahl von Bestellungen nicht oder nur sehr schwer zusammenbringen würde.

Noch vor Weihnachten, das unerbittlich näher rückte, war ihre erste Fahrprüfung anberaumt. Sie fürchtete sich nicht, denn sie fühlte sich ziemlich sicher. Deshalb wohl traf es sie wie ein Keulenschlag, daß sie durchfiel! Sie hatte eine Strecke fahren müssen, die ihr ganz unvertraut war, mußte dabei von einer Dreierspur in eine Viererspur wechseln und merkte zu spät, daß sie in der falschen Spur stand, als sie an die entscheidende Ampel kam. Sehr niedergeschlagen ließ sie sich heimfahren. Mit Rücksicht auf das viele Geld, das sie schon investiert hatte, mußte sie weitermachen ...

Um den Kreis der Bewerber für ihr Gedichtbändchen zu vergrößern, hatte sie auch einige Herren der studentischen »Verbindung« angeschrieben, die sie persönlich nur sehr flüchtig kannte, die aber doch über viele Jahre hinweg enge Freunde von Stefan gewesen waren. Sie mußte erleben, daß nicht eine einzige Zusage kam, man schwieg einfach!
Dafür kam kurz vor Weihnachten ein Anwaltsbrief, den Heinz, ihr Stiefsohn in Berlin, einem Neustadter Anwalt in Auftrag gegeben hatte. Schon die Adresse war eine Beleidigung! Sie wurde als »Constance Fink-Körner« angeschrieben. Da der Brief in einer nicht wiederzugebenden Schärfe die »Herausgabe« des väterlichen Erbes forderte, sah sich Constance gezwungen, ihrerseits einen Anwalt einzuschalten.
Stefan war ohne Testament gestorben, so war sie als seine Witwe, zusammen mit dem Sohn aus erster Ehe, Erbin, d.h. sie mußten sich in das Erbe teilen! Der Sohn, mit solchen Dingen zweifellos erfahrener als sie, schoß aus allen Rohren! Er war nicht willens, sie zu schonen und forderte in aller Schärfe, was ihm, seiner Meinung nach, zustand.
Constance hatte niemals beabsichtigt, ihm etwas vorzuenthalten. Aber sie hätte sich gewünscht, daß diese Auseinandersetzung außergerichtlich abgewickelt worden wäre. Dazu aber war der Sohn offensichtlich nicht geneigt.
Sie hatte mit ihrem Anwalt nicht eben das große Los gezogen. Als er daranging, ihre Witwenrente mit dem Sohn zu »teilen«, entzog sie ihm das Mandat. Sofort stellte dieser über den gesamten »Streitwert« volle Rechnung! Damals wußte sie noch nicht, wie gefährlich es ist, einem Anwalt einen Fehler nachzuweisen!
In dieser Zeit, in der sie unausgesetzt der Wut des Sohnes preisgegeben war, entstanden Gedichte von großer Eindringlichkeit:

Ich bin die Kugel,
Die dein Herz trifft,
Aber ich bin nicht der Schütze!
Wehe den Mördern mit Vorbedacht!

Der Docht bin ich,
Der niederbrennt,
Weil man ihm
Das helfende Öl
Des Trostes versagt!
Seht, die Liebe hängt am Galgen!

Geopfert sind wir,
Auf kleiner Flamme
Zum Feuertod verdammt!
Tropfenweise
Vergießen sie unser Blut!
Viele heißen – Kain!

Es kam Weihnachten und Constance erhielt von den ehemaligen Freunden, dem Ehepaar Baron, die Kündigung. Sie war nicht sehr überrascht, es war nur eine Zeitfrage gewesen! Da sie sich ihr gegenüber so schwer ins Unrecht gesetzt hatten, war auch das Vertrauensverhältnis zerstört, ohne das es nicht möglich war, sich weiter zu verständigen.
Sie wandte sich an einen Makler in Neustadt und übergab ihm ihre Sorgen. Jetzt erst erinnerte sie sich an ihren bewährten Freund, Dr. Seeliger in Wien. Sie schrieb ihm und erkundigte sich bei ihm auch über den sog. »Verlag«, mit dem sie nicht vorankam, der sie aber laufend um Geld erleichterte.
Seine Antwort war kurz und stürzte sie in neue Depressionen! Dieser sog. »Verlag« sei dafür berüchtigt, jungen Autoren Geld aus der Tasche zu ziehen und sei bereits wegen Betruges aktenkundig, sie möge um Gotteswillen kein Geld mehr an ihn zahlen!
Die Feiertage vergingen leise, aber sie vergingen! Constance fühlte sich mürbe und zerrissen, ihre Nerven waren dieser ständigen Belastung nicht mehr gewachsen. In dieser Zeit auch war es, wo der gegnerische Anwalt versuchte, ihr eine Unterschlagung einer größeren Summe Geldes aus dem Nachlaß ihres Mannes anzulasten. Es handelte sich um ein Sparbuch, das auf den

Namen ihres Mannes lautete und das ihr bei der Aufzählung der verschiedenen Konten einfach entfallen war. Ein Irrtum, wie er jedem passieren kann, ein gefundenes Fressen für den, der aus Haß den Gegner nur zu gerne in Mißkredit bringt!
Neben dem Makler, der nichts auf die Beine brachte, hatte Constance noch wegen einer Wohnung inseriert und erhielt eine Menge Zuschriften. Ein Inserat sprach sie besonders an: ein älteres Ehepaar suchte für ihr Zweifamilienhaus eine Mieterin für die Erdgeschoßwohnung.
Constance fuhr nach N. und sah sich die Wohnung an. Sie läutete an dem schmucken, in einem kleinen Garten liegenden Hause. Es öffnete ihr eine ältere Frau in einem nicht gerade sauberen Morgenmantel und mit Lockenwicklern in den grauen Haaren. Es gibt Dinge, die so sehr für sich sprechen, daß sich immer straft, wenn man sie übersieht! Die Wohnung wurde ihr gezeigt, sie war noch bewohnt und sehr abgewohnt, das aber sah sie erst viel später. Sie sagte treuherzig, worauf es ihr besonders ankäme, auf Ruhe!
»Ich bin sehr geräuschempfindlich!« sagte sie mit einem um Verständnis bittenden Lächeln.
»Ach Gott, wer wird denn hier laut sein, wir sind doch nur zwei ältere Leute, mein Mann und ich!« gab man ihr zur Antwort.
Constance konnte nicht ahnen, das man sie richtig taxiert hatte: eine reiche Witwe, die die so abgewohnte Wohnung mit ihrem Gelde wieder instand setzen würde! Und genau so kam es dann auch!
Obgleich sie laut Vertrag nur das Tapezieren der Wohnung übernommen hatte. Als die Vormieter ausgezogen waren, stand sie im Schlafzimmer vor total abgetretenem Bretterboden! Ähnlich war es in der Küche, die um die Spüle Steinboden in unterschiedlicher Höhe hatte. Als sie den Vermieter auf diese gravierenden Mängel höflich ansprach, zuckte der nur die Achseln.
»Das Linoleum im Schlafzimmer gehörte dem Vormieter, ergo hat er es mitgenommen!« war die karge Auskunft.

Um das Maß ihres Unglücks voll zu machen, hatte sie mit den neuen Vermietern einen Dreijahresvertrag abgeschlossen, zu ihrem Schutze, wie sie meinte! Der Tapezierer, den sie sich mitgebracht hatte, legte ihr schließlich noch zwei neue Böden, unmöglich, das Stilschlafzimmer auf den abgeschundenen und verfärbten Bretterboden zu stellen! Die Endrechnung, einschließlich der Arbeit des Elektrikers, belief sich dann auch auf DM 3.000.

Constance hätte kein Wort der Klage darüber verloren, obwohl sie schnell merkte, daß man sie böse hereingelegt hatte, wäre nur die Zusicherung, »bei uns ist es ruhig!« wahr gewesen. Aber gerade das stimmte nicht!

Die Villa, in den Dreißigerjahren gebaut, war außerordentlich schlecht isoliert. Man hörte von oben buchstäblich jeden Schritt. Die Frau, groß und schwer, trug offensichtlich schwere Straßenschuhe.

Als Constance sie einmal darauf ansprach, erhielt sie zur Antwort: »Ich muß auch zu Hause orthopädische Schuhe tragen!«

Um zwei Uhr morgens wurde Constance regelmäßig vom Herrn des Hauses geweckt. Als sie ihn darauf ansprach, erfuhr sie, daß er um diese Zeit eine bestimmte Tablette einnehmen mußte, die er in der Küche verwahrte. Wenn Frau N. das Haus verließ, schlug sie grundsätzlich die Haustür zu.

In dieser Zeit weinte Constance viel! Sie war sich ihrer hoffnungslosen Lage bewußt, und alle bescheidenen und freundlichen Bitten um ein wenig Rücksicht, wurden von den beiden Alten dahingehend beantwortet: »Wir werden uns doch in unserem eigenem Hause rühren dürfen!«

Gelächter! Wieder war es der nette Geistliche aus F., der ihr den richtigen Rat gab: »Suchen Sie sich einen guten Anwalt, so gehen Sie vor die Hunde!«

Sie tats und sah sich nach einer neuen Wohnung um! Mit Hilfe eines energischen Anwalts kam sie aus dem Dreijahresvertrag heraus. Ihre Investitionen wurden ihr nur zu 50% ersetzt, aber sie war froh, daß sie gehen konnte.

Die neue Wohnung war in einem Hochhaus und relativ ruhig. Aber jetzt zeigte es sich, daß Conny alle diese Aufregungen nicht ohne Schaden überstanden hatte, sie wurde krank! Schon seit längerer Zeit hatte sie beim Laufen große Schmerzen in der linken Hüfte. Trotzdem sie in ständiger ärztlicher Behandlung war, zeigte sich nicht die geringste Besserung. Nachdem sie des nachts vor Schmerzen nicht mehr schlafen konnte, wechselte sie den Arzt. Der neue Arzt, der sie sofort röntgen ließ, stellte fest, daß ihr linkes Hüftgelenk sehr abgenützt war.

»Man kann das heute schon sehr erfolgreich operieren!« meinte er.

»Dann operieren Sie!« war ihre lakonische Antwort.

Die Klinik, in der sie operiert wurde, war weit über die Grenzen der Pfalz hinaus bekannt. Der Arzt, der die Operation durchführen sollte, hatte sofort ihr ganzes Vertrauen. Dennoch hatte sie Angst! Sie gehörte nicht gerade zu den Tapfersten, was körperliche Schmerzen anging. In dieser Zeit mußte sie öfter als sonst an Stefan denken.

»Hilf mir!« bat sie ihn, und spürte, wie ihr Zuversicht zuwuchs. In der Nacht, die ihrer Operation voranging, träumte sie sehr lebhaft von ihrem Mann. Sein kleines Lächeln, dieses von ihr so geliebte Knabenlächeln, hatte sie gestärkt und erwärmt. Es würde alles gutgehen. Und ... es ging gut! Bereits am dritten Tag wurde sie in ein Laufställchen gestellt, mit der Aufforderung: »Laufen Sie!«

Sie tats und es ging. Nun wurde sie mutiger. Auf Krücken zunächst, durchquerte sie die Flure und jeden Tag ging es ein bißchen besser. Nicht besser wurden ihre Herzschmerzen, die sporadisch auftraten und ihr Angst machten. Bis ihr langjähriger Hausarzt ihr eine angina pectoris bescheinigte!

Sie wunderte sich nicht, zuviel war seit Stefans Tod auf sie eingestürmt.

»Sie sollten vielleicht einmal eine Kur in einem Herzbad machen!« riet ihr der Arzt, der jetzt ihr einziger Freund war.

So kam es, daß sie zum ersten Mal eines der vielen Herzbäder des

Landes aufsuchte, das hessische Bad N.! Und dort begegnete sie Sigi Weil, dem Spielgefährten und Nachbarsjungen von daheim! Sie trafen sich in einer kleinen Pension, in der sie beide untergekommen waren und saßen am selben Frühstückstisch. Die Schritte des Schicksals sind leise. Sie erkannten sich nicht sofort ...

In der kleinen Frühstückspension fühlte sich Constance sofort wohl. Insgeheim hoffte sie, man würde sie nicht jeden Tag dieser Leerschwätzerin, Frau F., an den Tisch setzen, die sie gestern genervt hatte. Als hätte sie ihre Gedanken erraten, redete sie Frau Grieshaber, die Pensionswirtin, auf der Treppe an.

»Morgen bekommen sie einen netten Tischgenossen, Herrn Weil!«

Constance entrang sich ein Seufzer der Erleichterung. Frau Grieshaber lächelte mitfühlend: »Sie haben sich geopfert, jetzt kommt der nächste Neuling dran!«

Constance begriff! Offenbar mußte jeder einmal diese Landplage über sich ergehen lassen. Am nächsten Morgen machte sie sich besonders hübsch. Herr Weil! Etwas klang ganz leise in ihr an ...

Als sie ihm dann gegenüberstand, war sie wie vom Blitz gerührt! Es ist ... Stefan, dachte sie verwirrt.

Er hatte seine Statur, seine Augen, sein Knabenlächeln. Es kostete sie einige Mühe, ihre gute Erziehung nicht zu vergessen und ihn unentwegt anzustarren. Es gibt Menschen, die sieht man zum ersten Mal und man weiß, daß man sie von Ewigkeit her kennt! Schon einmal hatte sie dies erlebt, mit Stefan! Ihr Mann war jetzt drei Jahre tot und so lange hatte sie um ihn getrauert. Der Zustand, in den sie jetzt geriet, erstaunte sie. Zum ersten Mal, seit Stefan sie verlassen hatte, gab es wieder zweierlei Geschlechter für sie. Ihr war, als habe eine unsichtbare Hand einen Schleier vor ihren Augen weggezogen, Helligkeit brach in sie ein!

Freilich hatten sie ganz verschiedene Badezeiten, das war ganz natürlich. Nicht natürlich war, daß sie in einen Abgrund der Verzweiflung stürzte, wenn sie an den Frühstückstisch trat und sein Gedeck schon benützt war. Ich bin verliebt, dachte sie, halb

belustigt, halb entsetzt! Ihn vielleicht den ganzen Tag nicht zu sehen, machte sie traurig.
Aber es blieb nicht aus, daß sie sich trotzdem immer wieder begegneten: im Kurpark, auf dem Weg zum Brunnen, beim Kurkonzert oder in einem der zahlreichen Cafes. Die Freude, sich zu treffen, war dann auf beiden Seiten gleich groß! Als Constance merkte, daß dieses »zufällige« Treffen gar nicht so »zufällig« war, vielmehr von Herrn Weil sehr geschickt arrangiert, war sie glücklich. Wäre es möglich, daß auch er ...?
Eines Tages, auf einer Parkbank sitzend, erzählte sie ihm von zu Hause, von ihrem leeren, zutiefst unerfüllten Leben und von dem kurzen Glück an Stefans Seite.
»Sie kommen aus dem böhmischen Riesengebirge? Seltsam, ich auch!«
Sie sah ihn überrascht an.
»Ich komme aus einer kleinen nordböhmischen Stadt, aus Hohenelbe!«
Constance starrte ihn ungläubig an. »Aus Hohenelbe?«
Und plötzlich machte ihr Erstaunen einer übergroßen Freude Platz! Wäre es möglich? Konnte es sein? Sie hatte nichts über den Verbleib ihres Jugendfreundes erfahren können, als sie 1942 in ihre Vaterstadt zurückkehrte. Zu dieser Zeit, so wurde ihr gesagt, wären keine Juden mehr in Hohenelbe gewesen. Wie überall hatte man sie auf schnell zusammengestellten Transporten in die Vernichtungslager gebracht.
Als erriete er ihre Gedanken, sagte er: »Ich bin Jude, und ich lebe noch!«
Sie sah ihn mit großem, fassungslosem Erstaunen an.
»Sie sind Sigi! ... Sigmund Weil!«
»Und du bist ... Conny ... die kleine Conny Fink!«
Er hatte ihre Hand gefaßt. »Conny, ich habe es gefühlt, mein Herz sagte es mir, als ich dich zum ersten Mal sah!«
Er erzählte ihr von seiner überstürzten Flucht von Prag aus, über die Türkei nach Israel, er, der Bruder und die Eltern.
»Wir hatten unheimliches Glück! Wir waren die letzten, die die

Nazis noch herausließen, alle anderen waren Todeskandidaten.«
»Und der Beginn in Israel?« fragte sie atemlos.
»War sehr schwer. Damals war Israel noch englisches Mandatsgebiet. Der Boden pure Steine, unfruchtbar und trocken. Wir haben langsam und unter großen Anstrengungen das Land gerodet, immer bedroht von den arabischen Nachbarn, die unser Kommen mit sehr gemischten Gefühlen sahen. Die erste Zeit haben wir in einem alten Omnibus gewohnt. Aber das Schlimmste war das Klima. An die mörderische Hitze konnten wir uns nur sehr schwer gewöhnen!«
An diesem Tag gingen sie noch lange im inzwischen dunklen Park spazieren und jeder Satz begann: »Weißt du noch, damals ...«
Die Schloßmauer! Sie war ein Stück ihrer gemeinsamen Kindheit. In alle Gärten der Hauptstraße konnten die Kinder sehen, wenn sie nur die Schloßmauer entlang liefen. Eichen und Buchecken, die alten Bäume des Schloßparks, warfen den Kindern ihre Früchte vor die Füße. Sie wurden als »Ware« verkauft oder gegen seltene Steine, Murmeln und Buntstifte getauscht.
»Was ist aus Rudi geworden?«
»Meinem kleinen Bruder?«
Constance nickte. Sigis Bruder war ungefähr in ihrem Alter. Er hatte einen kleinen Sprachfehler, der ihn aber noch liebenswerter machte, er stieß beim S und St ein wenig mit der Zunge an; sie lächelte in der Erinnerung.
»Er ist Familienvater! Zum Unterschied zu mir, fährt er nie nach Deutschland! Er fährt nach Frankreich, in die Schweiz, aber nach Deutschland – nie! Da ist etwas kaputt in ihm, vielen bei uns geht es so! Man muß das tolerieren.«
Constance nickte. Wie sollte sie ihm verständlich machen, daß sie, und wie ihr war es Vielen gegangen, von den Grausamkeiten der Nazis gegen die Juden erst im Nachkriegsdeutschland erfahren hatten? Es gehörte ganz offensichtlich zur Taktik dieses unmenschlichen Regimes, daß nichts nach außen dringen durfte! Das heroische Bild des »Führers« sollte dadurch nicht in Mißkredit kommen!

»Hast du Familie?« die Frage fiel ihr schwer.
Er nickte. »Ich habe einen Sohn und eine Tochter!«
»... und eine Frau?«
»Ich hatte sie! Sie starb vor nunmehr fünf Jahren!«
»Deine Kinder ...?«
»Sie bedeuten mir alles! Vor allem die Bindung zu meinem Sohn ist sehr innig! Er ist ein guter Sohn und ich bin sehr stolz auf ihn!«
Unwillkürlich mußte Constance an Stefans Sohn denken und an all das Leid, das er über sie gebracht hatte. Auch eine Vater-Sohn-Beziehung, aber sie hatte sich nicht bewährt!
»Du bist so schweigsam?«
Constance lächelte. »Ich mußte an Stefans Sohn Heinz denken und wie hartnäckig er sich unserer Ehe in den Weg stellte!« erwiderte sie leise.
»David würde das nie tun, er liebt mich wirklich und würde sich freuen, wenn ich wieder einen Menschen fände, der zu mir gehört!«
Sie schmiegte sich an ihn und er legte wie beschützend seinen Arm um sie.
Die Tage vergingen wie im Fluge! Sie hatten sich so viel zu erzählen! Endlich hatte Constance wieder einen Zuhörer für alle ihre kleinen Erlebnisse des Alltags und die größeren der Vergangenheit.
»Du mußt mich bald besuchen, Sigi!« bat sie ihn. Er lächelte.
»Zunächst wollten wir doch in den Frankfurter Zoo, hast du's vergessen?«
An einem badefreien Tag fuhren sie nach Frankfurt. Constance kannte die Stadt Goethes noch nicht und ihr Begleiter versprach, ihr alle Sehenswürdigkeiten zu zeigen. Sie besichtigten das Goethehaus, den Römer und schließlich den Zoo. Dort machten sie Rast an einem Rosenrondell und Constance ertappte sich dabei, daß sie nichts gesehen hatte, als immer nur ... ihn! Seine Gegenwart spürte sie wie einen warmen Mantel um ihre Schultern, wie Sonnenstrahlen auf ihrer Haut. Und ihm ging es genauso!
Aber der Tag der Trennung kam unweigerlich. Wieviele schmerz-

liche Trennungen hatte Constance schon erfahren und es schien ihr ganz persönliches Schicksal zu sein, sich immer dann von einem geliebten Menschen trennen zu müssen, wenn sie ihn gerade gefunden hatte!
»Sei nicht so verzweifelt, Liebes!« sagte Sigi, als er sie am Frankfurter Bahnhof ein letztes Mal in seine Arme nahm.
»Wir sehen uns ja wieder und wir werden uns fleißig schreiben!«
Sie konnte ihm nicht antworten, wollte sie nicht riskieren, hier vor den vielen fremden Leuten in Tränen auszubrechen! Der Zug fuhr an. Sie stand am Fenster des Abteils und winkte, bis das geliebte Antlitz nicht mehr zu sehen war. Was war mit ihr geschehen?
Niemals hätte sie es für möglich gehalten, nach Stefans Verlust noch einmal ein so starkes Gefühl für einen Menschen aufzubringen. Es war ein so großes unfaßliches Glück, ein so heftiger Schmerz der Trennung, daß sie meinte, das Herz müsse ihr zerspringen!
Wieder daheim, schrieb sie ihm! Sie schrieb ihm, was sie ihm nicht hatte sagen können, wie es um sie stand und daß sie vor Sehnsucht nach ihm krank war. Von nun an lebten sie beide von den Briefen, die hin und her gingen. Seine Briefe waren von großer Zärtlichkeit und machten ihr Mut. Die Briefverbindung riß nicht ab, denn ihm ging es genauso!
»Mein geliebtes Weibele!« schrieb er ihr voll Innigkeit und sie lebte von diesen Briefen. Belustigt dachte sie: jetzt bekomme ich die Liebesbriefe, die ich als junges Mädchen nicht bekam. Bei ihr schien alles verspätet zu sein, aber daß es war, daß sie dieses erleben durfte, das allein zählte.
Für Weihnachten hatte er seinen Besuch angemeldet, im August hatten sie sich getrennt. Constance lebte jetzt mit dem Kalender! Jeder verflossene Tag wurde ausgestrichen! Sie zählte die Wochen, später die Tage bis Weihnachten. Nach Stefans Tod hatte sie wie in einer Gruft gelebt, die Erinnerung an ihn war ihre einzige Nahrung. Jetzt schien ihr, als habe eine geheimnisvolle Hand einen Schleier vor ihren Augen weggezogen. Sie lebte wieder, sie

war nicht mehr allein in der Dunkelheit. Gedichte entstanden, die von dieser Wende kündeten:

Halte den Augenblick fest,
Ach, er vergeht uns, wie nichts!
Ist nur ein flüchtiger Gast,
Nur eine Spiegelung des Lichts!
Schöpfe ihn aus, bis zum Rand,
Das, was an Glück er dir gibt,
Halte die zärtliche Hand,
So wirst du nie mehr geliebt!
Heute ist morgen schon alt
Und kehrt dir nie mehr zurück;
Ach, wie wehn Winde so kalt
Über verganganes Glück!

Schon im November begann sie, Plätzchen zu backen! Sie betete inbrünstig, es möge nichts geschehen, das seine Ankunft hinderte! »Sigi kommt!« Mit diesem Bewußtsein stand sie am Morgen auf und ging sie am Abend zu Bett: Sigi kommt! Und er kam! Wie schriftlich verabredet, rief er von seinem Münchner Hotel aus an und gab ihr die Ankunftszeit seines Zuges durch. Von da an schlief sie nicht mehr vor Aufregung und Vorfreude.
Aus dem Spiegel sah ihr eine völlig verwandelte Constance entgegen! Das Glück hatte sie um Jahre verjüngt, sie war wieder eine schöne, begehrenswerte Frau! Sie dachte daran, wie sehr sie von der Familie ihres Mannes abgelehnt worden war! Seit seinem Tod hatte sie weder von dessen Sohn, noch von ihren Schwägern, Stefans Brüdern, samt deren Frauen, wieder etwas gehört. Man schnitt sie einfach!
Und wieder fiel ihr das Wort jenes römischen Dichters ein, das für ihr Leben so große Bedeutung erlangt hatte: »Es ist eine Eigentümlichkeit der menschlichen Natur, daß sie den hassen muß, dem sie Unrecht tut!«
Aber auch andere Stimmen wurden in ihr laut: Das hohe Lied der

Liebe des Hl. Paulus: »Und wenn ich mit Engelszungen redete, hätte aber die Liebe nicht, so wäre es nichts!«
Sie stand am Bahnhof und sah den Zug einfahren. Er stand schon an der Tür, blaß vor Freude und Erschöpfung!
»Sigi!« Sie lagen sich in den Armen und die lange Zeit des Wartens auf diese Stunde war wie ausgelöscht. Nichts zählte mehr, nur das geliebte Leben in ihren Armen!
Eine rechte Frau will sich in der Liebe und Sorge für andere verausgaben. Ist ihr dieses versagt, stirbt sie ab, wie eine Pflanze, ohne Wasser. Constance war ein Leben lang für andere Menschen da gewesen! Erst für die kleineren Geschwister im Elternhaus, später für den gemütskargen Vater. Seit seinem Tod hatte sie sich immer öfter mit Selbstmordgedanken getragen. Sie wurde nicht mehr gebraucht, niemand fragte nach ihr! Die Berufsarbeit an der Schreibmaschine konnte die schreckliche Leere in ihrem Leben nicht ausfüllen, auch nicht die gelegentlichen Erfolge, die sie mit ihren kleinen Storys oder ihren Gedichten erzielte. Ruhm ist kein Ersatz für menschliche Zuwendung!
Aber dann war Stefan in ihr Leben getreten ...
»Hattest du einen guten Flug?« Sie fragte es Sigi, als sie bei Tisch saßen. »Aber ja«, die Passagiere werden vortrefflich versorgt!« Und er erzählte.
»Wie geht es deiner Familie? Wissen sie von mir?«
»Und ob!« lachte Sigi. »Das war das erste, was ich bei meiner Heimkehr im Sommer erzählte, daß ich dich gefunden habe und was du mir bedeutest!«
»Und wie haben sie es aufgenommen?« Sie fragte es zaghaft, zu tief saß die Verwundung, die sie in dieser Hinsicht von der Familie ihres Mannes erfahren hatte.
»Vernünftig! David ist der beste Sohn, den ich mir wünschen kann und auch Shulamit, die von Haus aus kritischer ist, fügte sich in die Tatsachen. Du nimmst ihnen doch nichts! Sie sind alle versorgt und haben ihre eigene Familie!«
Sie atmete sichtlich auf. Sigi sah es und nahm sie in die Arme: »Tschapperl!« Sie schnurrte an seiner Brust, wie eine kleine Katze.

Später saß man bei einem Glas Wein, die Welt war wieder in Ordnung! Zusammen schmückten sie den kleinen Baum, den Constance schon vorsorglich gekauft hatte. Sie wurde nicht müde ihm zuzusehen, wie er, der Jude, sich mit geradezu kindlichem Eifer dieser Beschäftigung zuwandte.
»Lauter Gutsel?« fragte er, angesichts der vielen Süßigkeiten, die sie vorbereitet hatte.
»Es soll ein Kinderbaum werden, Sigi, so wie wir ihn zu Hause hatten, weißt du es noch?«
»Er war bei euch immer besonders schön, ich habe ihn doch auch ansehen dürfen, auch wenn wir diesen Brauch nicht kennen!«
»Das »Schwarze Zimmer« in dem immer der Christbaum stand, wurde von uns nur zu hohen Festtagen betreten. Am Christtagsmorgen liefen Walter und ich barfüßig und leise ins Weihnachtszimmer und suchten uns die besten Stücke vom Christbaum aus! Die Eltern merkten nie etwas! Ich hatte eine Vorliebe für »Dukatenscheißer«, diese Männlein aus Marzipan und Schokolade ...!«
»Mit dem goldenen Dukaten im marzipanenen Hinterteil?« unterbrach sie Sigi. Und sie lachten, in seliger Erinnerung! Wenn wir glücklich sind, vergeht uns die Zeit, wie im Fluge.
»Nimmst du noch einen Knödel?« Sigi nickte und es war unverkennbar, daß es ihm köstlich schmeckte.
»Es geht doch nichts über unsere böhmische Küche!«
Es kam der Heilige Abend! Constance hatte ihre kleinen Geschenke für ihn liebevoll verpackt und auch er tat sehr geheimnisvoll!
»Nicht gucken!« beschwor er sie und sie lachten, wie Kinder! Waren sie nicht wieder zu Kindern geworden? Ein Brief vom Bruder Florian aus Australien war gerade rechtzeitig zum Fest eingetroffen. Constance hatte sich beherrscht und ihn nicht geöffnet. Sie wollte sich überraschen lassen! Sie verbot sich, an die beiden Geschwister zu denken, die ihr all die vielen Jahre grundlos die kalte Schulter gezeigt hatten: Walter und Katrin!
Es war unvermeidlich, daß ihr die Weihnachten mit Stefan einfielen, Stefan, den sie sobald wieder hatte hergeben müssen!

Obgleich sie sich nichts vorzuwerfen hatte, schmerzte es sie immer noch, weil sie die unschuldige Ursache der schweren Entfremdung zwischen Vater und Sohn geworden war! Sie sagte es Sigi, der jeden Schatten auf ihrem Gesicht deutete.
»Conny, was ist mit dir, was bedrückt dich?«
»Du mußt dich nicht für die Schuld Dritter verantwortlich fühlen, Liebes! Stefan brauchte zu seinem Entschluß, wieder zu heiraten, nicht das Einverständnis seiner Familie! Das ist einfach grotesk! Offenbar hat der Herr Doktor aus Berlin seinen Vater für unmündig angesehen? Welch eine Anmaßung, sich hier als Richter aufzuwerfen!«
Er schüttelte den Kopf und strich Constance zärtlich über die Wangen! Unter seiner liebevollen Geste beruhigte sie sich wieder.
Nach dem Essen öffnete sie Florians Brief und las ihn Sigi vor. Florian, ein immer optimistischer Mann, brachte Constance auch bald auf andere Gedanken; sein Humor war umwerfend!
»Ich wünschte, Walter hätte etwas von seinem jüngeren Bruder, aber er ist ebenso humorlos, wie es Vater war!«
Für den ersten Weihnachtsfeiertag hatte Constance in einem der besten Restaurants der kleinen Stadt einen Tisch für zwei Personen bestellt. Sie machte sich hübsch und es wurde ein zauberhaftes Beisammensein. Seit Stefans Tod war sie nicht mehr ausgegangen! Jetzt, in Begleitung eines so gut aussehenden Mannes, wie Sigi, fühlte sie sich als Frau wieder aufgewertet.
»Ich bin glücklich!« sagte sie leise, als schäme sie sich dieser Feststellung.
Er lächelte sie zärtlich an. »Ich auch, Conny-Mädchen!«
Wieder zu Hause betrachteten sie Fotos aus der Kindheit.
»Weißt du noch?« war die stets wiederkehrende Frage. Schließlich bat sie Sigi um die Erlaubnis, bei sich daheim anrufen zu dürfen.
»Wir sollten für den kommenden Sommer eine größere Reise planen, was hältst du davon?« fragte Sigi.
»Mit dir fliege ich sogar auf den Mond!« lachte Constance.
»Nun, so weit muß es nicht unbedingt sein, was hältst du von Schottland oder England?«

»England? Oh, das stelle ich mir wundervoll vor! Ich habe für dieses Land von eh und je eine große Vorliebe! Ich habe viel über England gelesen und das Schottische Hochland stelle ich mir einfach zauberhaft vor!«
Sigi nahm einen Reiseprospekt aus seiner Manteltasche.
»Dies habe ich mir in einem hiesigen Reisebüro geben lassen, komm, sieh es dir an!«
Gemeinsam beugten sie sich über den Prospekt. »Schottland – Hebriden, Reisetermin 31. Juli bis 8. August«.
»Schottland ist eine Palette von Farben und hat dem Touristen zu jeder Jahreszeit etwas anzubieten. Es besitzt einige der schönsten und rauhesten Landschaften der Welt, Bergmassive und Täler, Seen und Inseln und ein unvergleichliches Panorama!«
Constance nahm ihm den Prospekt aus der Hand. »Du Geheimniskrämer!« lachte sie, »das ist ja aus einem der bekanntesten Reisebüros unserer Stadt! Wie hast du denn das angestellt?«
»Mein Geheimnis!« lachte Sigi, »ich wollte dich damit überraschen!«
»Nun, die Überraschung ist dir gelungen!«
Gemeinsam gingen sie daran, den Verlauf der Reise zu rekonstruieren.
»Abfahrtsort: Rotterdam. Beginn der Reise auf einem modernen Fährschiff. Am nächsten Tag Ankunft in Hull. Über Beverley, in dessen Münster König Richard Löwenherz Gottes Segen für seine Kreuzzüge erflehte, geht es weiter nach York, der Hauptstadt des englischen Nordens. Nach Mittagsaufenthalt und Spaziergang auf der alten Stadtmauer, geht es weiter nach Schottland. Durch das hübsche Grenzland, der Heimat des Schriftstellers Sir Walter Scott, nach Jedburgh. Bei St. Boswells hinauf nach »Skott's View«, seinem liebsten Aussichtspunkt, oberhalb des selten schönen Tales der Fluß Tweed. Vorbei an den Eildon Hügeln, über Melrose nach Edinburgh. Übernachtung.
3. Tag: Edinburgh – Vormittag Stadtrundfahrt, einschließlich Besichtigung der mächtigen Burg und des Holyrood Palastes, beides Schauplätze des tragischen Lebens der Maria Stuart.«

Hier unterbrach ihn Constance, die sich schon vor Begeisterung gar nicht mehr beruhigen konnte. »Maria Stuart! Weißt du, daß diese Frau der Traum meiner Jugend war? Meine erste Redeübung im Seminar hatte ihr Leben zum Inhalt!«
Sie lächelte wehmütig in der Erinnerung. Wie lange lag das alles doch schon zurück!
»Und wie ist die Redeübung ausgefallen?«
»Ich war stolz darauf, daß meine sonst so geschwätzigen Mitschülerinnen von meinem Text so hingerissen waren, daß sie mit offenen Mündern zuhörten!«
»Und die Benotung? War sie zufriedenstellend?«
»Mein Gott, sie war nur »gut«! Was kannst du von einer Nazischule sonst erwarten? Immerhin habe ich aus der Schottenkönigin eine katholische Märtyrerin gemacht, was sicher nicht im Sinne dieser braunen Schulleitung war!«
Wie auf Verabredung mußten beide lachen!
»Wollen wir weiterlesen?«
»Gern!«
»Nachmittag zur freien Verfügung! Gelegenheit, die schöne Princess Street entlang zu bummeln, Einkäufe zu machen, die Museen und Galerien zu besuchen, den weltberühmten Botanischen Garten anzusehen, die Altstadt zu erforschen, außerdem ist Gelegenheit, an einem Schottischen Abend teilzunehmen, den Klängen des Dudelsacks zuzuhören und die Kilts fliegen zu sehen.«
»Es beruhigt mich«, sagte Sigi, »daß du auch dazu kommen wirst, Geld auszugeben! So ein Schaufensterbummel in einer Stadt wie Edinburgh hat es in sich!«
»4. Tag. Wir verlassen die schottische Hauptstadt über die bis vor kurzem längste Hängebrücke Europas, die Firth-of-Forth-Brükke. Vorbei an Loch Leven, auf dessen Insel noch immer der Turm steht, der Maria Stuarts letztes Gefängnis auf schottischem Boden war. Durch die frühere Hauptstadt Perth, an deren Rand wir das alte Grundstück von Skone passieren, auf dem die früheren Könige Schottlands, wie auch Macbeth, gekrönt wur-

den, nach Blairgowrie. Die Landschaft wird einsamer und wilder und ist voll Verheißung auf die große Schönheit des Hochlandes, das wir durch das Tal von Gleeshee betreten. Durch weite Täler (Gleens), begleitet von klaren Forellenbächen, vorbei an einsamen Schaffarmen, unterhalb großer, mit Heidekraut bedeckter Berge (Bens), erreichen wir Braemar, die Nachbarschaft der Königlichen Familie.

Wir besichtigen entweder das kleine gemütliche Jagdschloß Braemar Castl, das dem Nachbarn der Königin gehört, oder das sehr schöne Feriengrundstück der Königin, Balmoral. Diese vielgeliebte Gegend entlang dem Lachsfluß Dee, ist selten reich an Farben und würziger Luft. Mehr Schönheit folgt, wenn wir bei Balmoral auf die Tomintoul-Paßstraße abbiegen, eines der einsamsten Hirschjagdgebiete Schottlands, vorbei an dem Sippen-Turmburg von Cockbridge, über weite Höhen hinab in das Tal des längsten Lachsflusses, Spey, zu Füßen des Cairngorm-Massivs, eine Landschaft, die aus dem Lied: »Mein Herz ist im Hochland« stammen könnte. – Übernachtung.

5. Tag: Zentrales Hochland – Hebriden Insel Skye – Fort William. Morgens Besuch auf dem Moor von Culloden, Schauplatz der letzten Jakobiter-Rebellion unter »Bonnie Prinz Charles« bei Inverness, der Hauptstadt des Hochlands. Dann südwestlich hinein in das »Great Glen« das »Große Tal« mit dem unheimlichen Loch Ness, berühmt durch das Ungeheuer »Nessie« und ihre Sippe. Wir halten an der Burgruine von Urqughart, wo unterhalb der Nessie in Wasserhöhlen hausen soll. Wir kommen über Fort Augustus an das bildschöne Loch Oich, wo wir den von allen Schotten besungenen »Weg nach den Westlichen Inseln«, den unvergleichlichen Hebriden, nehmen. Er führt von Invergarry auf die Höhen oberhalb von Loch Garry, Loch Loyne und Loch Cluanie, durch eine wilde und ursprüngliche Landschaft, hinein in das Tal der »Five Sisters of Kintail« (Fünf Schwestern von Kintail), an den Fjord des Glenshiel, Ausgangspunkt der romantischen Geschichte des »Bonnie Prinz Charles«, vorbei an dem vor grandioser Kulisse gelegenen Eilean Donan Castle, der

Sitz der Sippe MacRae, nach Kyle of Lochalsh, wo wir innerhalb fünfzehn Minuten auf die größte und grandioseste Insel der Hebriden, Skye, übergesetzt werden. Jeder Kilometer ist schöner, als der vorherige! Ein mildes Golfstromklima und vieles mehr beglücken für immer unsere Herzen in der Heimat der tapferen Flora MacDonald, der Retterin des »Bonnie Prinz Charly«. Neue Perspektiven auf der Rückfahrt über das Festland bleiben uns unvergeßlich. Entlang dem Loch Lochy erreichen wir den höchsten Berg Britaniens, den Ben Nevis (1334 m), zu dessen Füßen wir in Fort Williams übernachten.
6. Tag: Fort Williams – Lake Distrikt (Englisches Seengebiet). Entlang dem Seeloch Linnhe nach dem Felsental von Glencoe, auch das »Tal der Tränen« genannt, Schauplatz des blutigsten aller schottischen Sippen-Massaker, als die Campels die MacDonalds in ihren Betten überfielen.
Anschließend über die großartige Moränenlandschaft des Rannoch Moor. Wie ein Film läuft die Kulisse der Bens und Glens aus der Eiszeit an uns vorüber, während wir langsam vom Hochland herabsteigen.
Über Tyndrum und Crianlarich kommen wir an das vielbesungne Loch Lomond, dem größten See Britanniens, dessen schönen gewundenen Ufern wir folgen. Dies ist die Gegend des vogelfreien Helden Robin Hood, den Sir Walter Scott im gleichnamigen Roman beschreibt, sowie die Heimat seiner »Weißen Dame«. Durch die dichte subtropische Vegetation winken uns zahlreiche schöne Inseln zu, bevor wir nach Glasgow kommen, der größten Industriestadt Schottlands. Anschließend durch die Tieflandhügel nach dem bekannten Wollort Moffat und in die alte Schmiede des weltberühmten Hochzeitsparadieses Gretna Green. Über die Grenze nach England, in das Herzogtum Cumberland, wo wir bei Penrith in die malerische Gegend Englands abbiegen.
Entlang dem See Ullswater führt unser Weg durch eine laubreiche Natur, vorbei an kleinen alten Schieferhäusern, smaragdgrünen Tälern, hinauf auf den Kirkstone-Paß und hinunter an den See Windermere nach Grangeover-Sands.

7. Tag: Lake Distrikt – Herz von England. Auf der Autobahn über Birmingham nach Süden, hinein in das historische wie geographische Herz des Landes. In Conventry besichtigen wir die weltberühmte Friedenskathedrale, deren Schönheit und Atmosphäre uns noch lange in Erinnerung bleiben wird. Anschließend in die heimatliche Landschaft des großen Dichers Shakespeare, über die Grafenstadt Warwick, sehen den kolossalen Anblick der Burg, dann nach seinem Geburtsort Stratfort-on-Avon. Wir besuchen sein Grab und suchen hernach die Stätte seiner ersten Liebe auf, die 700 Jahre alte Anne Hathaways-Hütte, in deren Garten im Laufe des Jahres alle Blumen und Kräuter blühen, die in seinen Spielen vorkommen. Freizeit in diesem hübschen Städtchen und Übernachtung in Lemington Spa.
8. Tag: Herz von England – London.
Wir folgen der Landstraße durch malerische Dörfer, darunter Churchills Heimatdorf Woodstock, nach Englands ältester Universitätsstadt Oxford. Wir besehen eines der berühmtesten Colleges aus dem Mittelalter. Über den Regattaort Henley-on-Thames erreichen wir die größte Burg der Welt und Sitz der Englischen Monarchie, das Königliche Windsor und besuchen nach Möglichkeit die Staatsgemächer und die prächtige St. Georgs-Kapelle, in der der Hosenband-Orden seinen Sitz hat. Über das Schuldorf Eton fahren wir nach London. Übernachtung.«
Hier unterbrach sich Sigi. »Natürlich werden wir in London nicht nur übernachten, Liebling, wir werden uns London ansehen!«
»Du meinst ...?«
»Ich kenne London und werde es dir zeigen, es ist eine der schönsten Städte der Welt! Nur dort zu schlafen, wäre eine unverzeihliche Unterlassungssünde!«
»Aber wir werden uns doch an unsere Reisegesellschaft halten müssen, oder nicht?«
»Das ist nur eine Frage der Absprache! Wer will uns daran hindern, noch acht Tage länger in England zu bleiben?«

»Du bist wunderbar, Stefan!« strahlte Constance. »Sigi! Entschuldige!«
Er lachte. Es war nicht das erste Mal, daß sie ihn mit dem Namen ihres verstorbenen Mannes anredete. Ihm erschien es so, als ob ganz allmählich die beiden Menschen, die sie geliebt hatte und noch liebte, zu einer einzigen Person zusammenwuchsen. Er las zu Ende:
»9. Tag: London: Heimreise! Wir nehmen Abschied von der Hauptstadt Englands und fahren über Canterbury nach Dover, wo uns ein Fährschiff aufs Festland bringt. Die Fahrt geht weiter über Antwerpen, zurück nach Speyer.«
»Laß sie fahren! Wir buchen von vorneherein nur bis London!« sagte Sigi und legte den Prospekt aus der Hand. Sie schmiegte sich in seine Arme! Wie wunderbar war es doch, solche zauberhafte Reisen nicht selbst zu planen, sich vielmehr einem welt- und lebensklugen Partner rückhaltlos anzuvertrauen!
»Ganz allmählich beginne ich, mich zu freuen!« sagte sie.
»Hm, das will ich hoffen! Und nicht nur allmählich, sondern aus ganzem Herzen! Übrigens habe ich Verwandte in einer kleinen Schulstadt bei London, die ich lange nicht mehr gesehen habe. Wir werden sie besuchen! Ich brenne darauf, dich ihnen vorzustellen!«
Er lächelte sein charmantes »Draufgängerlächeln«, wie sie es bei sich nannte. Er mußte sie also nicht verstecken, wie es Stefan fast gegenüber seiner Familie tun mußte. Sie war glücklich, weil sie sich so tief und bedingungslos geliebt fühlte!
An diesem Abend saßen sie noch lange bei einem guten Glas Pfälzer Wein beisammen. Sigi hatte sich angewöhnt, ihre Hand zu nehmen und jeden Finger dieser Hand einzeln zu küssen. Dabei amüsierte er sich immer auf's Neue über ihre groß aufgerissenen Augen!
»Macht dir das keinen Spaß?« fragte er.
»Na und ob! Du Charmeur!«
Sie konnte noch rot werden, wie ein sehr junges Mädchen, ein Umstand, der ihn immer auf's Neue entzückte!

Sie gingen in Rotterdam auf's Schiff. Es sollte die lustigste Seefahrt ihres Lebens werden! Zunächst verliefen sie sich beim Suchen nach ihrer Kajüte so gründlich, daß sie sich aus den Augen verloren! Sigi suchte Conny und Conny zitterte um Sigi! Das Fährschiff über den Kanal mußte noch aus den Zeiten Admiral Nelsons stammen! Alles war alt und sehr primitiv! Nachdem es Conny vor Sorge um Sigi immer abwechselnd kalt und heiß war, tauchte dieser doch tatsächlich wieder auf!
Die Kajüte für zwei Personen war so klein, daß immer eine Person ins WC treten mußte, damit sich die andere Person frei bewegen konnte! Die beiden Betten waren übereinander.
»Wer schläft oben?« fragte Conny.
»Ich natürlich!«
»Die kleine Leiter wird dich nicht aushalten«, meldete Conny Bedenken an.
»Da sei mal ganz unbesorgt, so schwer bin ich nun auch wieder nicht.«
»Um achtzehn Uhr gibt es Abendbrot im Speisesaal! Laß uns nicht zu spät kommen, ich habe einen fürchterlichen Kohldampf.«
Sie wuschen sich hintereinander die Hände. Als sie sich auf den Weg zum Speisesaal machen wollten, stellte sich heraus, daß sich die Tür zu ihrer Kabine nicht versperren ließ. Mit sehr gemischten Gefühlen ließen sie ihr Handgepäck zurück.
Im Speisesaal erwartete sie eine weitere Überraschung. Es waren keine Sitzplätze frei, weshalb die Hungrigen anstehen mußten. Die Reihe, an der sie sich anstellten, war lang.
»Schreck laß nach!« flüsterte Conny ihrem Begleiter zu. Sigi wirkte müde und abgespannt.
Sehr langsam rückte der Vordermann nach. Stewards regelten den Nachschub.
Auf einmal wurde sie von einem dieser Männer in schicker Uniform aus der Reihe gewinkt. Sie wußte nicht, wie ihr geschah, erfaßte aber sofort die Gunst der Stunde. Sigi immer hinter sich herziehend, ging sie auf den zugewiesenen Tisch zu, an dem zwei

Plätze frei geworden waren. Zur Essensausgabe – es war Selbstbedienung – mußte man sich wieder anstellen.
»Das laß mal mich machen!« sagte sie zu Sigi.
»Sag' du mir nur, worauf du Appetit hast!«
»Mir ist alles recht!« seufzte dieser, »wenn ich nur bald etwas in den Magen kriege! Und vergiß auch nicht etwas zu trinken, am liebsten Tee!«
Sie nickte ihm lächelnd zu: »Yes Sir!« Conny stellte sich dort an, wo die wenigsten Menschen standen und achtete auf ihren Vordermann. Die Bedienung sprach nur englisch. Da sie so gut wie kein Englisch konnte, gab sie durch Zeichen zu verstehen, daß sie dasselbe wolle, wie ihr Vordermann, das klappte! Es war Aal in Aspik mit gebuttertem Toast.
» ... and tu Käp of Thea!« Stolz kehrte sie zu Sigi zurück und heißhungrig stürzten sie sich auf das frugale Mahl. Als sie wieder in ihrer Kajüte waren und sich notdürftig gewaschen hatten, kletterten sie in ihre Betten. Conny, die unten lag, war gerade am Einschlafen, als sie entsetzt zusammenfuhr.
»Um Gotteswillen, was treibst du da oben, Sigi?«
»Was ich treibe? Ich habe mich umgedreht!« Conny machte Licht.
»Ich dachte wirklich, du kommst herunter!«
»Weißt du was, wir tauschen die Betten!«
«Also gut!« Nun wiederholte sich das Schauspiel mit umgekehrten Vorzeichen. Es krachte, als wäre das ganze Schiff auf eine Sandbank aufgefahren.
»Was treibst du denn da oben, Conny?«
»Ich habe mich nur umgedreht!«
Am nächsten Morgen, keiner der beiden hatte ein Auge zugetan, klärte sich alles höchst einfach auf: eine Schraube war locker in der Verankerung des oberen Bettes! Und dies hatte zu dem nächtlichen Gewitter geführt ... Nach einem einfachen Frühstück ging man in Hull von Bord. Mit dem Bus ging es weiter über Beverley, nicht ohne vorher das wundervolle Münster zu besichtigen. In York, der Hauptstadt des Englischen Nordens,

durften sie sich ziemlich frei bewegen. Man mußte sich nur den Platz einprägen, wo ihr Bus zurückblieb und wo man zu einer bestimmten Zeit wieder weiterfuhr. Gemütlich schlenderten sie durch die Straßen der wunderschönen alten Stadt.
»Hier ist ein Cafe, Sigi!«
»Bist du schon wieder hungrig?« schüttelte dieser den Kopf. Aber er räumte ein, daß auch er einen Happen vertragen konnte. Es war ein typisches Stehkaffee, wie man sie auch in Deutschland kennt. Sigi, der ziemlich gut englisch sprach, bestellte Kaffee und Ge bäck; es schmeckte vorzüglich.
»Mir scheint, die englische Luft macht uns hungrig?« lachte Conny. Sie war ungeschickt und schüttete sich die halbe Kaffeetasse über ihren guten Rock.
»Kleckerlieschen!« neckte sie Sigi und half ihr mit einer Serviette, den Schaden wieder zu beheben.
»Nimm es nicht so schwer« tröstete er sie, »heute abend im Hotel, kannst du dich ja umziehen!«
Sie schlenderten an einem Wochenmarkt vorüber, wo sie für unterwegs etwas Obst einkauften. Mittags fuhren sie mit ihrem Bus weiter, auf der ehemals römischen Straße Al, nach Norden, über Newcastle-upon-Tyne, nach Schottland. Über Melrose gelangten sie nach Edinburgh, der Hauptstadt des Landes. Nach der üblichen Stadtrundfahrt kletterten sie hinauf zur Burg.
»Du bist so sprachlos« bemerkte Sigi, »fehlt dir was?«
Conny lächelte abwesend. »Sagte ich dir nicht, wie sehr ich mich als junges Mädchen für das tragische Schicksal der Maria Stuart interessierte? Ich war noch ein Kind, als mir Mama von der unglücklichen Königin erzählte, die auf drei Kronen Anspruch erheben konnte: auf die französische, durch ihre frühe Heirat mit dem Dauphin von Frankreich, den Medicisohn, auf die Krone von Schottland, als einzige Tochter ihres Vaters, des Königs von Schottland, und, durch ihre Verwandschaft mit Heinrich dem VIII., auf die Krone Englands!«
»Donnerwetter, bist du aber gut in Geschichte!«
»Geschichte war in unserem Elternhaus immer schon ein Thema!

Papa war ein Geschichtsfan und am Sonntagsmittagstisch gab es immer zwei Parteien: Papa und Walter, die für Preußen schwärmten und Mama und ich, die Habsburgs Krone hochhielten. Natürlich kamen zwangsläufig noch andere Herrscherhäuser dazu! Weißt du eigentlich, daß ich von Stefan 15 Bände der europäischen Herrscherhäuser geschenkt bekam?«
»Du hast sie mir gezeigt!« unterbrach sie Sigi.
»Das Reclam-Büchlein mit Schillers »Maria Stuart« konnte ich auswendig! Nicht im Traume hätte ich mir vorgestellt, einmal in meinem Leben auf ihren Spuren zu wandeln!«
Er ergriff ihre Hand: »Bist du glücklich?«
»Über alle Maßen!« Sie besichtigten die Burg und wieder war Conny zutiefst gerührt, denn überall begegnete ihr – nur für sie sichtbar – die Gestalt ihres Idols. Fassungslos stand sie in dem kleinen Raum, von dem der Fremdenführer erklärte, es wäre das Zimmer, in dem Maria Stuart ihren Sohn, Jakob den VI., den späteren König Jakob den I. von England, geboren hatte. Mehr, als das Bett der Königin, konnte in dem engen Raum nicht Platz gefunden haben und durch die dicken Mauern der Burg, waren ihre Schmerzensschreie sicher nicht gedrungen.
Später, wieder im Freien, auf dem mit Kanonen bestückten breit ausladenden Hof, hatten sie an der Burgmauer eine herrliche Fernsicht, auf das ihnen zu Füßen liegende Edinburgh.
»Ich schlage vor« sagte Sigi, »daß wir in die Stadt hinunter gehen und irgendwo etwas essen, es ist halb zwölf Uhr!«
Sich bei den Händen haltend, stiegen sie wieder hinab.
Immer neue Überraschungen bereiteten ihnen die Übernachtungen in den verschiedenen Hotels und Pensionen. Diese waren ja von der Reisegesellschaft in Speyer pauschal gebucht worden, ohne daß diese sie vorher gesehen hatten. Sigi und Conny schlossen schon vorher Wetten miteinander ab, was es in dem neuen Haus wieder würde zu bewältigen geben! Beim ersten Mal war es die Dusche, aus der das Wasser so siedend heiß herauskam, daß Conny sich ohne Frage verbrüht hätte, wäre sie nicht geistesgegenwärtig auf die Seite gesprungen.

Aber ... wozu gab es Sigi? Mit ein paar Handgriffen an der richtigen Stelle, war der Schaden behoben!
»Du erinnerst mich immer an Stefan!« sagte sie zu ihm. »Er war auch so ein Alleskönner! Einmal sagte ich zu ihm: »mit dir könnte ich auf einer einsamen Insel Schiffbruch erleiden, du würdest dir selbst da zu helfen wissen!«
»Das hast du gesagt? Und wie hat er es aufgenommen?«
»Er wurde rot vor Freude! Er war der geborene Ingenieur!«
Sie kamen auch in das Heiratsparadies von Gretna Green! Das hatte sich ganz auf die Touristen eingestellt. Zwei junge Leute aus der Reisegruppe wurden als »Brautpaar« kostümiert. Um sie herum gruppierten sich die »Hochzeitsgäste«, und der Fotograf trat in Aktion!
Unterwegs, in der ebenso herben wie reizvollen Landschaft, machten sie Halt, um sich ein wenig die Füße zu vertreten. Ein Dudelsackpfeifer in seinem traditionellen Kilt, einem kurzen Faltenrock, Plaid, kleine bebänderte Mütze mit tiefer Längsfurche, Kniestrümpfe u.a. spielte ihnen auf. Die Touristen zückten ihre Fotoapparate! Conny fühlte sich angesichts der immer karger werdenden Landschaft an ihre Riesengebirgsheimat erinnert; in der Nähe der Schneekoppe war es ähnlich steinig und rauh, lediglich die hier überall weidenden Schafe fehlten.
Der Tag kam, wo sie sich von der übrigen Reisegruppe verabschiedeten, die nach der Übernachtung in London zurück fuhr. Als erstes wechselten sie das Hotel. Zusammen fuhren sie nach Marble Arch. Conny war sprachlos, als sie sah, wie Sigi sich in der Undergroundbahn zurechtfand. Sie ließ seine Hand nicht mehr los, nicht auszudenken, wenn sie ihn verlor, ohne Sprachkenntnisse in einer so großen Stadt!
Als sie dann vor ihrem Hotel ankamen, war sie entzückt! Es lag in einer Häuserzeile, die für England typisch ist. Die Häuser glichen sich wie ein Ei dem anderen! Alle hatten sie einen etwas vorgebauten Eingang, der von zwei kleinen Säulen getragen wurde und zu dem drei Treppchen hinauf führten. Rechts davon ein Eisenzaun mit Eingang zum Souterrain. Im alten England mochten

dort der Butler, die Köchin oder die Küchenmädchen gewohnt haben. Heute und jetzt waren es ganz normale Wohnungen.
»Diese Häuser«, sagte Sigi in ihre Gedanken hinein, »sind alten Herrschaftshäusern nachgebaut.«
Er sah ihr strahlendes Gesicht: »Wie in einem Agatha-Christie-Film!« lachte sie.
Sie traten ein. Im Vestibül war ein Tresen. Sigi fragte die diensttuende Dame nach einem Doppelzimmer mit Dusche und WC. Sie hatten Glück, es war eben eines frei geworden. Conny setzte sich auf eine gepolsterte Bank, die rund um eine Säule ging, sie war müde. Ihr Zimmer lag ebenerdig. Die Betten waren durch ein Nachtkästchen getrennt. Das große Fenster, das nach rückwärts ging und den Blick in einen etwas verwilderten Garten freigab, hatte so dichte Stores, daß man nicht befürchten mußte, es könne jemand von draußen hereinsehen.
»Hier werden wir uns wohlfühlen!« meinte Sigi. Conny war schon dabei, die Koffer auszupacken. »Wir werden hier ja nur schlafen, Conny-Maus!« lachte Sigi. »Vergiß nicht, warum wir noch hiergeblieben sind: ich will dir London zeigen!«
Sie begannen am nächsten Tag mit dem Tower, wo sie u.a. auch die Kronjuwelen der englischen Könige bewunderten. Conny, die vor Staunen den Mund nicht mehr zubrachte, mißfiel es, daß eigens dafür bestellte Wärter in Uniform den Strom der Schaulustigen weiterschoben; man durfte nicht stehen bleiben! Wohl eine Sicherheitsvorkehrung! Als sie wieder auf der Straße standen, lag vor ihnen in voller Herrlichkeit die weißblaue Towerbridge, ein Anblick, den Conny niemals wieder vergessen sollte!
Im nahegelegenen Restaurant aßen sie zu Mittag. Am Nachmittag stand das Wachsfigurenkabinett der Madame Tussaud auf ihrem Programm. Sie mußten zwar in einer langen Reihe warten, aber es lohnte sich! Was sie zu sehen bekamen, begeisterte sie! So ziemlich alle Persönlichkeiten des öffentlichen Lebens, eingeschlossen die königliche Familie, waren derart naturgetreu in Wachs verewigt, daß Conny und Sigi nicht aus dem Staunen herauskamen. Als Conny Sigi in die Seiten puffte, weil nach ihrer

Meinung eine Straßenpassantin auf einer Bank samt ihrem Einkauf eingeschlafen war, lachten sie laut, als sich herausstellte, daß auch sie aus Wachs war!
Enttäuscht war Conny vom Idol ihrer Jugend, der schottischen Maria! Für Connys Schönheitsbegriffe war sie zu groß und hatte zu männliche Züge.
Von der Baker Street fuhren sie zum Buckingham Palast. Sie wollten die Ablösung der königlichen Schildwache erleben. Aber sie hatten kein Glück! Aus unerfindlichen Gründen fand sie an diesem Tag nicht statt. Also spazierten sie ein Weilchen im Hyde Park, bis Conny Hunger anmeldete.
Sie fuhren zurück in Richtung Heimat. Unterwegs besorgten sie noch etwas Aufschnitt und Käse, Brot hatten sie noch. Sie hatten sich vorgenommen, nur einmal am Tage warm zu essen, um billiger davonzukommen. London, soviel hatten sie inzwischen mitbekommen, war ein teueres Pflaster!
Am nächsten Tag fuhren sie zum Trafalgar Square mit der Nelson-Säule. Dahinter lag die weltberühmte National-Galerie. »So, die wollen wir auf gar keinen Fall versäumen!« war Sigis Kommentar und er hatte recht! Am Eingang mußten sie ihre Schirme abgeben. Es war schon vorgekommen, daß ein Verrückter mit seinem Schirm ein wertvolles Gemälde zerstörte. Conny ließ die herrlichen Bilder auf sich wirken. Ihre besonderen Lieblinge waren die Expressionisten, allen voran Vincent van Gogh! Als sie, müde vom Schauen, ans Ende der Austellung gelangten, spürte Conny ein »menschliches Rühren«! Ganz in ihrer Nähe befand sich auch ein WC for Ladies!
»Bleib hier, mein Weibele!« sagte Sigi,« ich laufe zurück und hole unsere Schirme! Wir treffen uns dann wieder hier!«
Conny nickte und verschwand. Als sie zurückkam, war Sigi noch nicht wieder aufgetaucht. Sie setzte sich auf eine Bank und wartete, wobei sie immer die kleine Stiege im Auge behielt, über die er kommen mußte. Die Zeit verstrich, aber kein Sigi tauchte wieder auf! Warten war Connys schwacher Punkt! Je länger sie wartete, umso unruhiger wurde sie! Schließlich klaubte sie die

paar Brocken ihres Schulenglisch zusammen und wandte sich an die beiden uniformierten Wärter, die den Ausgang bewachten. Sie redete mit Händen und Füßen, aber die Verständigung gestaltete sich ziemlich schwierig. Einer der beiden Wärter verstand etwas Deutsch und als sie sich mit dem französichen Wort »Parapluie« zu verständigen versuchte, errang sie einen großen Lacherfolg, aber... man hatte sie verstanden! Der ebenso schlecht Deutsch parlierende Wärter bot sich an, sie zu begleiten. In diesem Moment erschien Sigi wieder auf der Bildfläche. Überglücklich fielen sie sich in die Arme! Sigi hatte sich auf dem Rückweg durch die vielen Säle verlaufen. Lachend erzählte er ihr, wie er in allen weiblichen Toiletten nach ihr gesucht hatte, wobei er denselben Lacherfolg erzielt hatte, wie sie!

»Das darf uns nicht mehr passieren, Schatzile«, und von da an hatten sie immer die Anschrift ihres Hotels bei sich. Dort würde man sich immer wiederfinden!

An einem dieser zauberhaften Tage fuhren sie nach Harrow on the Hill. Dort wohnten Verwandte von Sigi, denen er Conny vorstellen wollte. Sie fuhren mit einem Vorortzug und wurden von Sigis Vetter Gustl abgeholt.

Für Conny war es eine große Überraschung, als der gut aussehende »Gustl« sie kommentarlos in die Arme schloß und abbusselte! Gustl und Else waren deutsche Juden, die sich rechtzeitig vor Hitler nach England hatten retten können.

Constances deutsche Abstammung war kaum zu übersehen: ihr fülliges rotes Haar und ihre blauen Augen! Dennoch wurde sie mit einer Herzlichkeit im Kreise dieser Familie aufgenommen, die sie zutiefst beglückte! Sie war die Freundin ihres Cousins, also war sie auch die ihre!

Am Nachmittag fuhr man mit dem Auto zu den am Stadtrand wohnenden Kindern. Die jungen Leute, eine verheiratete Tochter samt Ehemann, nahmen die beiden ebenso herzlich und gastfreundlich auf, wie die Eltern. Nach einem delikaten Essen hörte man noch klassische Musik, etwas, wovon Sigi nicht genug bekommen konnte!

Wieder zu zweit allein, im Zug auf der Heimfahrt nach London, fragte Conny ihren Begleiter: »Ist es möglich, daß ihr Deutsche noch mögt?«
Er nahm ihre Hand und hielt sie lange in der seinen. »Das, was geschah, war fürchterlich, gewiß! Aber dafür jeden Deutschen verantwortlich zu machen, ist ebenso töricht, wie falsch!« und nach einer Pause, in der er ihre Hand an seine Lippen führte: »... die Sprache des Herzens ist international!«
Am nächsten Tag machten sie einen Schaufensterbummel. Unter anderem gingen sie auch in das weltberühmte Kaufhaus Selfriedges. Conny war sofort in Bann geschlagen, am liebsten hätte sie alles aufgekauft. Auf Sigis Zureden blieb es bei einer Perücke, einem Pullover und einem echt englischen Parfüm, das leicht nach süßem Klee und Honig duftete, ein Duft, der sehr zu ihr paßte.
Sie fuhren nach Coventry, zu der weltbekannten Friedenskathedrale, von der Constance sehr tief beeindruckt war. Das Gotteshaus war 1940, während des Krieges, von den Deutschen bombardiert worden. Sie hatten buchstäblich keinen Stein auf dem anderen gelassen.
Nach dem Kriege wurde sie von den Engländern wieder aufgebaut. Aber ... nicht auf den Ruinen der alten Kirche, vielmehr daneben! England sollte nie vergessen!
Das Innere der Kathedrale war von schlichter Größe und majestätischer Schönheit. Vor allem die Gethsemane-Kapelle, eingefaßt von einer überdimensionalen Dornenkrone aus Stahl, gefiel Constance sehr! Auch das sehr ungewöhnliche Altarbild, ein überlebensgroßer Christus, in einer Elipse, seitlich von den Bildnissen der vier Evangelisten umgeben, war modern und doch verständlich, ansprechend und dennoch von großer Mystik. Auch der riesengroße Stein, rund, unter dem Fenster des Hl. Johannes-Baptist, war der Betrachtung wert.
So weit sie es am Text entziffern konnte, stammte er aus Bethlehem. Als sie die Kathedrale verließen, fiel ihnen noch einmal der riesige St. Michael auf, der an der Längsfront der Kirche ange-

bracht war. Ihm zu Füßen Luzifer, der ewige Widersacher des Guten, auf den er seinen Speer richtete!
»Grandios!« war alles, was Constance herausbrachte. Es ist eine Eigentümlichkeit des menschlichen Lebens, daß die schönen Tage schneller vergehen, wie die bitteren! Der Tag ihrer Abreise von England rückte zusehends näher.
Sie fuhren mit dem Zug über Canterbury nach Dover und schifften sich dort auf einer Hovercraft über den Kanal ein. Die Fahrt war sehr angenehm. Zwischendurch gab es äußerst preiswerte Alkoholika zu kaufen und gemessen an der altersschwachen Fähre, mit der sie angekommen waren, verlief die Fahrt ruhig.
Von Calais fuhren sie dann über Antwerpen zurück nach Speyer. Dort blieben ihnen noch zwei Tage, sich von den Strapazen der Reise zu erholen. Dann mußte Sigi zum Flughafen nach Frankfurt, von wo aus er den Flug nach Tel Aviv antrat.
Conny begleitete ihn bis Frankfurt. Sie weinte. »Mein liebes Weibele, wir sehen uns ja wieder!« Zärtlich küßte er ihr die Tränen von den Wangen. Das bewirkte, daß sie noch heftiger weinte! Und so, in Tränen aufgelöst, winkte sie dem Davoneilenden nach ...
Nun begann für beide wieder der triste Alltag! Er wurde nur unterbrochen von den langen, liebevollen Briefen, die sie sich gegenseitig in schöner Regelmäßigkeit schrieben. Sigi nannte sie »unsere Tauben«!
Sie lebten von diesen Briefen, wobei Sigi der Ärmere war, denn die israelische Post war eine Schnecke! Nur so war zu erklären, daß er oft zwei und drei Briefe auf einmal erhielt!
Constance hatte bald drei Wochen keine Post mehr von Sigi. Sie war in großer Sorge! Er wird doch nicht krank geworden sein? Sie wußte, daß er nie über seinen Gesundheitszustand klagte, um sie nicht zu beunruhigen. Umso glücklicher war sie darum, als sie an diesem schönen Vorfrühlingstag endlich wieder die so geliebte und vertraute Schrift auf dem Luftpostbrief erkannte. Mit vor Freude zitternden Händen riß sie den Umschlag auf und las:

»Mein geliebter Schatz! Dieser Tage schaue ich in meinen Taschenkalender. Zu meiner Überraschung entdecke ich, in einer Woche ist Ostern! Ein Grund, mich schleunigst hinzusetzen und dir meine herzlichsten Grüße zum Fest zu schicken! Hoffentlich erreichen sie dich noch rechtzeitig! Jetzt muß ich Dir eine lustige Geschichte erzählen: Donnerstag Abend war ich sehr müde und ging bereits um neun Uhr schlafen. Nachts träumte mir, ich war auf einem großen Stoppelfeld. Auf einmal kam ein junger schwarzer Stier und ging auf mich los! Wie ein Torero versuchte ich, ihn zu täuschen, ermüdete aber, faßte ihn von der Seite und schwang mich auf seinen Rücken. Nach einiger Zeit glitt ich ab und fiel auf das Feld. Da wachte ich auf, wollte Licht machen, konnte aber den Schalter nicht finden. Ich greife flach, rauher Boden, ich greife nach oben, erwische die Bettkante und denke: nanu, das Bett kann doch nicht plötzlich hochkant stehen! Da werde ich vollends munter, stehe auf, merke, daß das Bett richtig steht. Jetzt fand ich auch den Schalter, knipste das Licht an. Da sah ich die Bescherung! Daunen- und Wolldecke lagen am Boden und ich hatte darauf gelegen! Ich guckte auf die Uhr, zwölf Uhr! Dann schaute ich auf dein Bild und mußte beim Gedanken, daß du mich so gesehen hättest, herzlich lachen! Ich habe mich über den Traum und den Rutsch vom Rücken des Stiers auf den Boden, ganz köstlich amüsiert!«

Constance las nicht weiter. Eine seltsame Unruhe hatte sie ergriffen! »Mein Gott, das war doch ... Ihr Herz war plötzlich wie erstarrt! Er mochte sich darüber amüsieren, er, der so sehr am Leben hing, seit sie sich gefunden hatten! Aber ... so pflegte sich der Tod anzumelden, so klar und ungeschminkt! Mein Gott! Sie preßte die Hand auf den Mund und es entrang sich ihr ein schmerzliches Stöhnen!

»Mein Gott, bitte noch nicht! So nicht! Laß' uns noch ein wenig Zeit! Himmlischer Vater, ist es nicht wie ein großes Wunder über uns gekommen? Schenk uns noch eine kurze Zeit, bitte! Trenn' uns noch nicht ...

Sie konnte es nicht hindern, daß ihr die Tränen über die Wangen

liefen! Sie setzte sich hin und schrieb ihm! Sie schrieb ihm nicht von ihrer schrecklichen Angst und Sorge, bat ihn nur, nicht mit seiner Gesundheit zu spielen und ihr zu versprechen, beim geringsten Unwohlsein einen Arzt aufzusuchen.
Es kam ihr Geburtstag und Sigi sandte ihr Blumen!
Er mußte, als er noch hier war, alles mit einer hiesigen Gärtnerei abgesprochen haben. Sie war glücklich und rief ihn an, selig, seine Stimme zu hören und bedankte sich herzlich für die wunderschönen Blumen! Aber irgendwo in ihrem Herzen saß die Angst um ihn und ließ sich nicht vertreiben!
Ungefähr eine Woche danach erhielt sie einen Anruf seines Sohnes David. Sie wußte von ihm, hatte aber noch nie mit ihm gesprochen. Von ihm erfuhr sie, daß Sigi im Krankenhaus von Petah Tikqa liege.
»Um Gotteswillen, warum?«
»Er hat ... Lungenentzündung. Aber es geht ihm schon wieder recht gut, er soll am Wochenende bereits wieder entlassen werden!« fügte David hinzu.
Constance hatte Mühe, ihre Stimme, die ihr nicht gehorchen wollte, wieder in den Griff zu bekommen. »Bitte bestellen sie ihm meine innigsten Grüße, und daß ich für ihn beten werde! Und recht gute Besserungswünsche!«
Sie dankte ihm für seinen Anruf. Als sie aufgelegt hatte, weinte sie; der Traum fiel ihr wieder ein ...
Zwei Tage später rief David abermals an. »Vater ist tot!« stammelte er. »Es ist unfaßlich! Er durfte bereits aufstehen und sollte am Wochenende entlassen werden! Plötzlich brach er zusammen! Das Herz ...!«
»Nein!« stammelte Constance, »Nein, das darf nicht wahr sein! Bitte sagen Sie, daß es nicht wahr ist!«
Schluchzend legte sie den Hörer auf! Die Tage, die dieser Nachricht folgten, waren ungeheuer schwer! Sie ging umher, wie in Trance. Sie hatte David noch einmal angerufen und ihn gebeten, Sigi in ihrem Namen eine einzige rote Rose ins Grab zu geben.
Noch einmal kam ein Brief von ihm, er mußte ihn unmittelbar

vor seiner Einlieferung ins Krankenhaus geschrieben haben! Darin schrieb er u.a.: »Wenn ich im Sommer zu Dir komme, werde ich Dir eine Lampe auf dem Balkon anbringen. Dann können wir an schönen Sommerabenden auch abends im Freien sitzen!«

Und weiter schrieb er, so zärtlich wie eh und je: »Bleib mir nur gesund, mein geliebtes Weibele, bis wir uns wiedersehen!«